LE MASQUE DU GERFAUT

Sonia Alain

LE MASQUE DU GERFAUT

roman

vlb éditeur
Une compagnie de Quebecor Media

VLB ÉDITEUR
Groupe Ville-Marie Littérature inc.
Une compagnie de Quebecor Media
1010, rue de La Gauchetière Est
Montréal (Québec) H2L 2N5
Tél. : 514 523-1182
Téléc. : 514 282-7530
Courriel : vml@sogides.com

Maquette de la couverture : Nicole Lafond
Illustration de la couverture : Eleanor Fortescue Brickdale (1871-1945), *Enid* (détail), lithographie couleur tirée de *Idylls of the King* d'Alfred Tennyson, publié par Hodder & Stoughton, 1910. Collection privée / The Bridgeman Art Library

Catalogage avant publication de Bibliothèque et Archives nationales du Québec et Bibliothèque et Archives Canada
Alain, Sonia, 1968-
Le masque du gerfaut : roman
(Roman)
ISBN 978-2-89649-080-6
I. Titre.
PS8601.L18M37 2009 C843'.6
C2009-941244-6
PS9601.L18M37 2009

Pour en savoir davantage sur nos publications, visitez notre site : **www.edvlb.com**
Autres sites à visiter : www.edhexagone.com
• www.edtypo.com • www.edjour.com
• www.edhomme.com • www.edutilis.com

Dépôt légal : 3e trimestre 2009
Bibliothèque et Archives nationales du Québec, 2009
Bibliothèque et Archives Canada

ISBN 978-2-89649-080-6

DISTRIBUTEURS EXCLUSIFS :

Pour le Canada et les États-Unis :
MESSAGERIES ADP*
2315, rue de la Province
Longueuil, Québec J4G 1G4
Tél. : 450 640-1237
Télécopieur : 450 674-6237
* filiale du Groupe Sogides inc.,
filiale du Groupe Livre Quebecor Media inc.

Pour la France et les autres pays :
INTERFORUM editis
Immeuble Paryseine, 3, Allée de la Seine
94854 Ivry CEDEX
Tél. : 33 (0).4 49 59 11 56/91
Télécopieur : 33 (0) 1 49 59 11 33
Service commandes France Métropolitaine
Tél. : 33 (0) 2 38 32 71 00
Télécopieur : 33 (0) 2 38 32 71 28
Internet : www.interforum.fr
Service commandes Export – DOM-TOM
Télécopieur : 33 (0) 2 38 32 78 86
Internet : www.interforum.fr
Courriel : cdes-export@interforum.fr

Pour la Suisse :
INTERFORUM editis SUISSE
Case postale 69 – CH 1701 Fribourg – Suisse
Tél. : 41 (0) 26 460 80 60
Télécopieur : 41 (0) 26 460 80 68
Internet : www.interforumsuisse.ch
Courriel : office@interforumsuisse.ch
Distributeur : OLF S.A.
ZI. 3, Corminboeuf
Case postale 1061 – CH 1701 Fribourg – Suisse
Commandes : Tél. : 41 (0) 26 467 53 33
Télécopieur : 41 (0) 26 467 54 66
Internet : www.olf.ch
Courriel : information@olf.ch

Pour la Belgique et le Luxembourg :
Interforum Benelux S.A.
Fond Jean-Pâques, 6
B-1348 Louvain-La-Neuve
Tél. : 00 32 10 42 03 20
Télécopieur : 00 32 10 41 20 24
Internet : www.interforum.be
Courriel : info@interforum.be

À mon compagnon de tous les jours, mon ami,
mon confident et mon âme sœur.
Et à mes trois petits rayons de soleil : Bao, Bianca et Kévin.
Vous êtes ma raison de vivre et mon bonheur !

Prologue

Nous sommes en l'an 1335, au temps où les terres de France étaient réparties en multiples comtés, dont certains fort imposants. Même le roi de France, Philippe VI de Valois, ne pouvait rivaliser avec certains des duchés gouvernés par de riches seigneurs. Surtout qu'il avait à faire face à Édouard III, roi d'Angleterre, qui réclamait la couronne de France comme étant sienne de par sa mère Isabelle de France, fille de Philippe IV le Bel, roi de France de 1285 à 1314. Lorsque le roi décéda, ses trois fils, ainsi qu'un petit-fils, lui succédèrent à tour de rôle, mais tous moururent rapidement, sans laisser de descendant mâle.

C'est là que le problème se présenta pour la succession du trône, car seuls demeuraient Isabelle de France et son fils Édouard III, couronné roi d'Angleterre en 1327. Mais, à cette époque et selon les lois françaises, une femme ne pouvait transmettre ses droits à la couronne, car elle-même n'était pas éligible au trône. Ce qui était fort différent en Angleterre, où une femme pouvait faire le lien entre la succession directe au trône et son fils, même si elle n'y avait pas droit pour elle-même. La noblesse française ne désirant pas se retrouver avec un roi d'Angleterre sur le trône de France refusa cette couronne à Édouard III, lui préférant Philippe VI de Valois, neveu de Philippe IV le Bel. Nous étions alors en 1328.

Le roi d'Angleterre se trouvait être aussi vassal du roi de France, en tant que duc de Guyenne (Aquitaine), terre située au bord de l'Atlantique, au sud de la France. Même si, jeune homme, Édouard III, en tant que duc de Guyenne, avait prêté hommage au roi de France et mis un genou à terre devant lui dans la cathédrale d'Amiens, ce signe de soumission eut bien peu de portée, car Édouard III déclara quelque temps plus tard que cet hommage n'avait pas de valeur puisque alors il était mineur ; la guerre de Cent Ans venait de prendre racine.

Entre les deux rois, la tension monta progressivement avec, à sa source, la succession à la couronne de France et la bataille pour le contrôle de la Guyenne, de la Bretagne et des Flandres, entraînant un conflit qui perdurerait pendant cent seize ans malgré quelques trêves. Comme les deux rois manquaient sérieusement de fonds pour entamer cette guerre, ils l'amorcèrent par le biais d'intermédiaires. C'est ainsi qu'Édouard III appuya Jean de Montfort contre Charles de Blois (neveu du roi de France Philippe VI de Valois et soutenu par celui-ci) au moment du conflit pour la succession au duché de Bretagne.

Le seigneur de Knox, allié du sieur Jean de Montfort, faisait donc partie de ceux qui tramaient avec l'Angleterre pour affaiblir la France. Cet homme des plus puissants détenait à lui seul une grande partie des terres du Nord en Bretagne et avait à son service une garnison de soldats très importante. Vivant dans un immense château fort à la lisière d'une forêt et sur les rives de l'océan, il passait sa vie à gérer son domaine et à faire la guerre aux seigneurs avoisinants, agrandissant ainsi de plus en plus ses richesses et l'étendue de ses terres. Mais celles qu'il convoitait depuis longtemps appartenaient à un autre seigneur, petit-cousin du roi, le seigneur de Vallière. Ne voulant pas s'attirer inutilement les foudres de la royauté, le seigneur de Knox se devait d'agir avec discernement pour parvenir à ses fins et obtenir ce qu'il désirait le plus du seigneur de Vallière : ses terres du Sud.

Pendant que ses paysans vivaient dans la misère sans aucun espoir d'en sortir, travaillant du matin au soir souvent dans des conditions inhumaines, le seigneur de Knox festoyait sans retenue dans son château, une puissante forteresse de pierre bâtie sur des terres élevées et protégée par d'épais remparts. Ce château fort n'était accessible que par un pont-levis en bois qui menait à un énorme portail protégé par une lourde grille. Cette herse était fermée la nuit, bloquant l'accès aux visiteurs indésirables. Les versants ouest et nord de la forteresse étaient protégés par une falaise de trois cents mètres surplombant l'océan Atlantique. Les versants est et sud descendaient en une pente escarpée et rocheuse jusqu'à une forêt dense et riche en gibier. Seul un petit sentier abrupt reliait le château au village avoisinant.

Au centre du château s'élevait la haute tour du donjon, construite dans la partie la plus éloignée de l'entrée, à l'intérieur de laquelle logeaient le seigneur, son fils, leur gouvernante et les soldats attachés à sa garde. La haute tour de pierre sombre et froide n'était éclairée que par des torches et par quelques fenêtres de papier huilé qui laissaient passer, l'hiver venu, des courants d'air glacé. Voilà pourquoi un feu bienfaisant brûlait dans l'immense cheminée de la grande salle et dans la chambre du maître et qu'un nombre infini de tapisseries recouvraient ces murs mal dégrossis, bloquant ainsi l'humidité des pierres. Un escalier principal en colimaçon, fait de pierres usées par le temps, partait du haut du donjon jusqu'à la grande salle, là où dormait Joffrey de Knox, fils du seigneur des lieux. Un escalier plus discret reliait la cuisine au rez-de-chaussée, où étaient entreposées boissons et nourriture. C'était aussi à cet endroit que se trouvait l'un des passages secrets qui reliait le donjon à une petite caverne dissimulée dans la falaise et qui devenait accessible seulement à marée haute. Une commodité qui permettait au seigneur des lieux de se déplacer discrètement lors de ses excursions d'espionnage.

Dans la petite cour intérieure, un jardin laissé à l'abandon depuis de nombreuses années était envahi par les herbes folles qui y poussaient sans contrainte. Ce spectacle de désolation contrastait avec la richesse de l'aménagement intérieur du donjon. En effet, l'intérieur était impeccablement entretenu ; les lattes du plancher de la grande salle étaient recouvertes quotidiennement de jonc frais et les dalles de la cuisine étaient immaculées. On y trouvait une quantité plus que nécessaire de meubles, et les tapisseries et les tapis qui recouvraient presque en totalité les murs de la grande salle et de la chambre du seigneur étaient de grande qualité. Dans certaines salles du donjon, dont la chambre du maître, un gros coffre de bois contenait vêtements roulés et effets personnels, et pouvait également servir de siège. Une armoire dans laquelle étaient rangés les bijoux et autres objets précieux, ainsi qu'un immense lit à baldaquin paré de tentures somptueuses, se trouvaient aussi dans la chambre du maître. La grande salle, lieu de rencontre par excellence, était décorée de riches tapis d'Orient. Plusieurs fauteuils étaient disposés en demicercle devant l'âtre, alors qu'au centre de la pièce quelques tables trônaient, des morceaux de tissu d'un blanc impeccable recouvrant leurs plateaux de bois. Des coffres, emplis de vaisselle d'or et d'argent, complétaient l'aménagement des lieux.

Dans la basse-cour, partie la plus basse du château, se trouvaient les ateliers, les maisons des artisans, les granges ainsi qu'une chapelle laissée à l'abandon. Le tout était protégé par les murailles épaisses du château. Les granges et les écuries, adossées aux remparts, abritaient des cochons, des poules, des chevaux et contenaient la paille et le foin pour les nourrir. Des légumes étaient cultivés dans les potagers à l'extérieur des murs, par les paysans.

Ces derniers approvisionnaient les occupants du château de Knox. De plus, ils devaient payer un impôt à leur seigneur et entretenir du même coup les fossés, les chemins et les remparts. Seuls les artisans et les marchands étaient épargnés et formaient une classe à part, puisqu'ils pratiquaient un métier spécifique. Ils étaient donc plus indépendants et fort appréciés du seigneur des lieux. Des marchés étaient organisés deux ou trois fois par semaine aux abords du château, favorisant des échanges très lucratifs et le commerce des produits, essentiels ou de luxe.

Mais plus importante encore était l'emprise de l'Église sur le peuple de France. Tous vivaient continuellement dans la peur d'offenser le Dieu tout-puissant et étaient terrifiés à l'idée de passer l'éternité en enfer. Mais pour le seigneur de Knox, tout ce qui touchait de près ou de loin à la religion n'était que balivernes. D'ailleurs, aucun moine n'habitait au château. Par ce mépris de l'Église qu'il affichait ouvertement, il était devenu un ennemi de celle-ci et un homme craint de ses paysans. Alors que le roi et les grands seigneurs utilisaient la plupart du temps les abbés et les évêques comme conseillers, lui ne faisait confiance à personne et transigeait seulement avec ses hommes d'armes et les chevaliers rattachés à sa garde. Riche et influente, l'Église avait déclaré la guerre aux seigneurs qui soutenaient l'Angleterre. Le pape Benoît XII apporta même son appui à Philippe VI lors de son conflit avec Édouard III. Quiconque s'opposait ouvertement aux principes de l'Église s'exposait donc à des accusations sévères et risquait de subir la justice des inquisiteurs, pouvant aller jusqu'à la condamnation à mort. Cependant, malgré la crainte des paysans à l'égard des forces divines, beaucoup détestaient l'Église et préféraient soutenir leur seigneur en cachette. Au fond, ils jugeaient cette grande institution fourbe et corrompue, et avec raison, car le pape lui-même vendait des dispenses pour les péchés et des indulgences afin d'écourter les purgatoires. Certains cependant respectaient profondément l'Église, telle la famille De Vallière qui effectuait régulièrement des pèlerinages et collectionnait des reliques soi-disant miraculeuses. Ils avaient besoin de croire à ces miracles pour lutter contre le désespoir, la maladie, la guerre et la famine qui faisait rage.

N'ayant aucun sens de la noblesse, le seigneur de Knox avait, lui, poussé l'audace jusqu'à bousculer les usages de l'époque concernant la chevalerie. Sans tenir compte du code de l'honneur et sans aucune pitié, il obligea son propre fils, Joffrey de Knox, à emprunter la même voie que lui avait suivie, lui rendant le cheminement vers l'adoubement plus que difficile. Aux environs de sept ans, Joffrey dut quitter le giron de sa gouvernante pour aller vivre parmi les soldats de la garnison et y faire son apprentissage, sans égard pour son rang. Il devait servir fidèlement et ne jamais discuter les ordres, quels qu'ils furent. De jeune page à son arrivée, il passa, vers l'âge de quatorze ans, au rôle d'écuyer du chevalier de Dumain. Il devait alors accompagner le chevalier sur les lieux de bataille et porter son bouclier. Son enseignement était complet, allant du maniement de l'arc à celui de l'épée, de la lance et même de la masse. Il apprit à monter un cheval et à le faire galoper sans l'aide de ses mains, celles-ci étant occupées à tenir un bouclier et une lance. Plusieurs exercices accompagnaient cet entraînement intensif, comme le lancer du javelot, la lutte, l'acrobatie et l'escrime au bâton. Ces entraînements développèrent chez lui une impressionnante vigueur musculaire et une grande précision dans les gestes ; tout ce qui pouvait faire de lui un combattant redoutable. Avec détermination, le jeune seigneur ne s'accorda aucun répit pour parfaire son éducation, dépassant même ses professeurs dans l'art du combat et de la stratégie. Quand son fils eut atteint ses seize ans, le seigneur de Knox jugea que celui-ci avait suffisamment fait ses preuves pour devenir chevalier. Il lui fit alors jurer de demeurer fidèle à son père et de défendre ses biens envers et contre tous. Il lui confia, de surcroît, la tête de son armée, afin d'étendre encore sa puissance. En échange de son engagement, il lui donnait un cheval, des étriers, une épée, un manteau à l'emblème des Knox et, surtout, le rang d'héritier légitime.

Par une froide journée d'hiver, le seigneur de Vallière chevauchait péniblement dans le blizzard. Sa monture hennissait bruyamment et peinait à avancer dans la neige lourde et détrempée. Le seigneur grelottait et resserrait instinctivement sa longue cape de velours sur lui, essayant de chasser l'humidité qui l'engourdissait. Mais le vent faisait rage et transperçait ses vêtements, le glaçant jusqu'aux os. Il avait du mal à demeurer sur sa selle, pourtant il lui fallait tenir encore quelques lieues, car il savait une auberge toute proche. Jetant un regard vers l'arrière, il arrivait tout juste à distinguer les soldats qui l'accompagnaient. Ils étaient pourtant une douzaine à chevaucher avec lui, mais la tempête était si intense! Le blizzard qui lui fouettait le visage sans pitié l'obligea à détourner la tête. Quelle folie d'avoir pris la route par un temps pareil! Mais il n'avait pas le choix, sa dignité lui interdisait de profiter plus longtemps de l'hospitalité du seigneur de Knox après les événements survenus la nuit passée.

Joueur et parieur, il n'avait pu refuser l'invitation de ce grand seigneur des terres du Nord. Étant lui-même seigneur d'un domaine moins vaste, il avait perçu cette invitation comme une marque de respect et avait mis un point d'honneur à l'accepter et à miser gros pour ne pas être en reste. Quelle erreur de sa part, car ce n'était pas une marque de respect qui avait poussé son hôte à l'inviter, mais l'intérêt que celui-ci portait à ces terres plus au sud et qui lui appartenaient, à lui, seigneur de Vallière. Quel dupe il avait été et dans quelle position fâcheuse il avait placé sa famille ! Sa dame ne lui pardonnerait jamais cet affront, elle qui supportait déjà difficilement ses déboires au jeu. Cette fois-ci, il avait été trop loin ! Mais que faire ? Il était sûr de pouvoir reprendre la main lors du dernier jeu et de récupérer ainsi tout son argent. Tellement certain qu'il n'avait pas hésité un seul instant à parier la main de sa fille cadette au fils de ce seigneur arrogant. Mais comble du désespoir, il avait perdu ! Comment cela était-il possible ? Il était pourtant si sûr de son jeu ! Lorsque le seigneur de Knox lui avait proposé de racheter sa dette en échange d'un de ses lopins des terres au sud, il s'était rebiffé et indigné. Furieux, il avait demandé qu'on fasse seller son cheval dans l'instant et était reparti sans même un salut de courtoisie.

Et voilà qu'il se retrouvait maintenant sur cette route de campagne, affrontant le blizzard en plein cœur de la nuit. Mais il savait que la tempête qui faisait rage ne serait rien en comparaison du courroux de sa dame lorsqu'elle apprendrait la triste nouvelle. Mon Dieu ! Qu'avait-il fait ? Il venait d'offrir sa petite fille chérie, à peine âgée de neuf ans, si pure et si frêle, en sacrifice à cette famille d'infidèles qui vivait dans la luxure et la dépravation. Il devait trouver un moyen de faire annuler cette dette, sinon le Dieu tout-puissant ne lui pardonnerait jamais cet affront et ce sacrilège. Il était de notoriété publique que cette famille avait pour règle de n'adhérer à aucune religion et de ne profiter que des plaisirs barbares de la vie : la luxure, le jeu et la guerre. Veuf depuis fort longtemps, le seigneur de Knox jouissait des femmes qui prenaient plaisir à livrer leur corps, sans contrainte, au feu de l'enfer. Même son fils de dix-neuf ans, Joffrey, semblait suivre cette voie, organisant des festins pour s'enivrer de vin et de femmes, jouant aux cartes et pariant gros. C'était à ce fils dépravé qu'il venait de lier sa fille, Anne de Vallière, par un contrat de « futura », une promesse de mariage pour l'avenir. Et comble de sacrilège, le château de ce grand seigneur était entretenu par des serviteurs faits captifs dans les quatre coins du monde. Même le médecin attaché à leur maison provenait de cette société d'infidèles de l'Extrême-Orient. Il lui fallait rejoindre le pape Benoît XII à Avignon au plus vite et obtenir de lui la permission de révoquer cette entente. Mais alors, comment s'acquitter de sa dette sans perdre une partie de ses terres ? Il devait réfléchir et trouver une solution avant d'atteindre le château. Dieu, cette route ne finirait donc jamais ! Mais où se trouvait l'auberge ? Ils devraient pourtant y être parvenus maintenant.

À peine eut-il le temps de formuler cette pensée qu'un craquement sec se fit entendre sous les sabots du cheval. Le soldat qui se trouvait aux côtés du seigneur le vit disparaître en un instant dans les profondeurs des flots qui venaient de s'ouvrir. Ayant dévié de leur trajectoire, ils s'étaient retrouvés sur les rives du lac fraîchement gelé et, sous le poids de l'étalon et de son maître, la fine glace avait cédé sans avertissement, les engloutissant dans ses profondeurs. Le seigneur de Vallière n'était plus de ce monde, emportant avec lui son terrible secret.

Chapitre premier

Le passé refait surface

Dix années avaient passé depuis la mort tragique du seigneur de Vallière. Bien qu'accablée par la triste nouvelle, l'épouse de celui-ci, Dame Viviane, avait aussitôt repris les choses en mains. Habituée depuis fort longtemps à diriger le domaine lors des voyages répétitifs de son époux, elle n'avait eu aucun mal à maintenir l'ordre durant les deux années qui avaient suivi le décès de celui-ci. Par la suite, son fils aîné, Jean de Vallière, alors âgé de dix-neuf ans, avait pris la relève au château et épousé quelques années plus tard une jeune fille de bonne réputation et de haute noblesse, du nom de Odile de Maricourt. Mais trop jeune encore, celle-ci n'avait pu assumer seule les lourdes tâches de châtelaine. Face à cette réalité, Dame Viviane avait alors entrepris de parfaire l'éducation de la jeune fille. De toute façon, peu lui importait ce surcroît de tâches, puisqu'elle devait compléter d'une façon ou d'une autre l'éducation de sa propre fille cadette, Anne de Vallière.

Les années s'étaient écoulées rapidement et maintenant, son fils aîné et elle-même devaient se pencher sur un sujet des plus importants: celui de l'avenir de la jeune Anne, dorénavant en âge de se marier. Mais pour quel parti opter? Le choix de prétendants ne manquait pas dans les environs, il suffisait de trouver le bon pour convenir de la meilleure alliance qui soit. Deux seigneurs semblaient fort intéressés; l'un était jeune, de lignée royale, mais criblé de dettes, et l'autre, plus âgé et de noble famille, était très fortuné. Pour sa part, elle avait un penchant pour le jeune Philippe II de Tarente, fils de Catherine de Valois-Courtenay, elle-même demi-sœur du roi. Alors que son fils avait plutôt une préférence pour le vieux seigneur de Courmaine. Certes, celui-ci n'était plus très jeune. Il en était à son deuxième veuvage, sa dernière épouse ayant trépassé à la suite d'un accouchement difficile. Ni la mère ni l'enfant n'avaient survécu, laissant le vieux seigneur de Courmaine sans descendant. Sachant ses années comptées, ce grand seigneur cherchait à nouveau une jeune noble, robuste et saine, capable de lui fournir l'héritier que ses deux autres épouses n'avaient pu lui donner. Un instant, Dame Viviane sourit en pensant à sa fille. Entêtée comme elle l'est, son frère Jean aurait bien du mal à lui faire accepter l'idée de se lier à un si vieil homme.

L'aurore baignait le ciel de ses teintes de rose et de pourpre lorsqu'un étranger, venu des lointaines contrées, franchit le lourd portail de pierre du château de Vallière. Fièrement assis sur son étalon noir, il darda un regard perçant sur le soldat qui lui barrait la route. Celui-ci semblait peu enclin à vouloir le laisser pénétrer à l'intérieur des murs de l'enceinte. Ils étaient à deux jours du grand tournoi et trop d'étrangers circulaient librement dans les rues du village. C'était dans des moments comme celui-ci que des bagarres sanglantes et des pillages avaient lieu. La dame Viviane et le seigneur de Vallière avaient été très clairs sur ce point: aucun étranger ne devait franchir les murs du château, à moins d'y avoir été invité personnellement. Ne voyant aucun changement dans l'attitude du soldat, l'homme déclina son rang d'un air hautain. Il demandait une audience immédiate avec le seigneur des lieux. Aucunement impressionné, le soldat demeura sur ses positions et envoya l'un de ses subalternes prévenir le seigneur de Vallière.

Une heure passa avant que le jeune soldat ne revienne sur les lieux, à bout de souffle. La nuit avait maintenant enveloppé le château de son voile étoilé, et la lourde grille s'était refermée, bloquant ainsi l'accès au portail. Seul le pont-levis restait abaissé, dans l'attente de la réponse du seigneur des lieux. De son côté, Joffrey, seigneur de Knox, commençait à s'impatienter et rageait face à cette marque d'indifférence. Ce n'était pourtant pas une façon de recevoir le futur époux de la jeune Anne de Vallière ! Il aurait dû s'y attendre. Avec la mort du vieux, et sans aucune nouvelle depuis, il était à prévoir que le fils ne daignerait pas remplir sa part du contrat et livrer sa sœur cadette aussi facilement. Pour sa part, il n'avait que faire de cette jeune enfant, lui préférant de loin les femmes mûres et expérimentées. Il était venu dans l'intention de proposer un marché à ce seigneur arrogant : l'annulation du contrat de mariage avec sa sœur en échange d'une partie de ses terres. C'est donc avec un certain intérêt qu'il écouta le message du jeune soldat. Le seigneur de Vallière voulait bien le recevoir un bref instant et l'attendait un peu plus loin, dans la grande cour intérieure. Les soldats qui surveillaient l'entrée le laisseraient passer sans difficulté. Avec colère, Joffrey dirigea les pas de son cheval vers le lieu indiqué.

À son approche, un jeune homme se détacha du groupe et s'avança dans sa direction d'une démarche assurée. Mais que pouvait bien lui vouloir ce seigneur des terres du Nord ? Depuis la mort de son père, il n'avait plus entendu parler de lui. Indifférent à son agitation, Joffrey descendit de sa monture et le regarda avec mépris.

– Je vous salue, seigneur de Vallière, et vous remercie de votre hospitalité. J'espère que ma visite inattendue ne vous prive pas d'une quelconque partie de plaisir? demanda-t-il d'un ton arrogant.

– Si, justement, mais mes invités pourront se passer de ma compagnie quelques instants encore, déclara Jean de Vallière en mettant l'accent sur la fin de sa phrase. Mais trêve de balivernes, monsieur, que venez-vous faire ici? Car vous voilà bien loin de vos terres et de ceux de votre espèce! cracha-t-il avec dédain.

Préférant ne pas relever la dernière insulte, Joffrey s'obligea à demeurer calme. Ce jeune seigneur ne tarderait pas à apprendre les bonnes manières. À la pensée qu'il lui ferait bientôt ravaler ses mots, un sourire narquois étira ses lèvres. Sûr de lui, il mit un point d'honneur à lui répondre d'un ton dangereusement calme.

– Il est vrai que me voici bien loin de chez moi et des miens, mais une affaire importante nécessitait ma présence en ces lieux! Une affaire concernant votre famille, d'ailleurs!

Jean tressaillit à ces paroles. La tournure des événements n'était pas pour le rassurer. Il connaissait assez bien la réputation de ces barbares pour savoir que leur seule présence était annonciatrice de troubles. Plus vite il se débarrasserait de cet homme, mieux il s'en porterait.

– Ah oui? Et de quelle nature, si je puis me permettre, monsieur? Qu'est-ce qu'un seigneur tel que vous pourrait bien venir faire chez une famille aussi noble et respectueuse des principes de la chrétienté? continua-t-il sans autre forme de politesse.

Face à son insolence, Joffrey perdit quelque peu de son sang-froid. Comment osait-il le traiter ainsi, faisant fi de son rang? La moindre courtoisie aurait voulu qu'il soit invité à s'installer confortablement à la table de ses hôtes pour y partager leur repas, et qu'il soit traité avec décence et respect. Mais ce jeune blanc-bec semblait beaucoup plus désireux de le voir disparaître. Eh bien, il serait surpris, car lui, Joffrey de Knox, avait la ferme intention de ne repartir de ce château qu'avec ce qui lui revenait de droit, dût-il employer la manière forte pour y parvenir. L'observant attentivement, il prit plaisir à détacher chacun des mots de sa phrase.

– Seigneur de Vallière, je suis venu ici avec l'intention de faire respecter le contrat que votre père a signé avec le mien lors de sa dernière visite au château de Knox.

Devant la mine inquiète et le froncement de sourcils du jeune homme, il sourit. Il venait d'attirer son attention.

– Un contrat, mais de quoi me parlez-vous donc? demanda alors celui-ci, la gorge sèche.

– Une dette de jeu...

Sans un mot de plus, le seigneur de Knox sortit un bout de parchemin de sa bourse de cuir et le déroula soigneusement avant de le tendre vers le jeune homme. Dès la lecture des premières lignes, le visage de Jean de Vallière s'empourpra. Mais de quel droit cet homme dépravé se présentait-il ainsi chez lui avec ce tissu de mensonges? Il était hors de question qu'il acquiesce à ce contrat. La voix pleine de colère, il lui ordonna de quitter son château sur-le-champ, avant qu'il ne le fasse jeter aux oubliettes pour diffamation. Demeuré calme, l'homme le dévisagea froidement.

– Dois-je comprendre que vous ne comptez pas remplir votre part du contrat, seigneur de Vallière? demanda Joffrey d'un ton glacial.

– N'y comptez pas, monsieur, et tenez pour acquis que ce contrat sera sous peu renié par le roi et le pape lui-même. Jamais je n'accepterai de livrer ma jeune sœur à un être aussi fourbe que vous. Maintenant, hors de ma vue et ne revenez jamais! Désormais, la porte de mon château vous est fermée! dit-il d'une voix vibrante de colère et de mépris.

Se retournant vers les gardes, Jean leur ordonna aussitôt de reconduire le seigneur de Knox jusqu'au portail du château. Ils devaient s'assurer que cet homme quitterait définitivement les lieux. Nullement impressionné, Joffrey remonta à cheval et s'éloigna du groupe. Eh bien ! Le jeune De Vallière lui paierait cet affront et rembourserait la dette de son père, qu'il le veuille ou non. De ça, il était certain ! Qu'à cela ne tienne, le seigneur de Vallière découvrirait bien assez tôt à qui il avait affaire. D'ici là, mieux valait retourner au campement où l'attendait une troupe de soldats à sa charge. Il avait un plan en tête, mais avant l'exécution de celui-ci, certains de ses hommes se devaient de vérifier quelques informations.

De surcroît, il devait s'occuper d'un problème plus important encore, son implication personnelle dans la bataille qui faisait rage en Bretagne. Jean de Montfort, échappé depuis peu de sa prison du Louvre à Paris, était retourné auprès de son épouse, Jeanne de Flandre, afin de poursuivre la lutte contre Charles de Blois et assiéger Quimper. Des renforts fournis par Édouard III avaient rejoint Montfort et lui-même avait envoyé une de ses troupes pour les seconder. Son père, Merkios de Knox, avait toujours soutenu la couronne d'Angleterre et lui-même portait allégeance à Édouard III qu'il jugeait plus apte à gouverner la France que Philippe VI de Valois. De son point de vue, Philippe VI était beaucoup trop pieux et à la solde d'une Église qui ne lui inspirait nullement confiance. À son opposé, Édouard III était un grand monarque avec un génie tactique à son image. Il n'avait donc aucunement hésité à appuyer Montfort qui guerroyait pour Édouard III afin de prendre la succession du duché de la Bretagne, lui envoyant ses propres hommes pour soutenir le siège. D'autant plus qu'en échange de son soutien Édouard III lui avait promis des compensations intéressantes, autant pécuniaires que territoriales.

Malheureusement, les dernières nouvelles reçues n'étaient pas pour lui plaire, car selon les dires du messager, l'armée d'Édouard III semblait tenir difficilement devant celle du jeune Jean de Normandie, fils du roi de France. En outre, Montfort semblait des plus mal en point. S'il ne prenait pas garde et que la victoire allait à la France, c'est sa tête qu'il perdrait. Sans compter que certaines rumeurs circulaient aussi selon lesquelles le pape lui-même interviendrait par le biais de ses légats afin d'arrêter cette lutte, si les deux camps ne parvenaient pas à une entente raisonnable dans les mois à venir.

De retour au campement, Joffrey renvoya le messager avec une missive à l'intention du chevalier de Coubertin qu'il avait laissé à la tête de sa troupe, lui ordonnant de demeurer discret dans son implication et de quitter les lieux si l'armée de France devait à nouveau reprendre le contrôle du duché de Bretagne. Incapable de dormir, il dirigea ses pas vers la forêt, le regard perdu au loin, laissant aux soins de Christian, son écuyer, la préparation de son équipement pour le tournoi à venir.

C'était enfin le jour du tournoi et une certaine frénésie s'était emparée du château. La jeune Anne était incapable de demeurer en place. Sa mère, qui se tenait à ses côtés, sourit face à son agitation. Cet après-midi, ne devait-elle pas remettre le prix au vainqueur du tournoi? Ce n'était pas tous les jours qu'on avait droit à un tel honneur, et c'était précisément ce qui rendait sa fille si nerveuse. Nul doute que nombre d'hommes poseraient un regard gourmand sur sa silhouette et ses hanches pleines, sans parler de sa poitrine ronde, mise en valeur par l'étoffe de soie d'un bleu ciel que son fils avait fait venir de l'Extrême-Orient. Au moins, un de ses trois enfants éprouvait un vif plaisir à l'idée de ce tournoi, ce qui n'était pas le cas de son fils aîné qui affichait une triste tête depuis deux jours déjà. Elle avait bien essayé d'en savoir un peu plus sur ce qui le préoccupait tant, mais il se rebiffait à toute tentative de sa part, prétextant un malaise passager. Mais elle le connaissait assez bien, ce fils fier, pour savoir qu'un problème plus grave le tracassait, et cela l'inquiétait d'autant plus qu'il se refusait à lui en parler. Nullement rassurée par son silence, elle se promit de faire une autre tentative pour en apprendre davantage. Secouant la tête, elle chassa ces idées moroses de son esprit. Pour l'instant, mieux valait concentrer son énergie sur les préparatifs du festin à venir. En tant que châtelaine, elle se devait de tout vérifier une dernière fois à la cuisine et de s'assurer de l'efficacité de ses serviteurs.

Laissant sa fille cadette aux bons soins de sa femme de chambre et de sa fille aînée Louisa, Viviane descendit le grand escalier de pierre et rejoignit la cuisine. Une chaleur accablante emplissait la pièce d'une odeur lourde et âcre. Alors que certains dressaient les tables à tréteaux dans la grande salle, d'autres les recouvraient de nappes blanches brodées par les mains habiles de la châtelaine et de ses deux filles. Par la suite, deux servantes s'affairèrent avec minutie à y déposer couteaux et cuillères d'argent, petites boîtes contenant sel et épices, pendant que d'autres parsemaient le plancher de fleurs aromatiques. Un peu plus loin, la cuisine était un vrai centre d'activités, car tous se consacraient aux derniers préparatifs. Un gros cochon entier rôtissait sur une broche au-dessus des braises du foyer, alors que les cuisiniers apprêtaient avec soin du poisson doré, des sauces relevées, des terrines de cailles en croûte, des vol-au-vent, du faisan farci, des tartes, des pains d'épices et des pâtés de fruits. Une odeur suave et sucrée emplissait la pièce. Après un bref coup d'œil sur les plats mijotés, la châtelaine se dirigea vers sa chambre afin de s'y préparer. Lorsqu'elle y parvint, un silence bienfaisant l'accueillit. Enfin un peu de tranquillité avant la cohue du tournoi.

Lorsque le seigneur de Vallière et sa famille s'installèrent à l'intérieur de la tribune principale, le bruit de la foule fit bientôt place au silence. Seul le son de la trompette qui marquait l'arrivée des nobles brisa ce silence lourd et respectueux. Tous attendaient le signal de leur seigneur pour commencer le tournoi. La frénésie qui s'emparait de l'assistance était presque palpable. Alors que tous avaient les yeux rivés sur leur seigneur, un homme se tenait légèrement en retrait, la visière de son casque abaissée et le corps raide. Par sa stature imposante, immobile, il se démarquait des autres participants. Pourtant, à la vue de la jeune noble Anne de Vallière, il frémit. C'était donc elle, cette beauté que les ménestrels vantaient tant. Pour une fois, les mots de ces hommes d'origine populaire reflétaient bien la réalité. Cette enfant était d'une beauté sauvage, avec des yeux de braise et des lèvres pulpeuses. Une énergie fougueuse semblait l'animer tout entière. Comme il serait bon de jouir des plaisirs de ce jeune corps encore inexploré et de se perdre en elle, le visage enfoui dans la longue chevelure de feu. Pour une surprise, c'en était toute une. Jamais il n'aurait cru avoir affaire à une telle diablesse. Décidément, la vie lui réservait de bien agréables surprises. Finalement, les terres du Sud de ce seigneur de Vallière pouvaient encore attendre, car ce qu'il voulait maintenant c'était son dû : cette belle enfant que le vieux lui avait promise en mariage pour régler sa dette contractée auprès de son père. Eh bien ! L'issue de ce tournoi pourrait s'avérer des plus intéressantes, en fin de compte. Oui, des plus intéressantes, pour lui, Joffrey, seigneur de Knox.

S'emparant de son bouclier identifié par un aigle et un lion, il fit signe à son écuyer de venir ajuster celui-ci sur son bras gauche. Par la suite, Christian l'aida à fixer ses jambières et ses épaulières, tout en vérifiant la solidité de sa cuirasse. D'autres se joignirent à lui pour l'aider à monter son étalon arabe. Au dernier instant, son écuyer lui tendit un foulard de couleur qu'il noua à son bras droit. Alors que la trompette retentissait pour annoncer l'ouverture des joutes, il s'avança derrière les autres le dos bien droit et fit faire un tour d'honneur à son destrier avant de regagner sa tente. Lorsqu'il passa devant Anne de Vallière, il abaissa la tête en signe de salut et montra fièrement ses couleurs avant de repartir au galop. Bouche bée, la jeune fille regarda sa mère, une lueur d'incertitude dans le regard. Mais qui pouvait bien être ce chevalier aux étendards du château de Knox, qui se permettait de la saluer si familièrement, sans daigner montrer son visage au grand jour, et qui portait ses couleurs de surcroît ? Un sourire de satisfaction étira les lèvres de l'homme quand il aperçut son froncement de sourcils. Parfait, il venait d'attirer sur lui l'attention de la mère et de la fille.

De son côté, Jean de Vallière crispa les lèvres en découvrant le blason de l'homme qui s'apprêtait à combattre. Que faisait-il ici, ce bâtard ? Il lui avait pourtant clairement signalé, deux jours auparavant, que sa présence n'était pas souhaitée. Voulant se débarrasser de cet imposteur, il fit signe au héraut de le rejoindre. Discrètement, il lui communiqua son désir de voir le seigneur de Knox affronter leur meilleur chevalier, mais seulement à la fin des jeux. Qu'il trouve un motif pour justifier cette décision en cas de besoin, après tout c'était lui l'organisateur du tournoi. Jean sourit. De cette façon, cet homme ne pourrait pas attirer sur lui les regards de la maisonnée tout au long de la journée. Après un bref signe de tête, le héraut retourna à son poste et appela les deux premiers participants. À son signal, les combattants s'avancèrent à chaque extrémité de la lice et abaissèrent leur visière dans un bruit sourd. Puis, dressant leur lance vers le ciel, ils foncèrent l'un sur l'autre à bride abattue. Leurs cris sauvages résonnèrent en écho, faisant frissonner la foule d'appréhension. À quelques lieues l'un de l'autre, ils abaissèrent leur lance d'un même mouvement, la pointant sur l'adversaire. L'impact fut si puissant lorsque les armes s'entrechoquèrent que l'un des deux hommes fut projeté dans les airs avant d'atterrir violemment sur le sol. La foule hurla de bonheur. Le tournoi avait officiellement débuté. Un peu plus loin en contrebas, le seigneur de Knox observait attentivement la jeune Anne de Vallière, absorbé par son visage qui s'animait avec ravissement à la vue du combat qui se déroulait sur le terrain. Ses yeux reflétaient un mélange d'exaltation, de plaisir, mais aussi d'appréhension.

Un sourire de satisfaction étira ses lèvres lorsque quelques heures plus tard il fut appelé sur le terrain pour combattre. Enfin un peu d'action, pensa-t-il. Son cheval piaffait, impatient de commencer la course. À cause de son inaction depuis le début de la journée, la bête se cabrait et hennissait bruyamment. Joffrey jura et tira rudement sur la bride de son étalon. Jean de Vallière lui paierait cet état de fait. La foule hurlait d'enthousiasme et se massait aux abords des tribunes, car le chevalier de Balte, leur héros célèbre pour ses exploits, s'apprêtait à combattre de nouveau. Joffrey examina son adversaire. Nul doute qu'il n'avait pas affaire à un débutant. Il lui faudrait être très attentif, car la partie n'était pas encore gagnée et il ne pouvait se permettre la moindre erreur ; l'enjeu était trop grand. Les deux hommes se faisaient maintenant face, attendant le signal du départ. Au son de la trompette, Joffrey s'élança au trot, dans un cri de guerre saisissant. Anne frissonna en entendant ce hurlement primitif. Pour sa part, Joffrey jubilait. Parvenu presque à la hauteur de son adversaire, il banda ses muscles et coinça sa lance sous son aisselle gauche. La pointe de sa lame se brisa avec fracas au contact de l'armure, blessant du même coup l'épaule droite de son adversaire. De son côté, Joffrey fut durement touché au mollet gauche, et il faillit relâcher sa prise sous la force de l'impact. La mâchoire crispée, il resserra ses cuisses contre l'étalon pour ne pas basculer, ignorant volontairement la douleur lancinante qui irradiait de sa blessure. Parvenu à l'extrémité de la lice, il fit faire demi-tour à son destrier et repartit de plus belle. Le chevalier de Balte avait déjà fait volte-face et, avec son épaule blessée, parvenait difficilement à maintenir sa lance, mais il n'abandonna pas pour autant. De nouveau, le choc fut violent, et cette fois-ci les deux cavaliers furent désarçonnés. Se relevant avec difficulté, ils dégagèrent leur épée du fourreau, prêts à poursuivre le combat. Avec force, les deux épées s'entrechoquèrent, faisant résonner dans l'air un bruit sourd de métal. Le chevalier de Balte jura en constatant l'acharnement de son adversaire. Décidément, cet inconnu n'en était pas à son premier combat. Son bras était sûr et sa lame mortellement tranchante. Chaque coup paré se répercutait douloureusement dans son épaule affaiblie. Il avait peine à maintenir son épée, grimaçant à chaque impact. Lorsque la lame de son adversaire vint frapper de nouveau son épaule, il chancela et ne fut plus en mesure de soutenir la cadence acharnée de son adversaire. Incapable de l'atteindre, il dut demander grâce lorsque l'épée de l'autre se retrouva sous son menton, prête à lui trancher la gorge. La foule hurla de déception face à sa capitulation. Indifférent devant cette foule houleuse, Joffrey abaissa la garde de son épée, se dirigea d'un pas saccadé vers la tribune principale et s'y arrêta, la tête haute. Seul un léger tressaillement de la mâchoire trahissait toute la maîtrise dont il devait faire preuve pour ne pas chanceler sous la douleur. L'heure n'était pas à la faiblesse. Il devait se montrer intouchable. D'un mouvement vif, il retira son casque, découvrant ainsi ses boucles noires. Un visage basané et un menton volontaire apparurent. Anne frémit lorsque ses yeux croisèrent le regard primitif de l'homme. Confuse, elle ne put que balbutier un bref mot de félicitations. Détournant son regard vers sa mère, elle chercha de l'aide pour se tirer de cette situation des plus étranges. Elle avait été si certaine de pouvoir offrir ses félicitations au chevalier de Balte. Moins impressionnée que sa fille, Dame Viviane jaugea l'homme de ses yeux perçants.

– Eh bien, noble chevalier, daignerez-vous maintenant nous dévoiler votre identité après l'étalage de vos prouesses ? demanda-t-elle avec une pointe d'ironie dans la voix.

– Avec plaisir, Dame Viviane ! murmura Joffrey, le souffle court. Mon nom est Joffrey de Knox, seigneur des terres du Nord, pour vous servir, ajouta-t-il en la saluant humblement.

La châtelaine frissonna à l'évocation de ce nom. Mais que pouvait bien faire ce seigneur sur leurs terres ? Un bref instant, son regard se voila. Sa présence en ces lieux n'était pas pour la rassurer et les yeux insistants qu'il posait sur sa fille cadette la laissaient tremblante d'appréhension. Se forçant à reprendre contenance, elle se racla la gorge discrètement.

– Que nous vaut l'honneur de votre présence parmi nous, seigneur de Knox ?

– Un contrat, ma dame ! Un contrat de mariage, plus précisément ! répondit-il avec assurance.

Devant le regard perturbé de son interlocutrice, il fit venir son écuyer pour que celui-ci lui apporte le contrat en question. Percevant de la colère dans les yeux du jeune Jean de Vallière, il sourit de plus belle. Ce sourire de satisfaction ne passa pas inaperçu auprès de Dame Viviane. Son cœur se serra d'autant plus quand elle remarqua le regard mauvais de son fils. Mais que se passait-il ici ? Reportant de nouveau son attention sur le seigneur de Knox, elle serra les lèvres. Désireux d'en terminer une fois pour toutes, Joffrey continua sur son élan.

– Ma dame, selon les lois de ce tournoi, n'ai-je pas droit à une récompense ? railla-t-il.

– Oui, en effet. Excusez-moi, mais tout ceci est si soudain. Pardonnez mon égarement, ne put que répondre Dame Viviane, confuse face au tour que prenait la discussion.

Mais alors qu'elle faisait signe à sa fille de s'avancer pour remettre le prix, il arrêta son geste et lui indiqua un bout du parchemin qu'il tenait entre les doigts.

– Pardonnez-moi, ma dame, mais je crains de m'être mal fait comprendre. Ce n'est pas le prix que je désire recevoir des mains de votre fille, mais sa main elle-même en mariage, tel que stipulé dans ce contrat de « futura » signé par votre défunt mari. C'est votre fille, Anne de Vallière, qui est mon dû ! lança-t-il avec satisfaction.

La jeune Anne dut se tenir au rempart de la tribune afin de ne pas chanceler. Blême, elle faisait peine à voir. De son côté, Dame Viviane encaissa le choc avec autant d'assurance qu'elle le put. Pourtant, une peur sourde faisait battre ses tempes. Horrifiée par une telle proposition, elle s'emporta :

– Comment osez-vous profaner ainsi la mémoire de mon défunt mari, monsieur ? Celui-ci n'aurait jamais permis un tel sacrilège !

– C'est là que vous faites erreur, ma dame, car il le fit bien, comme ces papiers le prouvent, et ceci dans le but de rembourser une dette de jeu contractée auprès de mon défunt père, poursuivit Joffrey d'un ton froid et sans équivoque.

Dame Viviane pâlit à son tour. Il devait y avoir une erreur, jamais son mari n'aurait fait une telle chose. Il était impossible qu'il ait marchandé leur fille ainsi. Certaine que ce seigneur barbare avait tout inventé dans le but d'atteindre ses objectifs indignes, elle l'interpella rudement :

– En voilà assez, monsieur! Veuillez s'il vous plaît vous taire et nous laisser en paix! Vous et vos semblables avez déjà suffisamment fait de mal à notre famille en entraînant mon mari dans un voyage qui lui a coûté la vie.

– Je suis désolé que vous le preniez ainsi, ma dame, mais il est hors de question que je quitte ces lieux sans mon dû, lança-t-il avec dureté.

Empourprée par la colère, elle fit aussitôt appeler les gardes avec la ferme intention qu'on arrête ce goujat. Mais, ayant déjà prévu son geste, le seigneur de Knox avait fait placer sa troupe de soldats sur les lieux du tournoi. À peine eut-elle le temps de se retourner que déjà tous se trouvaient encerclés par les hommes de Joffrey de Knox.

– À votre place, je réfléchirais longuement avant d'appeler vos gardes, ma dame. Vous ne voudriez sûrement pas être responsable de la mort de votre famille? dit-il d'un ton qui ne laissait place à aucune négociation.

Devant le regard horrifié de la jeune Anne de Vallière, il éclata d'un rire mauvais. Sa vengeance face à leur arrogance serait douloureuse et sans pitié. Portant de nouveau les yeux sur la jeune femme, il s'adressa à elle d'une voix sombre:

– Vous verrez, ma toute belle, lorsque nous serons mariés et que vous aurez goûté aux délices de l'union de nos deux corps, vous me regarderez autrement, je vous l'assure.

Et, joignant le geste à la parole, il saisit brusquement son visage d'une pâleur mortelle et prit possession de ses lèvres, entrouvertes par la stupeur. Le souffle court, la jeune femme poussa un cri de détresse lorsque l'homme la relâcha. Impuissant devant ces événements, Jean de Vallière serra les poings et se promit de lui faire payer un jour cet affront. Pour sa part, Dame Viviane ne parvenait pas encore à accepter la dure réalité. Pourtant, c'était bel et bien écrit sur le parchemin. Mais comment son mari avait-il pu commettre une telle horreur? Le sceau qui avait cacheté ce document était authentique;

il aurait été par ailleurs impossible de renier l'écriture de son défunt mari. Jetant un regard impuissant vers sa fille cadette, elle ne put faire autrement que de lui tendre les bras pour lui communiquer un peu de sa force. Que Dieu lui vienne en aide, car la jeune fille aurait besoin de toute sa puissance et de sa lumière pour traverser cette épreuve.

– Seigneur de Knox, l'authenticité de ce document est incontestable, je vous l'accorde. Mais vous serait-il possible d'accorder grâce à ma fille et de la délivrer de ce contrat ? Nous pourrions, si vous le désirez, parler en privé d'une autre entente qui vous dédommagerait largement, demanda-t-elle d'une voix brisée.

Face au regard mouillé, l'espace de quelques secondes, Joffrey fut tenté de céder, mais le souvenir du corps frêle de Dame Viviane qui frémissait sous son baiser quelques instants plus tôt le ramena à la réalité.

– Non, ma dame ! Il est temps pour moi d'assurer ma lignée. Cette jeune femme m'a été promise en mariage et je compte bien m'en tenir à cela. Votre fille est d'une grande beauté… À faire damner un saint… Je me réjouis à l'avance de la faire mienne ! Elle me semble saine et robuste. Je suis certain qu'elle me donnera de beaux enfants, souligna-t-il avec malice.

Il aurait voulu poursuivre dans le même ordre d'idées pour faire enrager Jean de Vallière, mais il s'en abstint en voyant le regard brisé de Dame Viviane.

– Quelles sont vos attentes face à ce mariage, seigneur de Knox ? parvint-elle à murmurer.

– Elles sont simples, ma dame. Je veux que votre fille soit mienne d'ici la fin de la semaine, c'est-à-dire dans trois jours. Je ne désire aucun festin, seulement une courte cérémonie, en privé, dans la chapelle du château. Je souhaite pouvoir repartir dans quatre jours. Je me suis déjà absenté suffisamment longtemps de mes terres. De plus, je ne veux ni femme de chambre, ni chevalier pour l'escorte, ni bagage lourd, seulement l'essentiel au voyage. La future dame de Knox aura tout ce qu'il lui faut dans mon château. Pour ce qui est des détails de la dot, nous verrons dans les jours à venir, termina-t-il avec satisfaction.

– Vous semblez savoir exactement ce que vous voulez, monsieur. Vous ne pourriez être plus clair dans vos attentes. Mais sachez qu'on ne commande pas ainsi la châtelaine de ces lieux sans s'attirer en contrepartie son courroux ! Maintenant, je vous prierais d'avoir l'obligeance et la décence d'éloigner vos hommes afin que je puisse regagner mes appartements avec ma fille ! lança-t-elle, retrouvant un peu de sa dignité.

– Bien sûr, ma dame, répondit Joffrey, non sans une pointe de sarcasme dans la voix.

Puis il ajouta :

– Toutefois, j'exige que trois de mes hommes, dont le chevalier de Dumain, accompagnent ma future épouse pour assurer sa garde.

– Comme il vous conviendra, répondit froidement Dame Viviane, mais ne croyez pas avoir acquis tous les droits sur ma fille ! Elle n'est pas encore vôtre, monsieur ! termina-t-elle avec amertume.

Préférant s'abstenir de tout commentaire déplaisant, Joffrey se contenta d'un bref signe de tête avant d'ordonner à ses soldats de se retirer. Seuls ses trois plus fidèles chevaliers demeurèrent à ses côtés. Comme convenu la veille, ils attendirent ses ordres avant d'escorter la jeune femme. Joffrey fronça les sourcils. Il avait confiance en la parole de la dame des lieux. Toutefois, il doutait de la bonne foi de Jean de Vallière. Nul doute que celui-ci tenterait une manœuvre pour récupérer sa sœur. Mieux valait l'avoir à l'œil.

Le festin du soir se déroula avec fracas. Mais Anne n'avait plus le cœur à la fête. Cette journée, qui avait commencé sous de bons augures, se terminait en cauchemar. L'idée de devoir accompagner ce seigneur ignoble dans quatre jours comme son épouse légitime lui révulsa l'estomac. Se levant vivement de la table d'honneur, elle s'éloigna de la foule en courant et se dirigea vers la grande cour intérieure. Parvenue à l'extérieur des murs protecteurs du donjon, elle inspira profondément l'air frais de la nuit. Peu à peu, les spasmes qui l'avaient secouée se calmèrent. Des larmes de désespoir coulèrent librement sur ses joues. Comment cela était-il possible ? Pourquoi son père l'avait-il trahie de la sorte ? Quel péché grave avait-elle commis pour que le Dieu tout-puissant l'abandonne ainsi aux mains de cet être immonde ? Sa mère, qui la suivait de près, vint jusqu'à elle et caressa tendrement ses cheveux. Fort secouée par les derniers événements, Anne trouva refuge dans ses bras et s'y accrocha avec l'énergie du désespoir. Comment survivre à un homme aussi froid et dépourvu de toute morale ? Avec horreur, elle se rappela le contact rude de sa bouche sur ses lèvres. À l'idée de son corps sur le sien, son estomac se contracta de nouveau. Quittant les bras protecteurs de sa mère, elle tomba à genoux et se laissa aller. Le corps secoué de spasmes violents, elle tremblait sous l'effort fourni. Vidée de toute force, elle se laissa choir sur le sol et colla sa joue brûlante contre la terre fraîche. Comment vivre loin des siens, sur les terres de ce peuple cruel et fourbe ? Jamais elle n'accepterait de connaître un tel déshonneur. Mieux valait mourir que d'appartenir à cet homme qui ne vivait que dans le péché et la luxure. En devenant sa femme, nul doute qu'elle et sa descendance seraient maudites et vouées au feu de l'enfer. C'était certain ! Mais comment échapper à cet homme sans attirer sa foudre sur sa famille ? En relevant la tête, elle croisa les yeux embués et torturés de sa mère. C'est alors qu'elle aperçût le pâle reflet de la lune sur la croix qui surplombait la chapelle du château. Un large sourire étira ses lèvres tandis qu'elle observait cette croix. Se redressant vivement, elle déposa un léger baiser sur le front de sa mère et s'éloigna en direction de la grande salle pour y retrouver son frère aîné.

En pénétrant dans la pièce, elle fut accueillie par une foule des plus bruyantes. Un luth et un tambourin accompagnaient de leurs notes joyeuses les prouesses d'un jongleur et celles d'un bouffon qui s'évertuait à faire rire les invités, ayant déjà abandonné l'idée de divertir les occupants assis à la table d'honneur. Anne sursauta lorsqu'un ours et son maître firent leur apparition à ses côtés. Les nerfs à vif, elle s'éloigna rapidement et rejoignit son frère. L'œil hagard, celui-ci mangeait du bout des lèvres, sans appétit, au grand désarroi des cuisiniers. Absorbé par les événements survenus plus tôt, il ne remarqua pas la présence de sa sœur et tressaillit lorsque celle-ci frôla son épaule gauche du revers de la main. Relevant la tête, il croisa ses yeux animés d'une nouvelle vie et fronça les sourcils face à son sourire malicieux. Que lui arrivait-il ? Il n'y avait pourtant pas matière à réjouissances. Faisant fi de son regard sombre, Anne saisit la main droite de son frère et l'entraîna jusqu'à sa chambre située en haut de la salle de réception. Tout absorbée par son projet, elle ne porta pas attention à l'homme qui se détachait de la foule joyeuse. Alors qu'Anne et son frère grimpaient rapidement les marches du château, le chevalier de Dumain, lui, galopait déjà en direction du campement du seigneur de Knox. Parvenue à sa chambre, Anne en referma soigneusement la porte et fit asseoir son frère. Avant qu'il n'ait pu dire quoi que ce soit, elle le noya sous un flot de paroles, lui expliquant dans un débit rapide le projet qui avait germé dans sa tête. Elle devait réussir à le convaincre du bien-fondé de son plan ; c'était sa seule chance d'échapper aux griffes du seigneur de Knox. Intrigué, Jean lui accorda une oreille attentive, fronçant les sourcils à certains moments, mais il l'écouta jusqu'au bout. Un sourire illumina ses traits à la fin de l'exposé. Sans plus attendre, il serra sa sœur contre lui et la fit tournoyer dans les airs, lui arrachant un éclat de rire enfantin.

La nuit faisait place peu à peu aux lueurs rosées du matin. À peine les rayons du soleil commençaient-ils à réchauffer la terre de leur chaleur bienfaitrice que déjà Anne s'activait dans sa chambre. Avec l'aide de sa vieille nourrice, elle enfila une robe de laine brune par-dessus sa fine chemise de lin crème. Avec force, la vieille femme ajusta la robe en resserrant les cordons sur le devant. Puis, dans un lourd silence, Anne ajouta une cape de laine marron pourvue d'une grande capuche afin de camoufler son visage et son habillement. Ainsi chaudement vêtue, elle pouvait entreprendre, sans craindre d'attraper froid, une longue chevauchée dans la fraîcheur du petit matin. Ouvrant lentement la porte, elle observa les alentours en quête d'un signe de vie. Mais nul bruit ne perturbait le silence qui régnait dans le château encore endormi. S'emparant d'une torche, elle descendit l'escalier de pierre d'un pas rapide et discret. Arrivée dans la grande salle, elle contourna les fauteuils près de l'âtre et longea le mur de pierre jusqu'à la cuisine. Les pierres inégales effilochèrent sa cape au passage. Sur ses gardes, elle demeurait attentive au moindre bruit. Parvenue à la cuisine, elle devait descendre jusqu'à la cave et chercher le passage secret qui menait aux écuries.

Au moment où elle s'engageait dans la cuisine, un bruit de pas se fit entendre à l'entrée principale de la grande salle. Un des chevaliers attachés à la garde du seigneur de Knox effectuait son tour de ronde. Vivement, elle alla se cacher derrière l'une des grosses malles qui traînaient par là. Recroquevillée sur elle-même, elle s'enroula dans sa cape, espérant ainsi se fondre dans la pénombre. Malgré la fraîcheur qui régnait dans les lieux, Anne sentit des gouttes de sueur perler à son front. Son cœur battait la chamade et ses mains moites tremblaient sous sa cape. Avec effort, elle tentait de contrôler sa respiration saccadée pour ne pas alerter le garde. Une éternité sembla s'écouler avant qu'il ne reparte. Certaine d'être seule à nouveau, Anne se dirigea rapidement vers la cuisine et alluma sa torche dans les braises de l'âtre avant de descendre les marches qui conduisaient à la cave. Une odeur de moisissure la fit tressaillir à son arrivée dans les bas-fonds du donjon. Après un bref regard aux alentours, elle repéra l'emplacement désigné par son frère. Un grincement sourd retentit lorsqu'elle fit glisser la porte sur ses gonds, ce qui lui arracha un hoquet de surprise. Inspirant profondément, elle se résigna à s'engouffrer dans l'étroit tunnel sombre. Trébuchant sur le sol inégal, elle parvint tant bien que mal à s'orienter avec sa torche et soupira de soulagement lorsqu'elle déboucha dans l'écurie. Son frère l'y attendait déjà, impatient de partir. Dix hommes l'accompagnaient, dont le chevalier de Balte. Sans plus attendre, l'écuyer de son frère l'aida à monter en selle et lui passa les brides de son cheval en silence. L'air était vif et piquant. Anne frissonna dans la fraîche brise du matin. Sous le regard attentif de son frère, elle lui adressa un léger signe de tête. À son signal, celui-ci entraîna la troupe à sa suite. Soulevant la poussière derrière eux, ils s'élancèrent au galop et traversèrent le portail du château.

Lançant un bref regard vers les murailles, Anne avala péniblement. Le choix qu'elle avait fait la veille était périlleux et ne représentait aucunement l'image qu'elle s'était faite de son avenir, mais c'était de loin la meilleure solution dans les conditions actuelles. Mieux valait entrer au service de Dieu, dans un cloître, plutôt que d'épouser le seigneur de Knox. Face à sa décision, ce seigneur, aussi grand fût-il, n'aurait d'autre choix que de s'incliner devant le Dieu tout-puissant. Certes, sa vie serait des plus austères, mais au moins son âme serait épargnée des feux éternels de l'enfer. Anne fit la grimace en imaginant la vie terne et recluse que serait la sienne dans quelques heures. Mais son sacrifice ne serait pas vain, car le contrat signé par son père deviendrait caduc, libérant ainsi les siens de tout engagement envers le seigneur de Knox. À la pensée de sa mère, Anne soupira. Il ne faisait aucun doute que celle-ci éprouverait un choc en apprenant la nouvelle, mais elle comprendrait sûrement que devant l'urgence de la situation, ils n'avaient pas pu faire autrement. Il leur fallait agir rapidement, avant que le seigneur de Knox ne se doute de quoi que ce soit. Certes, il n'avait pas été facile d'échapper à la vigilance des chevaliers chargés de la surveiller, mais le passage secret, qui reliait la cave du donjon aux écuries, lui avait été d'un grand secours. Elle imaginait la scène qui devait présentement se dérouler et frissonna à l'idée du sort qui attendrait ces pauvres hommes lorsque leur maître découvrirait le subterfuge. Mieux valait mettre le plus d'espace entre eux et son courroux. Désirant atteindre dès que possible les murs protecteurs du couvent, Anne accéléra la cadence. Sensible à ses craintes, Jean fit activer le pas à sa troupe. Ils étaient presque déjà en vue du monastère, lorsqu'un bruit sourd parvint jusqu'à eux. Relevant la tête, Anne aperçut avec effroi le seigneur de Knox et une troupe de soldats qui barraient l'entrée des grilles de l'édifice. Faisant aussitôt volte-face, son frère cria des ordres à ses hommes et obligea sa sœur à faire demi-tour en direction des bois, sur leur gauche. S'ils se dépêchaient, ils pourraient peut-être rejoindre le monastère de la ville voisine avant que l'armée du seigneur de Knox ne les rattrape. Bonne cavalière, Anne parvint à maintenir la cadence endiablée de son frère aîné, évitant au passage les branches basses des arbres et obligeant sa jument à enjamber les obstacles naturels de la forêt. L'herbe haute cinglait ses jambes, lui arrachant de faibles gémissements. Terrifiée à l'idée d'être capturée, elle n'osait jeter un regard en arrière.

Soudain, son cheval se cabra et la projeta sur le sol marécageux. Atterrissant lourdement, Anne ne put retenir un cri de douleur lorsque sa tête vint heurter un rocher. Jean freina alors son élan, fit faire demi-tour à son étalon et rejoignit sa sœur. Sans arrêter sa monture, il sauta à terre et jura en apercevant la lance fichée dans le flanc de la jument. Relevant la tête, il eut à peine le temps d'éviter une nouvelle flèche lancée dans sa direction. Ayant réalisé le danger qui les menaçait, les autres chevaliers étaient déjà revenus sur leurs pas et les encerclaient pour les protéger. Avec rage, Jean aida sa jeune sœur à se relever et l'obligea à remonter en selle avec le chevalier de Balte. Encore sonnée, Anne se laissa faire. Constatant son état, le chevalier de Balte entoura sa taille d'une étreinte solide et, sans autre préambule, lança son cheval au galop. La bête protesta avec force à cause de cette double charge, mais se calma rapidement sous les ordres fermes de son cavalier. Dans un hennissement, l'étalon s'élança loin devant les autres. Rassuré quant au sort de sa sœur, Jean remonta sur le dos de son propre étalon et ordonna à ses hommes de le suivre pour affronter le seigneur de Knox. Ainsi, ils pourraient couvrir la fuite de sa sœur. À grands cris, ils foncèrent sur la horde, tels des fous furieux. Avec surprise, Joffrey les vit s'approcher et ne put s'empêcher d'admirer leur courage. Ne voulant pas supprimer inutilement des hommes d'une telle valeur, il ordonna à ses archers de les viser sans les tuer. Touchés légèrement, ils n'en continuèrent pas moins sur leur lancée. Malheureusement, étant donné le nombre élevé de soldats ennemis, ils ne purent tenir longtemps et se retrouvèrent bien vite en situation précaire. Entourés par l'ennemi, ils se résignèrent à déposer leurs armes, mais au moins le chevalier de Balte et Anne de Vallière avaient maintenant une bonne longueur d'avance. Joffrey ragea en découvrant l'absence de la jeune femme au sein de la troupe. Faisant volte-face, il administra un coup brutal au visage de Jean et s'éloigna au galop en direction du monastère. Mais auparavant, il donna des ordres précis à ses hommes pour qu'ils ramènent leurs prisonniers au campement et qu'ils libèrent Jean de Vallière dès leur arrivée. À son retour, il déciderait du sort des chevaliers.

Joffrey n'avait pas décoloré en parvenant aux grilles du monastère. D'un bond souple, il sauta à terre et s'élança vers les portes au pas de course. Du coin de l'œil, il aperçut la monture du chevalier de Balte qui s'ébrouait. Avec violence, il ouvrit la porte et se dirigea vers la chapelle. Lorsqu'il y entra, le chevalier de Balte s'interposa entre lui et le prêtre qui se trouvait là. Fou de rage de s'être fait berner ainsi, Joffrey se précipita sur le chevalier avec la ferme intention de l'écarter de son chemin, dût-il le tuer. D'un geste vif, il s'empara de son épée. Les lames s'entrechoquèrent avec force. Le chevalier de Balte recula sous l'assaut, mais, reprenant son appui, releva sa garde aussitôt, prêt à combattre. Le prêtre voulut intervenir, mais Anne le retint, le suppliant de l'unir à Dieu dans les plus brefs délais. La fureur de Joffrey doubla en entendant l'office du prêtre. Il se devait d'agir rapidement, sinon cette petite garce allait lui échapper. Avec effroi, Anne ne cessait d'observer les deux hommes qui combattaient, écoutant à peine les paroles du prêtre. Pour sa part, le chevalier de Balte priait pour que celui-ci en finisse au plus vite, parvenant avec peine à maintenir le rythme effréné du seigneur de Knox. Plus le temps avançait, plus celui-ci gagnait du terrain auprès de la jeune femme. Alors que Joffrey feignit une manœuvre sur la droite, le chevalier de Balte leva son épée afin de parer le coup. Il réalisa trop tard son erreur car, profitant alors de l'ouverture qui s'offrait à lui, Joffrey n'hésita pas à transpercer son adversaire avec la pointe affilée de son épée. Une grimace douloureuse défigura l'homme avant qu'il ne s'effondre sur le sol. À la vue de tout ce sang qui se répandait sur le parquet de la chapelle, les religieuses qui faisaient office de témoins hurlèrent de peur. Les ignorant, Joffrey s'avança vers le prêtre, le regard menaçant. Celui-ci recula devant la férocité de l'intrus. Profitant de ce moment, Anne esquissa un geste de fuite en direction des portes, mais Joffrey l'aperçut. Les traits déformés par la colère, il s'élança à sa poursuite et eut vite fait de la rattraper. L'empoignant sans ménagement par le bras, il la traîna avec force vers l'autel.

– Vous étiez empressée de vous marier, jeune fille, eh bien, nous allons régler ce petit détail, mais à ma façon! lança-t-il d'une voix menaçante.

Anne voulut échapper à son emprise mais l'homme la retint d'une poigne de fer. Tournant son regard vers le prêtre, il enjoignit à celui-ci de les unir sur-le-champ. Face à son hésitation, Joffrey lui assura qu'il était chrétien et sortit le contrat qui lui léguait tous les droits sur la jeune Anne de Vallière. Le prêtre ne put que s'incliner. Anne tremblait de rage et de colère. Il ne lui aurait fallu que quelques minutes de plus pour être définitivement hors d'atteinte des griffes de ce monstre. Mais pourquoi le Seigneur l'avait-il abandonnée ainsi? Absorbée par ses pensées, elle n'entendit pas le prêtre qui lui demandait de se mettre à genoux et de répéter après lui la formule de consentement. Ayant perdu le peu de sang-froid qu'il lui restait, Joffrey l'empoigna rudement par les cheveux et tira sa tête vers l'arrière. Sous la douleur, Anne fléchit et murmura les paroles qui allaient la lier à jamais à cet homme. Pas un seul instant Joffrey ne desserra les dents. Il commençait à en avoir assez de toute cette histoire. Il était temps pour lui de faire valoir ses droits d'époux. La cérémonie nuptiale à peine complétée, il agrippa la jeune femme par les bras et la fit basculer sur son épaule droite. Anne voulut protester, mais le regard chargé de haine de son nouveau mari l'en dissuada. Pourtant, lorsqu'il l'obligea à s'allonger sur le sol de la chapelle tout en relevant sa robe de laine d'un geste dénué de douceur, une peur atroce l'étreignit. Incapable d'échapper à son emprise, elle hurla de terreur. Indifférent, Joffrey déchira sa culotte de lin, livrant à tous le spectacle de sa féminité. Les religieuses détournèrent les yeux et couvrirent leur bouche de leurs mains afin d'étouffer des cris de protestation. Ne pouvant permettre un tel sacrilège dans un lieu saint, le prêtre s'avança vers le couple avec la ferme intention de retenir les ardeurs déplacées de cet homme qui n'avait aucun respect pour l'Église. Percevant une présence à ses côtés, Joffrey releva la tête, décrocha de sa ceinture une bourse remplie d'écus d'or et la lança avec dédain au visage du prêtre.

– Partez d'ici maintenant et laissez-moi exercer mes droits d'époux. Vous et les vôtres n'y pouvez plus rien. Dehors, ou je ne réponds plus de mes actes. Ma patience a des limites ! siffla-t-il entre ses dents.

Peu désireux de s'attirer les foudres de ce puissant seigneur, le prêtre entraîna les religieuses à sa suite, non sans avoir jeté un dernier regard de pitié vers la jeune femme puis s'être signé. Anne laissa échapper un faible cri de désespoir en les voyant disparaître. Devant son regard effrayé, Joffrey jura. Pour un peu, il en aurait perdu tous ses moyens. Enragé, il l'apostropha rudement.

– Ma dame, vous êtes l'artisane de votre propre malheur et vous ne me laissez pas grand choix. Si vous n'aviez pas commis l'imprudence de vouloir vous dérober à vos obligations en m'échappant, j'aurais pris le temps de vous faire mienne selon les règles de l'art. Mais maintenant, il me faut faire valoir mes droits d'époux le plus rapidement possible, de façon à ce que personne ne puisse remettre en question ce mariage. Vous serez mienne et plus personne, pas même le pape, ne pourra intervenir, puisque ce mariage aura déjà été consommé.

Face à cet homme déchaîné, Anne s'affola. Cela ne pouvait être vrai. Il n'allait pas la prendre ainsi de force, sur le parquet de l'église. Ne voulant croire à un tel cauchemar, elle ferma les yeux et se força à inspirer profondément, essayant vainement d'apaiser le tumulte qui grondait. Étrangement, l'homme calma quelque peu ses ardeurs en percevant son trouble et son appréhension. En proie à la panique, Anne ouvrit les yeux et croisa son regard. Sous la fureur de ce dernier, elle les referma aussitôt. Devant son expression de biche apeurée, Joffrey jura de nouveau. Décidément, cette petite l'ensorcelait. Mais qu'importe, il la ferait sienne envers et contre tout. Pourtant, quelque chose en lui cédait, l'obligeant presque à l'épargner. Furieux contre cette faiblesse passagère, il défit les lacets du corsage avec rudesse, tout en plaquant la jeune fille au sol d'une main ferme. Une fine chemise de lin apparut alors. Après avoir déchiré celle-ci, il découvrit avec joie une poitrine ferme. Impatient d'en goûter le fruit, il déposa ses lèvres exigeantes sur la peau blanche, la faisant tressaillir de douleur sous ses morsures. Telle une poupée, Anne le laissa faire, détachée et indifférente au sort qui l'attendait. Rien ne lui servait de se débattre, puisqu'il était beaucoup plus fort. Mais un jour, l'heure de la vengeance viendrait! Forte de cette conviction, elle demeura stoïque et ferma les yeux afin de cacher sa souffrance et sa honte. Perdant quelque peu de sa contenance face à cette froideur non feinte, Joffrey la fit sienne sans plus de préambule. D'un mouvement brusque, il repoussa la lourde robe pour lui dégager les cuisses et la prit sans douceur et sans égard pour son statut. À chaque coup qui l'enfonçait plus profondément dans le corps de la jeune fille, il déclenchait une douleur encore plus vive que la précédente. Trop fière pour laisser poindre cette souffrance qui l'irradiait tout entière, Anne se mordit les lèvres jusqu'au sang. Mais aucune plainte ne franchit sa bouche close. Que Dieu lui soit témoin, cet homme allait payer un jour pour cet affront. En se retirant, Joffrey constata avec dégoût la tâche de sang qui recouvrait le tissu de la robe. Au moins, cette petite était vierge. Sur ce point, il n'avait pas été trompé. C'était là sa seule consolation !

Leur retour au château de Vallière se fit dans le silence le plus complet. Avec dignité, Anne releva la tête en franchissant le portail de pierre. Pas une seule fois elle ne daigna poser les yeux sur les ouvriers et les soldats qui s'écartaient sur son passage en murmurant. Les femmes qui étaient présentes se signaient et baissaient les yeux en apercevant sa robe maculée de sang et son corsage déchiré, alors que les hommes dardaient un regard perçant et empli de haine en direction du seigneur de Knox. Conscient de leur rancœur à son endroit, Joffrey avançait prudemment, une main sur le pommeau de son épée et l'esprit en alerte. Ce n'est qu'en franchissant les murs de la grande cour intérieure qu'il relâcha sa garde. Sans égard pour sa nouvelle épouse, il descendit de son destrier et s'élança en direction de la porte du donjon. Laissée seule, Anne chercha du regard un visage familier et tressaillit lorsqu'un des soldats l'interpella timidement afin de l'aider à descendre de sa monture. La gorge serrée par l'émotion, elle lui tendit une main tremblante et, en silence, se laissa tomber lourdement dans ses bras. Avec respect, le soldat la déposa sur le sol et se retira aussitôt, après un bref salut. Telle une somnambule, elle se dirigea à son tour vers l'entrée du donjon.

Avertie de son retour, Dame Viviane avait accouru pour l'accueillir. À la vue de son visage défait, de sa robe déchirée et du sang qui la maculait, un cri de désespoir s'échappa de ses lèvres. Alerté par son attitude, Jean, qui la suivait de près, s'approcha à son tour. Constatant l'état de sa jeune sœur, une sourde colère l'envahit. Il fit alors demi-tour et se dirigea, furieux, vers la salle principale, là où Joffrey de Knox l'attendait. Ce goujat avait dépassé les limites de la convenance et il lui ferait connaître son opinion à ce propos. Sans prêter attention à l'agitation qui ébranlait son fils, Dame Viviane s'approcha de sa fille et la serra tendrement dans ses bras. Ce simple geste brisa les dernières barrières d'Anne. Accablée par la douleur et la honte, la jeune femme éclata en sanglots, incapable de retenir plus longtemps ce flot d'émotions. Tout en serrant le corps tremblant de sa fille contre le sien, Dame Viviane l'entraîna vers sa chambre. Au passage, des ordres furent donnés aux servantes, afin qu'un bain bien chaud soit préparé près du foyer. Nul doute que sa fille aurait besoin de se départir de la souillure qui l'affligeait. Aussitôt, quatre servantes se dirigèrent vers le puits pour y chercher de l'eau fraîche. Avec entrain, elles remontèrent l'escalier en colimaçon, leurs seaux en équilibre sur la tête. Pendant que celles-ci s'activaient autour du feu afin d'y faire chauffer l'eau dans un gros chaudron, Dame Viviane aida sa fille à se débarrasser de sa robe en loques et jeta le vêtement dans les flammes de l'âtre. Lorsqu'on versa l'eau chaude dans un grand baquet de bois, un nuage de vapeur apparut au-dessus, comme une invite à la détente. Avec soin, une des servantes parfuma l'eau de pétales de rose. Anne s'y glissa prudemment. Malgré le fait que sa peau devint rouge à cause de la température élevée, elle demeura assise, profitant des bienfaits de cette chaleur sur son corps courbaturé. Sous les ordres de sa mère, l'une des servantes fut mandatée pour aller cueillir des feuilles de mélisse dans le jardin, alors que la femme de compagnie d'Anne se dirigea vers l'un des coffres situés dans le coin opposé de la pièce, pour y chercher un des savons que sa maîtresse affectionnait tant. À peine Anne avait-elle laissé ses paupières se refermer que déjà la servante revenait avec quelques tiges d'une plante dont les feuilles ovales et d'un vert sombre dégageaient une vague odeur citronnée. D'une main agile, Dame Viviane transforma ces tiges en une boisson odorante qu'elle versa dans une petite coupe d'argent. Au moins, cette mixture calmerait l'état nerveux de sa fille, l'aidant à trouver du même coup un sommeil réparateur. S'emparant d'un peigne d'ivoire, Dame Viviane s'installa confortablement près du baquet et entreprit de démêler la tignasse enchevêtrée de sa fille. Avec soin, elle passa le peigne dans sa chevelure, lui redonnant ainsi un peu de son lustre. Apaisée par ces gestes maternels empreints de douceur, par la boisson légèrement citronnée et par l'eau chaude parfumée du bain, Anne ne tarda pas à fermer les paupières. Somnolente et épuisée, elle n'opposa aucune résistance aux servantes lorsque celles-ci l'aidèrent à sortir du bain.

Une fois sa robe de nuit enfilée, Anne se blottit dans son lit. Sa mère s'assit à ses côtés tout en prenant soin de remonter la couverture d'un blanc immaculé. Tenant la main d'Anne dans la sienne, elle chantonna une berceuse de sa jeunesse. C'est au son de cette mélodie familière que le sommeil vint envelopper Anne. Rassurée sur son état, Dame Viviane la laissa sous la surveillance de sa femme de chambre et redescendit dans la grande salle, avec la ferme intention de demander des comptes à Joffrey de Knox, son nouveau gendre. À cette pensée, un froncement de sourcils marqua son front d'un pli inquiet.

Lors de son entrée dans la grande salle, un frisson d'appréhension traversa Dame Viviane. La tension qui régnait entre son fils et son gendre était palpable. Joffrey, qui se trouvait dos à elle, était debout, les jambes légèrement écartées et les bras croisés. Il parlait d'une voix sourde et glaciale. Jean, pour sa part, demeurait sur ses positions, face à son beau-frère, l'œil mauvais et le visage crispé. Si elle n'était pas arrivée à ce moment-là, nul doute qu'ils se seraient jetés l'un sur l'autre comme des loups affamés. Trop absorbés par leur colère, les deux hommes n'avaient pas remarqué sa présence. Ce n'est que lorsqu'elle se racla la gorge bruyamment qu'ils se tournèrent vers elle. La colère et l'indignation faisaient briller ses yeux lorsque son regard se posa sur Joffrey de Knox. D'une voix tout aussi cinglante que ses paroles, elle lâcha :

– J'hésite à vous pourvoir du titre d'époux, seigneur de Knox. Non pas que je mette en doute le mariage contracté avec ma fille, mais plutôt votre bon sens. Vos manières sont déplacées et barbares, monsieur, et loin d'être dignes d'un seigneur de votre rang. Traiter ma fille aussi bassement ! Même le plus ignorant de mes paysans n'aurait jamais osé se montrer aussi vil. Pourtant, vous l'avez fait, et à la première occasion, entraînant ma fille avec vous dans cette boue infâme ! Comment avez-vous pu agir de la sorte ? C'est un sacrilège qui vous aurait valu le bûcher si je ne tenais pas compte de ce simulacre de mariage. C'est d'une décadence... Les mots me manquent pour exprimer toute ma répulsion !

Perturbée plus qu'elle ne voulait le laisser paraître par les derniers événements, elle se laissa choir sur l'un des sièges de la salle et massa son front d'une main légère. Perdant quelque peu de sa hargne sous son regard accusateur, Joffrey passa sa main droite dans ses cheveux. Il ne savait pourquoi mais en présence de cette femme entre deux âges et qui dégageait une telle noblesse et une telle fierté, il avait l'impression de redevenir un jeune gamin sans volonté. Honteux face à la désapprobation évidente de Dame Viviane, Joffrey arpenta la pièce de long en large. Quel idiot il faisait ! Indécis, il s'arrêta et la fixa longuement.

– Que cela vous déplaise, ma dame, votre fille est maintenant mienne !

Furieuse, Dame Viviane se releva, les pupilles chargées d'éclairs. Son corps tremblait de rage et d'indignation. La voyant dans tous ses états, Jean voulut lui apporter son soutien, mais sa mère l'arrêta dans son élan. Concentrant sa colère sur son gendre, elle l'apostropha froidement.

– Je le sais très bien, monsieur ! Nul besoin de faire le fanfaron devant moi et d'exposer aux yeux de tous votre bêtise ! Êtes-vous à ce point stupide pour croire que cet acte primitif et dégradant que vous avez commis sur ma fille puisse vous apporter honneur et gloire ? Regardez autour de vous. Ce n'est pas de la fierté qui brille dans les yeux des hommes ici présents, mais de la honte. Oui, Joffrey de Knox, la honte d'appartenir à la même espèce que vous, à la race des hommes. Aucun homme n'éprouverait de la fierté d'avoir violé une jeune fille innocente et inexpérimentée, encore moins si elle s'avérait être son épouse et cela même sur le sol béni d'une église, à la vue de tous. Qu'est-ce qui vous a pris d'agir de la sorte ? Connaissez-vous aussi mal les femmes pour croire que ma fille prendrait plaisir à ce genre de démonstration bestiale ?

Sous l'insulte, Joffrey se rebiffa. Il n'avait pas besoin de cette vieille femme pour lui rappeler ses droits et lui dicter sa manière d'agir. Qu'à cela ne tienne, si ses manières lui déplaisaient, il se ferait un plaisir de quitter cet endroit sur-le-champ. Alors qu'il s'apprêtait à se diriger vers la sortie, Dame Viviane l'arrêta.

– Attendez, monsieur ! Je n'en ai pas fini avec vous ! Si vous croyez que vous allez quitter les lieux de cette façon, vous vous trompez. Par votre faute, ma fille se trouve dans un état de tension extrême. Elle a besoin de soins et d'une bonne nuit de repos. Il est hors de question que vous partiez maintenant !

Joffrey tressaillit à ces paroles. Sans un mot, il gravit l'escalier de pierre d'un pas rapide. En pénétrant dans la chambre sans s'annoncer, il aperçut avec effarement le corps frêle de sa jeune épouse qui reposait mollement entre les draps. Son visage d'une pâleur mortelle semblait perdu dans ce lit immense. Sa respiration saccadée parvenait jusqu'à lui. L'ayant suivi de près, Dame Viviane l'apostropha à voix basse :

– Voyez ce que vous avez fait de cette pauvre petite. Avant votre arrivée, elle respirait la joie de vivre. Croyez-vous qu'il en sera de même après son réveil ? Vous avez piétiné, bafoué cette frêle fleur qui ne demandait qu'à éclore ! Ne soyez pas surpris qu'elle ne prenne dès cet instant un goût amer et acre. Si vous aviez modéré vos élans bestiaux et fait preuve de chevalerie, vous auriez tenu entre vos bras un joyau enflammé et non une pierre froide et lugubre. Croyez-moi, seigneur de Knox, vous ne récolterez que déception et malheur ! Ce sera pour moi une douce vengeance, mais jamais je ne vous pardonnerai d'avoir détruit ainsi ce que j'avais de plus précieux au monde, ma petite Anne.

Sous la menace à peine voilée, Joffrey serra les poings. Il en savait assez long sur la gente féminine pour ne pas mettre en doute les paroles de cette femme. Par Dieu, pourquoi n'avait-il pas pris les terres du Sud au lieu de contracter ce mariage ridicule ? Était-ce là le prix qu'il devrait payer pour sa vie passée de libertin ? Maintenant qu'il était lié à cette Anne de Vallière, il se devrait d'assurer sa lignée. Mais comment éprouver le moindre désir pour une femme froide et rigide, aussi belle soit-elle ? Si cette petite avait hérité de la détermination de sa mère et de la dignité de son père, les jours à venir promettaient d'être longs et dépourvus de toute chaleur. À la première occasion qui lui serait offerte, elle ferait tout ce qui est en son pouvoir pour se débarrasser de lui. Que faire alors ? Il ne pouvait plus répudier ce mariage puisqu'il avait été consommé.

Décidément, tous les éléments se retournaient contre lui. Quel idiot il avait été de croire qu'il pouvait s'offrir la fille de ce seigneur de Vallière sans en payer les frais par la suite ! Observant la jeune femme, il inspira profondément. Dieu qu'elle était belle ! Même ainsi, il brûlait du désir ravageur de la faire sienne. Il était damné ! Avec un rire sarcastique, il tourna les talons et se dirigea vers la porte. Avant de la franchir, il se retourna vers la mère de son épouse.

– Veuillez vous assurer personnellement de son rétablissement. Je la veux prête à partir demain, qu'elle soit ou non en état de supporter la route qui nous attend. J'ai un homme aux connaissances infinies dans les herbes médicinales qui m'accompagne. Il veillera sur votre fille ! N'ayez crainte, aucun mal ne lui sera fait et elle sera désormais traitée avec respect et selon tous les égards dus à son rang.

Décidé à clore la discussion, il franchit le seuil de la porte et alla rejoindre son camp, situé à l'extérieur des murs du château. Là-bas, il fit venir son officier supérieur et lui ordonna de libérer leurs prisonniers, ne demandant en contrepartie aucune rançon. Par la suite, il demeura seul dans sa tente à ruminer de sombres pensées.

Chapitre II

Une nouvelle vie

Tôt le lendemain matin, Joffrey fit son entrée à l'intérieur de l'enceinte du château. À sa suite venaient une dizaine de soldats et cinq chevaliers, dont le chevalier de Dumain, le plus fidèle d'entre eux. C'est lui qui serait attaché à la garde de son épouse. Le reste de la troupe l'attendait plus loin en contrebas. Le corps raide sur son destrier, Joffrey tenait fermement les brides d'une jeune jument à la robe d'un brun soyeux. Celle-ci était destinée à son épouse. Préférant éviter pour l'instant un nouvel affront avec Jean de Vallière et sa mère, il fit annoncer son arrivée par son écuyer.

C'est une jeune fille fière et indifférente qui sortit à pas mesurés du donjon. Sans égard pour son mari, Anne monta sur le dos de sa jument avec l'aide de l'écuyer venu la chercher quelques instants plus tôt. Ayant déjà fait ses adieux à sa famille, elle demeura stoïque et attendit patiemment le signal du départ. Le chevalier de Dumain, qui se trouvait à ses côtés, lui sourit avec chaleur avant de la saluer d'un léger signe de la tête. Décidé à regagner ses terres le plus vite possible, Joffrey entraîna la petite troupe à sa suite, sans plus de préambule. Le cœur lourd de chagrin et d'appréhension,

Anne n'osa regarder vers l'arrière, de peur de laisser transparaître ses émotions. Voulant s'assurer personnellement de sa bonne conduite pendant le voyage, Joffrey fit venir le chevalier de Dumain à l'avant afin qu'il dirige la troupe, tandis que lui-même se plaçait légèrement en retrait derrière sa jeune épouse. Il contempla avec plaisir sa silhouette drapée d'une longue robe de lin naturel, retenue à l'avant par des lacets de cuir. Un chapelet d'argent pendait sur sa poitrine. Plus tard, il découvrirait que c'était là son seul lien avec sa famille, dans lequel elle puisait, par son seul contact, toute sa force et sa détermination. Cette petite était sans contredit d'une beauté sauvage et ses cheveux nattés qui tombaient jusqu'au milieu de son dos faisaient ressortir la délicatesse de sa nuque. Décidément, il préférait de beaucoup cette coiffure à celle plus conventionnelle des femmes mariées qui cachaient la beauté de leur chevelure sous une longue coiffe. À l'avenir, elle devrait se parer ainsi. C'était là une demande à laquelle il lui faudrait se plier dès leur arrivée au château de Knox.

Mal à l'aise sous le regard perçant de son époux, Anne respirait difficilement. Combien de temps devrait-elle encore supporter sa présence répugnante avant qu'il ne se lasse de sa personne et n'aille voir ailleurs? Pour sa part, le plus tôt serait le mieux! Sinon, au moment propice, elle ferait en sorte de se débarrasser de cet être ignoble, dût-elle le tuer de ses propres mains. Peu importait le sort qu'on lui réserverait par la suite, du moins cet homme ne serait plus de ce monde. Ce serait là un service immense à rendre à tous!

L'esprit occupé par des pensées sombres, Anne ne vit pas les heures passer. Lorsqu'ils firent leur premier arrêt, le soleil était déjà très haut dans le ciel. Comme Joffrey ne daigna pas s'occuper d'elle, c'est le chevalier de Dumain qui vint l'aider à descendre de son cheval. D'un geste de la main, il l'invita à prendre place sur l'herbe fraîche, à l'ombre d'un chêne, tout en haut d'une petite colline. Quant à Christian, le jeune écuyer attaché au service de son époux, il alla cueillir, non loin de là, quelques fraises sauvages. Leur goût sucré et leur chair juteuse la rafraîchirent quelque peu, tout en comblant son estomac vide. Pas une seule parole ne fut échangée entre les deux époux. Anne apprécia ce bref moment de tranquillité, ne désirant pas pour l'instant parler à cet homme, dont rien ne semblait adoucir les traits durs et volontaires. Faisant mine de l'ignorer, elle demeura immobile et contempla le paysage qui se déployait sous ses yeux, tout en bas de la colline. Maintes fois, Joffrey voulut lui adresser la parole, mais son attitude froide et détachée l'en empêcha. Qu'elle demeure donc cloîtrée dans son silence, de toute façon cette ambiance de rancœur qui les enveloppait ne concordait que trop bien avec son humeur morose ! Vivement le retour sur ses terres ! Du moins là-bas son esprit serait occupé par la tenue de son domaine et de ses champs. Impatient de s'y rendre, il fit amener les chevaux et ordonna le départ. Sans empressement, Anne se releva et rejoignit sa jument, la tête haute et les lèvres pincées. Cette lenteur non feinte et son attitude hautaine eurent le don de l'exaspérer.

– Dépêche-toi, femme ! Mes hommes et moi voulons être parvenus au lieu de campement avant la tombée de la nuit, lança-t-il d'un ton sec.

Furieuse, Anne lui décocha un regard empli de hargne et interrompit sa marche tout en croisant les bras. Cette attitude de rébellion non dissimulée le fit sortir de ses gonds. Se laissant glisser de son étalon d'un mouvement souple, il fut à ses côtés en quelques enjambées. Sans ménagement, il emprisonna son bras droit d'une poigne de fer et entraîna son épouse à l'ombre du chêne. Ses yeux brillaient de fureur et sa voix vibrait sous la colère.

– À votre place, jeune fille, je ne provoquerais pas inutilement mon courroux. Il n'y a plus personne ici pour vous porter secours. Vous êtes maintenant à moi et j'ai tous les droits sur vous. Je peux disposer de vous comme bon me semble. Alors, soyez une épouse docile et serviable, et je ferai en sorte que votre séjour parmi les miens vous soit doux et agréable. Dans le cas contraire, gare à vous, ma dame, car je ne suis pas renommé pour être un modèle de patience et de tolérance. Suis-je assez clair ? continua-t-il d'un ton menaçant.

Prise de court devant une telle fermeté, Anne acquiesça de la tête. Sans relâcher son emprise, Joffrey la tira jusqu'à sa jument et l'y fit monter. Dégagée de son étreinte, Anne respira plus librement, massant son bras endolori. Cet homme n'était décidément qu'une brute !

À la suite de cette altercation, Joffrey préféra mener le cortège afin d'être en mesure de s'isoler et de calmer la fureur qui grondait en lui. Pour un peu, il aurait giflé la jeune femme pour l'affront qu'elle lui avait fait devant ses hommes. Cette peste allait vraiment lui empoisonner l'existence, lui rendre la vie infernale. Partagé entre l'envie de la prendre à nouveau sur-le-champ afin de lui montrer qui était le maître et l'envie de l'étrangler vite fait, il serra les dents. Et dire qu'il se retrouvait coincé avec cette mégère aux formes délicieuses pour le restant de ses jours. D'humeur morose, Joffrey se renfrogna, le regard porté au loin et l'esprit aux aguets, coupant tout contact avec le reste de la troupe.

Sous l'œil avisé du vieux chevalier de Dumain, Anne tremblait de toute part, confinée au centre du détachement, tenant avec peine sur sa monture tant la tension l'agitait. L'esprit en feu, elle crispa machinalement les doigts sur ses rênes. Impossible pour l'instant de se dérober aux soldats qui l'entouraient de tous côtés, surtout avec la cadence qu'ils maintenaient. Mais à la nuit tombée, elle se promettait de remédier à la situation, dût-elle assommer elle-même son époux afin d'échapper à son emprise. Toute la journée, elle avait soigneusement identifié des points de repère et les avait gravés dans sa mémoire.

Obnubilée par ses pensées, elle sursauta lorsque le chevalier de Dumain parvint à sa hauteur et entoura d'un geste protecteur ses épaules d'une cape épaisse. La chaleur du jour laissait peu à peu place à la fraîcheur du soir. Anne frissonna sous la brise et resserra les pans de la cape autour de ses bras. Alors que le crépuscule envahissait la forêt environnante, Joffrey fit arrêter le groupe et somma ses hommes d'installer le campement dans une petite clairière à l'abri du vent. À cette idée, la jeune femme grimaça. Elle préférait de loin les escapades de courte durée et les haltes dans les petites auberges à ces longues chevauchées éreintantes et aux nuits à la belle étoile. Que n'aurait-elle donné pour une petite chambre, aussi rustique soit-elle, à la place d'une couche à même le sol, avec pour seul toit les branches d'un sapin ? Même les peaux usées lui semblaient douteuses, lui enlevant toute envie de s'en servir pour s'abrier. Néanmoins, elle ne put retenir un soupir de soulagement lorsque le chevalier de Dumain la fit descendre avec douceur de sa monture. Fourbue et complètement ankylosée, elle laissa échapper une grimace de douleur en touchant le sol. Avec raideur, elle effectua quelques pas afin de détendre les muscles noués de son corps. Non sans une pointe de nostalgie, elle songea à un bon bain chaud et un lit moelleux. Hélas, ce qui l'attendait était loin de tout ça ! Mieux valait ne pas penser à la nouvelle journée de chevauchée prévue pour le lendemain. Serrant les lèvres, elle s'approcha du feu qu'un soldat venait à peine d'allumer. Frigorifiée, elle se frotta vigoureusement les bras afin d'y faire circuler un peu de chaleur et tendit ses paumes ouvertes vers les flammes. Percevant son geste du coin de l'œil, Joffrey s'approcha à grandes enjambées et la recouvrit de sa propre cape d'un mouvement brusque. À peine eut-elle le temps de sentir sa présence qu'il s'était de nouveau éloigné. Son mutisme et son geste la rendirent mal à l'aise.

Tandis qu'il devisait plus loin avec ses hommes, elle en profita pour l'observer. Son désir évident de la maintenir à l'écart la déroutait. Quelle attitude adopter? Percevant son trouble et son désarroi, le vieux chevalier de Dumain vint la rejoindre et l'invita à prendre place sur un immense rocher tout près du feu. Avec gentillesse, il lui tendit un morceau de pain et du fromage en attendant le lapin qui grillait sur les flammes. Une odeur alléchante vint lui chatouiller les narines, ravivant son appétit. Avec entrain, elle avala son frugal goûter et s'installa le plus confortablement possible sur la pierre, le regard perdu dans les flammes.

Pendant que les chevaux broutaient un peu plus loin, des hommes allèrent se positionner à différents endroits du cantonnement, se relayant tout au long de la nuit. Par les temps qui couraient, mieux valait demeurer sur ses gardes afin d'éloigner d'éventuels prédateurs, fussent-ils humains ou animaux. Alors que les flammes montaient avec souplesse vers le ciel étoilé, les hommes repus commencèrent à échanger entre eux. Au fur et à mesure que la nuit les recouvrait de son voile obscur, ils s'installèrent sur leur couche, indifférents aux inégalités du sol rocailleux.

Nerveuse, Anne retardait le plus longtemps possible le moment fatidique où elle devrait regagner la couche de son époux, apeurée à l'idée qu'il réclame son dû. De l'autre côté du feu, légèrement à l'écart, Joffrey sentait bien la crainte qui habitait sa jeune épouse. Un sourire désabusé se dessina sur ses lèvres, en même temps qu'une lueur de déception traversait ses prunelles sombres. Que n'aurait-il donné pour tenir entre ses bras un corps bien chaud et vibrant de désir? Cela aurait certes adouci la nuit à venir. Dans un soupir, il sortit de l'ombre et rejoignit la jeune femme. D'un geste de la tête, il lui signala de regagner leur couche. Avalant péniblement, Anne se releva avec résignation et avança à pas mesurés, refusant dans l'immédiat d'envisager ce qui l'attendait. Son air apeuré mit Joffrey au supplice. Il avait l'impression d'être un bourreau qui amenait une jeune innocente au bûcher. Pour la énième fois, il se dit, non sans tristesse, qu'il aurait mieux valu pour lui ne pas contracter ce mariage et encore moins le consumer. S'il lui restait un tant soit peu de jugeote, il romprait dès maintenant leur alliance et la laisserait retourner auprès des siens afin qu'elle y retrouve tranquillité et paix. Il était assez sain d'esprit et intègre pour reconnaître que sa conduite à son égard avait été des plus déplacées et qu'elle était impardonnable. Levant les yeux, il croisa son regard de biche terrifiée. Toujours en silence, il lui désigna la couche. Résignée et grelottante de froid, Anne se glissa tout habillée entre les peaux usées. Une ambiance lourde et chargée de mauvais souvenirs les enveloppa. Machinalement, Joffrey retira sa dague, son arc, son carcan rempli de flèches et son épée. Avant de s'allonger, il prit soin de poser ses armes à ses côtés de façon à ce qu'elles demeurent accessibles en cas de danger. Tout en marmonnant et en jurant entre ses lèvres serrées, il s'installa le mieux possible auprès de son épouse. Anne sursauta lorsque sa cuisse frôla la sienne et se crispa aussitôt dans l'attente de ce qui allait suivre.

– Nul besoin de trembler ainsi, ma dame. Je suis trop éreinté pour vous honorer. Vous pouvez donc dormir tranquille, puisque je ne vous réclamerai pas ce soir, lâcha-t-il avec une pointe de rancœur.

Le soulagement évident de la jeune femme lui arracha une grimace. Son orgueil de mâle en prenait un sale coup en ce moment, pensa-t-il avec une certaine ironie. L'atmosphère lourde qui régnait autour d'eux accentuait la nervosité d'Anne qui ne pouvait s'empêcher de craindre que son cher époux ne change d'idée au cours de la nuit. Préférant demeurer discrète afin de ne pas s'attirer ses foudres inutilement, elle tenta, non sans peine, de mettre une distance entre leurs deux corps. Joffrey, que cette attitude irritait au plus haut point, se releva sur un coude et plongea son regard chargé de colère dans le sien. Complètement terrifiée, Anne se tassa sur elle-même et retint son souffle.

– Il me semble vous avoir déjà rassuré sur mes intentions, ma dame, alors cessez de gigoter comme un asticot. Les nuits sont fraîches malgré la chaleur du jour ; nous dormirons plus au chaud si nous demeurons allongés l'un contre l'autre. Alors cessez vos enfantillages et revenez auprès de moi, souffla-t-il avec colère, d'une voix froide et impétueuse.

Plus morte que vive, Anne se fit l'effet d'une proie s'offrant d'elle-même à la gueule du loup. Après une brève hésitation qui ne passa pas inaperçue aux yeux de Joffrey, elle se rapprocha timidement de lui et laissa échapper un petit cri de désespoir lorsqu'il l'entoura de ses bras et la lova de force contre son flanc. Malgré la chaleur bienfaisante qui se dégageait de son corps de guerrier, Anne ne parvint pas à fermer l'œil. Elle huma, non sans crainte, l'odeur musquée que dégageait ce corps d'homme, un mélange étrange de cheval, de cuir et de conifères. Sa nouvelle réalité était à des lieues de ce qu'elle avait toujours connu et rêvé. Elle qui avait été entourée d'amour, de joie et de douceur, bercée par ceux qui la chérissaient, voilà qu'elle se retrouvait catapultée dans un autre monde qui n'était que froideur et sauvagerie. Incapable de se résigner à son sort actuel, elle se rebella en son for intérieur et élabora l'ébauche d'un plan d'évasion.

La nuit enveloppait le boisé de son manteau sombre depuis fort longtemps déjà. À peine un mince croissant de lune parvenait-il jusqu'au ruisseau qui miroitait aux abords de leur campement de fortune. Constatant le sommeil profond de son époux, Anne se dégagea de l'emprise de ses bras et se releva lentement. À pas feutrés, elle s'éloigna de la lumière réconfortante du feu. Les soldats qui montaient la garde ne lui portèrent pas attention, plus soucieux de ce qui pourrait survenir de l'extérieur que de ce qui pourrait s'échapper de l'intérieur. Silencieusement, Anne se dirigea vers la forêt. Sans hésitation, elle quitta la protection sommaire du camp et trouva refuge derrière les troncs rugueux des arbres. Les bruits de la nuit vinrent alors l'envelopper, la faisant sursauter, provoquant en elle un frisson d'inquiétude. Un bref instant, elle hésita sur la marche à suivre. Prenait-elle la bonne décision ? Quelles étaient ses chances réelles de survivre, seule dans la nuit, sans défense, en plein cœur d'une forêt dense ? Était-il raisonnable de se risquer dans une telle escapade ? Ne valait-il pas mieux pour elle retourner auprès de son époux et attendre le moment propice pour s'échapper du château de Knox ?

À peine venait-elle de prendre la décision de rebrousser chemin qu'un craquement sec se fit entendre sur sa gauche. Le pâle halo de la lune révéla alors une paire d'yeux d'un jaune démoniaque. La peur au ventre, Anne déglutit péniblement en réalisant qu'un loup se tenait maintenant à ses côtés. Il était évident, vu sa maigreur prononcée, que la bête solitaire n'avait rien mangé depuis fort longtemps, et ne disait-on pas qu'un tel état de famine menait tout droit au désespoir ? Ce loup n'avait donc plus rien à perdre, mais au contraire tout à gagner. Les cicatrices visibles qui zébraient son œil gauche et son oreille droite dénotaient un tempérament de combattant. Le cœur en déroute, Anne recula à pas mesurés. Sa gorge soudainement asséchée ne laissait sortir aucun son. Avisant du coin de l'œil une branche solide, elle se pencha lentement et tâtonna quelques secondes à l'aveuglette avant que ses doigts tremblants ne se referment sur l'une de ses extrémités. Il était hors de question qu'elle quitte la bête des yeux ; celle-ci pourrait profiter de ce moment d'inattention pour lui sauter à la gorge. Le loup gronda et montra ses crocs acérés lorsqu'elle pointa la branche dans sa direction. Anne frémit et chassa les visions d'horreur qui s'imposaient d'elles-mêmes à son esprit. Elle devait se concentrer uniquement sur la bête sanguinaire qui lui faisait face si elle voulait avoir ne serait-ce qu'une toute petite chance de s'en sortir vivante. Le pelage d'un noir cendré se confondait dans la nuit, rendant cette apparition soudaine plus diabolique encore. Tout en gardant ses yeux rivés à ceux de la bête, elle recula lentement en direction du campement, la branche toujours dirigée vers le loup. Ses jambes flageolantes la supportaient avec peine, alors que sa respiration haletante contrastait étrangement avec les grognements de plus en plus pressants de la bête. Malgré la terreur qui l'engourdissait, elle devait refréner son envie irrépressible de prendre la fuite.

– Anne, surtout ne bougez plus, murmura tout à coup une voix rauque à sa droite.

Surprise, elle sursauta et faillit laisser tomber sa branche. Par chance, elle la rattrapa de justesse. Nul besoin de se retourner pour deviner à qui appartenait cette voix profonde. Comment son époux avait-il pu la retracer aussi aisément? songea-t-elle. Comment? Sinon qu'il avait feint le sommeil et l'avait suivie, gardant une certaine distance entre eux dans l'attente de ce qu'elle allait faire. Par bonheur, cette méfiance à son égard allait fort probablement lui sauver la vie. La voyant esquisser un geste dans sa direction, Joffrey eut un instant de panique.

– Anne, surtout ne faites rien! Ne le quittez pas un seul instant des yeux. Courage, ma dame! ajouta-t-il en la voyant abaisser sa garde sous la fatigue.

Pressentant la menace que représentait Joffrey à son endroit, le loup se recroquevilla sur lui-même, prêt à bondir. Sans prévenir, il s'élança. Anne hurla de terreur et se projeta sur le sol afin de se protéger le visage et le cou avec ses bras. Au même moment, une flèche se ficha dans le flanc de la bête. Une autre suivit rapidement et transperça son cou d'un bord à l'autre. La bête s'effondra mollement sur le côté, les yeux déjà figés par la mort. Anne hurla de plus belle en croisant le regard sans vie de l'animal. Joffrey fonça dans sa direction et s'accroupit à ses côtés. Malgré ses appels répétés, Anne demeurait prisonnière de sa terreur. Pour la ramener, il la secoua rudement. Elle hoqueta alors plusieurs fois avant d'éclater en sanglots. Joffrey eut un serrement au cœur et la serra contre lui. Tout en l'enveloppant de ses bras protecteurs, il la berça doucement en lui chuchotant des paroles réconfortantes à l'oreille.

– Anne, regardez-moi ! C'est terminé ! Vous m'entendez ? Il n'y a plus rien à craindre maintenant ! C'est terminé ! murmura-t-il d'une voix vibrante d'émotion.

Du bout des lèvres, il effleura son front, ses yeux et sa bouche. Anne frémit à son contact, mais se ressaisit aussitôt. Tout en séchant ses larmes du revers de la main, elle se raidit et se retira vivement de ses bras en le repoussant. Son cœur battait la chamade. Les traits de Joffrey se durcirent tandis qu'il l'aidait à se relever. En croisant son regard, Anne frémit à nouveau. Cet homme était encore plus dangereux que la bête qui gisait près d'elle. Elle devrait toujours s'assurer de couvrir ses arrières en sa présence. Même s'il venait de lui sauver la vie, ce grand seigneur ne lui inspirait aucune confiance. Elle le remercia sèchement et lui tourna le dos. D'une démarche mal assurée, elle retourna au campement, suivi en silence par Joffrey. Elle trouva enfin refuge sur sa couche. Mais même les épaisses peaux ne parvinrent pas à réchauffer son corps transi. Pourtant, épuisée et brisée, elle finit par sombrer dans un sommeil profond mais agité par des images cauchemardesques.

Joffrey, qui ne l'avait pas quittée des yeux un seul instant, se renfrogna. Incapable de trouver le sommeil, il s'installa près du feu et fixa les braises d'un regard vague. Du bout d'une branche, il raviva les flammes et songea aux derniers événements. Même au cœur des plus sanglantes batailles ou des joutes les plus féroces il n'avait ressenti semblable frayeur, et encore moins pour une personne autre que lui. Une force primitive l'avait soulevé, balayant tout sur son passage. Lui, le grand seigneur des lieux, archer hors pair, avait craint pendant une brève seconde de rater sa cible. Incapable de dormir, il n'osait fermer les yeux, de peur que son esprit ne s'emballe et ne lui renvoie d'atroces images. Inspirant profondément, il constata avec affliction que son cœur battait la chamade.

L'aurore pointait à l'horizon, illuminant le ciel de mille feux. Joffrey scrutait toujours sa jeune épouse qui sommeillait maintenant plus paisiblement sur leur lit de fortune. Les yeux cernés et sombres, il restait immobile, telle une statue de marbre. Le sommeil l'avait fui depuis l'incident du loup. Trop de questions demeuraient sans réponse, en plus d'un sentiment étrange qui le tenaillait sans répit. D'une humeur belliqueuse, il se releva d'un bond souple et rejoignit Anne. Partagé entre des émotions contradictoires, il serra la mâchoire et la secoua sans douceur. La jeune femme se réveilla en sursaut, l'esprit confus et le corps raide. Cherchant à retrouver le fil de ses souvenirs, elle leva un regard vague vers son époux. Son expression dure la perturba. Alors qu'elle s'interrogeait sur son attitude, des brides de souvenirs lui revinrent en mémoire, elle pâlit et son regard se voila. Instinctivement, elle chercha la bête du regard et, ne l'apercevant nulle part, elle poussa un soupir de soulagement. Inquiète, elle porta à nouveau son attention sur son époux. Sa mine renfrognée et la ligne dure de ses lèvres n'étaient pas pour la rassurer. Cela n'augurait rien de bon pour elle.

– Je vois que vous reprenez enfin vos esprits, ma dame. Serait-ce trop exiger de votre part de me donner une explication sensée sur les événements survenus la nuit dernière ?

Le ton froid et cinglant de son époux la mit mal à l'aise. N'osant affronter à nouveau son regard, elle serra spontanément la croix à son cou et fit une prière muette. Déglutissant avec difficulté, elle chercha un moyen de lui répondre sans s'attirer ses foudres. Elle n'avait pas la force en ce moment de subir un éclat de colère de sa part. Comme elle demeurait silencieuse, Joffrey l'apostropha rudement.

– Il me semble vous avoir posé une question fort simple, ma dame. Le loup aurait-il mangé votre langue ou bien est-ce la soudaine prise de conscience de votre action insensée qui vous rend ainsi muette ?

Piquée au vif, Anne redressa fièrement le menton. Ses prunelles s'assombrirent sous la colère. Tremblante autant de peur que de rage, elle se releva et le fixa effrontément.

– Il suffit, monsieur ! Je n'ai que faire de vos insultes ! Depuis le tout début, vous n'avez pas arrêté de m'insulter et de me bafouer. Je n'existe que pour votre bon plaisir, semble-t-il. Mais c'est faux ! Je me refuse à cet état d'esclavage ! Ne soyez pas surpris si en désespoir de cause j'en venais à commettre une action désespérée. Je n'aurai de cesse de vouloir échapper à votre joug, mon seigneur. Il est vrai que j'ai contracté une dette à votre égard, puisque vous m'avez sauvé la vie la nuit dernière. Mais je considère cette dette comme non avenue étant donné l'affront que vous m'avez infligé sur le sol même de l'église lors de notre simulacre de mariage. En fait, je juge que vous êtes toujours mon débiteur vu les nombreux préjudices que vous avez commis à mon égard. À mes yeux, vous ne valez pas mieux que la bête affamée qui s'est jetée sur moi cette nuit. Ce loup solitaire avait au moins l'excuse d'avoir faim. Quelle est la vôtre, mon seigneur? Quel mal vous ronge autant pour vous inciter à agir aussi vilement? siffla-t-elle entre ses dents.

Voulant ainsi mettre un terme à leur échange, elle se détourna et s'apprêta à le quitter lorsqu'il la retint fermement. Anne secoua son bras afin de le dégager de son emprise, en vain. Joffrey fulminait. Jamais personne n'avait osé lui parler ainsi. Partagé entre la colère et l'admiration pour son courage, il desserra légèrement son emprise et l'obligea à lui faire face. Son souffle précipité fit virevolter quelques mèches de ses cheveux couleur de feu. Anne réalisa avec effroi qu'elle risquait fort d'être rudoyée pour cet affront. Baissant les yeux, elle se contracta sur elle-même dans l'attente du coup à venir. Elle percevait la fureur mal contenue de son époux dans chacune des fibres de son corps. Cependant, contre toute attente, Joffrey l'encercla de ses bras puissants et l'embrassa avec fougue. Suffoquant contre ses lèvres qui exigeaient toujours plus, Anne dut s'accrocher aux épaules de Joffrey pour ne pas vaciller. Une vague de chaleur intense la submergea, la rendant vulnérable entre ses bras. Elle pouvait sentir les battements effrénés de son cœur contre sa poitrine. Il la relâcha aussi soudainement qu'il l'avait faite prisonnière. Anne en perdit l'équilibre. Joffrey la rattrapa de justesse et la retint à bout de bras. Son regard indéchiffrable bouleversa Anne jusqu'au plus profond de son être. Doucement, il lui releva le menton et lui frôla à peine le front d'un baiser. Sans dire un mot, il la relâcha et se retourna brusquement avant de s'éloigner à grands pas. Sous le choc, Anne se laissa choir sur le sol et pleura, le visage caché dans ses mains. Les événements qui se succédaient depuis la nuit dernière venaient d'avoir raison de ses dernières forces. Elle demeura ainsi prostrée pendant quelques minutes, puis se secoua. Elle devait retrouver le contrôle de son corps et de ses émotions. Jugeant opportun de demander le support moral du Dieu tout-puissant, elle s'agenouilla à même le sol et pria avec tout son cœur. Joffrey, qui l'observait de loin, ne put qu'admirer sa dévotion et sa confiance en un être supérieur. Pour sa part, il ne croyait plus en rien depuis fort longtemps. C'était mieux ainsi, car de cette façon il demeurait le seul maître de sa vie et de sa destinée. Pourtant, en regardant attentivement sa jeune épouse, il l'envia l'espace d'un instant. Elle semblait en paix et beaucoup plus sereine que lui. Une grâce divine se lisait dans l'expression adoucie de ses traits. Un état qu'il ne se rappelait pas avoir jamais connu ou ressenti.

Anne retrouva peu à peu ses esprits, alors que les battements de son cœur ralentissaient et que ses idées s'éclaircissaient. Inspirant profondément, elle ouvrit les yeux, se signa et se releva avec grâce. D'une main légère, elle balaya les brindilles qui s'étaient accrochées sur sa robe et, la tête haute, rejoignit les hommes. Une nouvelle détermination animait son regard. Joffrey, un sourire moqueur sur les lèvres, releva un sourcil et la salua d'un bref signe de tête, mais elle l'ignora délibérément et se dirigea d'une démarche assurée vers sa monture. Joffrey éclata d'un rire profond. Surpris, ses hommes le fixèrent avant de détourner le regard. Avec brusquerie, Joffrey les retourna à leur tâche. Seul le chevalier de Dumain continua de l'observer avec insistance, la mine songeuse.

Ce n'est qu'une fois le camp démonté qu'ils regrimpèrent à tour de rôle sur leur monture et se mirent en route, au plus grand désarroi de la jeune femme.

C'est à la mi-journée que Joffrey accorda finalement au groupe un instant de répit. Tous en profitèrent pour grignoter quelques bouchées de pain et des fruits sauvages. Alors que les hommes désaltéraient les chevaux, Anne s'éloigna du groupe. Complètement épuisée, elle se demandait combien de temps encore elle parviendrait à maintenir cette cadence effrénée. Non sans une pointe de lassitude, elle s'obligea pourtant à regagner sa monture lorsque Joffrey donna le signal du départ, à peine quelques minutes plus tard. Encore une fois, c'est le chevalier de Dumain qui vint se placer à ses côtés afin de l'aider à enjamber sa jument. Elle le remercia d'un bref signe de tête avant de tourner les yeux vers son époux. Celui-ci l'observait intensément, le regard indéchiffrable. Lorsque sa jument s'ébranla, elle vacilla un peu, se rattrapant de justesse pour ne pas être désarçonnée. Joffrey fronça les sourcils et vint la rejoindre. Parvenu à sa hauteur, il marmonna entre ses dents en constatant son état de faiblesse. Il était évident que sa jeune épouse était épuisée et qu'elle ne parviendrait jamais à suivre la cadence. S'il voulait atteindre les murs de son château avant la tombée de la nuit, il se devait de modifier ses plans. Spontanément, il passa un bras déterminé autour de la taille d'Anne, la souleva sans trop d'efforts et l'installa rudement devant lui. De son bras gauche, il la maintint énergiquement et regagna sa place à la tête du groupe. Un silence pesant les enveloppa alors. Anne prit un certain temps à se remettre de sa surprise, puis la réalité s'imposa d'elle-même au contact des muscles de fer qui jouaient sur ses cuisses et du bas-ventre de son époux qui semblait vouloir se fondre en elle. Malgré son malaise sans cesse grandissant, Anne n'osait bouger de crainte d'éveiller son exaspération. Le corps raide, elle tentait de ne pas s'appuyer sur son torse dur, mais c'était peine perdue, car les cahots de la monture la renvoyaient inévitablement contre lui.

– Cessez de vous trémousser ainsi, ma dame, car vous risqueriez fort d'éveiller en moi des désirs qu'il ne vous enchanterait guère d'assouvir pour l'instant, murmura-t-il contre son oreille.

Anne frissonna. Comprenant parfaitement le sens de la menace, elle rougit violemment et agrandit les yeux d'effroi. Tout, mais pas ça! Elle n'aurait pas la force de survivre de nouveau à un tel calvaire. Son visage horrifié laissait tout transparaître des émotions qui la gagnaient. En découvrant l'expression de ses traits, Joffrey jura et la serra davantage contre lui.

– Ma dame, nul besoin d'afficher si ouvertement votre désarroi et votre répugnance. Je ne vous veux aucun mal! Vous seriez surprise de voir à quel point les liens intimes qui unissent un homme et une femme peuvent s'avérer parfois fort agréables.

– Ce n'est certes pas avec vous que j'aurai une chance de le découvrir, mon seigneur. Vous ne savez prendre qu'avec violence, telle une brute sanguinaire, répondit-elle avec dédain.

Choqué, Joffrey s'arrêta net. D'un geste de la main, il ordonna qu'on fasse avancer la jument de son épouse. La peste, elle ne laissait passer aucune occasion de lui recracher sa bêtise et ses erreurs à la figure. Ne voulant faire les frais plus longtemps de sa hargne, il la descendit de son étalon sans douceur, la basculant presque, et s'éloigna sans autre préambule. C'est le chevalier de Dumain qui aida Anne à regagner sa monture, tout en esquissant un sourire d'excuse à son intention. Une fois remonté à cheval, il jeta un regard réprobateur en direction de son seigneur. Joffrey, qui avait capté ce reproche, serra les dents et partit au galop. Le reste de la troupe n'eut d'autre choix que de le suivre.

Ce n'est que vers la fin de la journée que la petite troupe parvint finalement en vue du château de Knox. Avec stupeur,

Anne découvrit, en contrebas, le port fluvial qui regorgeait d'activité. Quelques galères ondulaient sur les flots, bercées par les vagues de l'océan qui venaient mourir sur le rivage. Voyant son intérêt, le chevalier de Dumain alla se placer à ses côtés.

– La plus grosse galère que vous apercevez en contrebas, ma dame, appartient à votre époux ; c'est le *Dulcina*, expliqua-t-il avec entrain.

Percevant sa surprise, le vieux chevalier l'observa avec soin. La curiosité évidente de la jeune femme le fit sourire et l'incita à poursuivre.

– Je vois que vous ignoriez, ma dame, que le seigneur des lieux entretient un réseau commercial avec le Moyen-Orient ! Il a, depuis quelques années déjà, signé une entente avec un grand capitaine de navire. Votre époux, ma dame, est partenaire à part entière avec ce capitaine. Il lui fournit le bateau et une grosse somme d'argent, tandis que le capitaine Killer amène l'équipage et accomplit les voyages vers le Moyen-Orient. Tous deux y gagnent largement, important des produits fort convoités, comme des épices exotiques, des herbes médicinales, de fabuleux tapis, sans oublier des soies et des bijoux somptueux.

Intriguée, Anne porta à nouveau son regard vers le port fluvial, cherchant à distinguer le *Dulcina* des autres galères. Avec étonnement, elle le vit alors se dresser fièrement sur les flots. Se cachant du soleil du revers de la main, Anne continua son exploration et aperçut plus loin les nombreux marchands qui déambulaient librement entre les cargaisons et les marins. Comme elle aurait voulu les voir de plus près ! Devinant ses pensées, le chevalier de Dumain poursuivit son exposé sur un ton moins léger :

– N'y pensez pas, ma dame, ces marins, qui passent la majorité de leur existence sur les mers, deviennent de vraies brutes en présence d'une femme une fois revenus sur la terre ferme. Une dame de votre rang ne pourrait s'approcher de tels hommes, sans risquer d'y laisser sa dignité et peut-être aussi sa vie. C'est sans compter la possibilité d'être enlevée par un de ces pirates alléchés par les belles prises, lequel vous vendrait ensuite comme esclave dans un des nombreux harems du Moyen-Orient, termina-t-il d'un ton catégorique.

À l'énoncé de tous ces risques, Anne détourna la tête, prise de peur à l'idée de se retrouver dans un endroit pareil. Par chance, leurs pas les conduisaient à l'opposé du port, vers le village qui s'était construit près des murs protecteurs du château. Joffrey, qui n'avait rien perdu de cet échange, éclata de rire en contemplant le visage apeuré de sa jeune épouse et se promit de féliciter le chevalier de Dumain pour son exposé. Au moins ne tenterait-elle pas de s'échapper du château en empruntant la voix maritime, sachant maintenant le sort qui l'attendrait. Mal à l'aise, Anne porta à nouveau son regard sur le *Dulcina*. Songeant à la bataille dévastatrice qui avait fait rage cinq ans plus tôt près du port de Bruges, elle frissonna.

– Chevalier de Dumain, est-ce que le seigneur de Knox a participé à la bataille navale de l'Écluse avec cette galère ? demanda-t-elle à brûle-pourpoint.

Surpris, le vieux chevalier tressaillit, alors qu'une ombre voila son regard. Préférant ne pas se remémorer cette bataille sanglante, il détourna la tête afin de cacher son trouble.

– Il y a des souvenirs qu'il vaut mieux ne pas réveiller, ma dame, eut-il pour toute réponse.

Nullement rassurée, Anne frissonna et coula un regard incertain vers son époux. Quels sombres secrets se cachaient dans les recoins de sa vie ? Quel rôle macabre avait-il joué dans l'extermination de la marine française à l'Écluse ? Son frère, qui n'avait pourtant pas assisté à cette bataille mais qui en avait eu des échos deux ans plus tôt, lors de sa visite à la cour du roi avait refusé de lui en parler à son retour, prétextant que ce n'était pas là un sujet pour une jeune fille aussi innocente et pure qu'elle. Pourtant, sans en avoir la confirmation, Anne se doutait bien que des événements horribles s'y étaient déroulés et que son cher époux avait dû y prendre part. Son allégeance au roi d'Angleterre était connue de toute la noblesse de Bretagne, même si on n'en avait pas la preuve formelle qui aurait pu l'incriminer et lui valoir le bûcher. Sachant pertinemment que le vieux chevalier n'en dirait pas plus pour l'instant, Anne resta sur sa faim et poursuivit son chemin en silence. D'une façon ou d'une autre, elle finirait bien par découvrir la vérité et lever le voile sur le passé obscur de son époux. Mieux valait savoir à quoi s'en tenir plutôt que de vivre dans l'incertitude.

Dès leur arrivée aux abords du village, Anne fut étourdie par l'animation qui y régnait. De taille plus grande que celui qui s'était développé en contrebas du château de son père, l'endroit était bondé. Le bruit y était presque infernal. Rien à voir avec la tranquillité du château de Vallière. Ici, le vacarme des charrettes qui circulaient en tous sens et les cris des annonceurs publics rivalisaient avec le son des cloches de l'église, des sabots des chevaux sur le sol rocailleux et des mendiants qui demandaient l'aumône. Comment tout ce monde parvenait-il à s'y retrouver dans un tel remue-ménage? Fascinée, elle observait attentivement les gens, ne pouvant s'empêcher de s'extasier devant les marchandises hétéroclites des boutiques qui bordaient la rue principale. Comme on était en juin, les paysans étaient fort occupés à la fenaison, délaissant les rues animées du village. Par chance, se disait Anne, se demandant comment ils seraient parvenus à franchir les quelques lieues qui les séparaient de sa nouvelle demeure.

Non qu'elle soit particulièrement impatiente de s'y retrouver, mais mieux valait cet endroit, à l'abri derrière les murs du château, que l'effervescence qui régnait ici. Avec ce monde, elle craignait à tout moment d'être éclaboussée par les ordures ou les excréments des villageois qui jetaient leurs déchets dans les rues, sans égard pour les passants. Mais à peine venait-elle de se livrer à cette réflexion qu'un cri de rage se fit entendre derrière elle. Faisant volte-face, elle aperçut avec effarement le visage courroucé de son époux, enseveli sous les déchets. Relevant la tête, elle remarqua avec un certain amusement l'expression anxieuse d'une jeune fille perchée à la fenêtre du deuxième étage, un immense seau vide entre les mains. Vivement, celle-ci descendit dans la rue, se confondant en excuses lamentables. La pauvre fille, en proie à la panique, tremblait de peur sous le regard mauvais du seigneur de Knox. Pour sa part, Anne, dont les yeux brillaient de malice, avait peine à retenir son sourire, préférant se mordre les lèvres plutôt que d'éclater de rire. Mieux valait ne pas s'attirer la colère du seigneur de Knox ! Mais Joffrey, qui avait posé les yeux sur elle, fulmina en croisant son regard brillant de joie. De plus, le faible soubresaut qui agitait les épaules de sa compagne trahissait son amusement face à la situation. Furieux, il s'approcha de la jeune fille et la gifla à toute volée. Celle-ci alla choir contre le sol, les larmes aux yeux. Reprenant les rênes de son étalon, il s'élança vers le château, abandonnant son épouse dans les rues du village, en compagnie de la troupe. Que cela lui serve de leçon ! Anne demeura pétrifiée. Posant un regard sur la jeune fille en larmes, elle voulut aller la rassurer, mais le chevalier de Dumain lui barra la route, lui enjoignant de poursuivre son chemin. Docilement, Anne fit faire demi-tour à sa jument et continua sa progression vers le château, les épaules alourdies par l'appréhension. Inquiète du sort qui l'attendrait à son arrivée, elle ne porta aucune attention à la petite chapelle de pierre qui trônait au centre du village. Elle ne vit pas non plus les maisons de pierre construites en hauteur et dont les toits de chaume brillaient sous l'éclat du soleil couchant, ni les pauvres habitations de bois emplies de boue, de crin de cheval et de fumier séché, qui dégageaient une telle odeur l'été venu ! Ce n'est qu'arrivée à l'entrée du château qu'elle sortit de sa léthargie. Elle demeura légèrement en retrait alors que le chevalier de Dumain s'adressait aux deux gardes qui effectuaient leur ronde. D'un bref signe de tête, ceux-ci la saluèrent lors de son passage. Dans un bruit sourd, la herse se referma derrière eux et le pont-levis fut redressé, isolant les occupants du château du reste du monde. Maintenant, elle était vraiment prisonnière du seigneur des lieux.

Tandis qu'Anne parvenait aux portes du château, une femme entre deux âges l'attendait. Le chevalier de Dumain, qui l'aida à descendre de sa jument, lui présenta avec tendresse la vieille Berthe. Quelle ne fut pas sa surprise alors d'être accueillie avec chaleur et simplicité. Rassurée pour l'instant, elle adressa un timide sourire à la femme. Cette dernière lui retourna son sourire et la prit avec affection par la main afin de l'entraîner à sa suite.

Franchir les murs de l'enceinte fut plus difficile qu'elle ne le croyait. L'immensité de la demeure l'impressionnait. Tout ici respirait la richesse et l'opulence. D'un simple coup d'œil avisé, elle remarqua la propreté saisissante des lieux. Il ne faisait aucun doute que son époux entretenait un personnel fort nombreux pour parvenir à un tel résultat. L'ampleur de la tâche qui l'attendait en tant que châtelaine l'inquiéta. Percevant son malaise, Berthe lui tapota gentiment la main.

– N'ayez crainte, mon enfant, je me ferai un plaisir de vous seconder et de vous expliquer minutieusement tout le fonctionnement du donjon. Mais pour l'instant, c'est de repos dont vous avez le plus besoin pour reprendre des forces. Le voyage a été épuisant et vous êtes si pâle.

Lui prenant la main, elle la reconduisit à l'étage, dans la chambre du seigneur des lieux. Anne demeura sans voix devant l'immense lit à baldaquin qui trônait au centre de la pièce. Le meuble était recouvert d'un drap de velours rouge vif, sur lequel étaient brodés un lion et un aigle : l'étendard des Knox. Timidement, Anne arpenta la chambre, frôlant du revers de la main les tapisseries soyeuses qui recouvraient les murs. Nul doute que celles-ci provenaient de ce monde lointain, le Moyen-Orient, car leurs couleurs et leur texture différaient de beaucoup de celles fabriquées par les paysans de la région. Tout dénotait le confort et la richesse, à l'exception de la sculpture d'une femme et d'un homme nus, très intimement entrelacés, qui dégageait une certaine obscénité. Outrée, Anne fit volte-face.

– Il est hors de question que cette chose demeure à cet endroit. Je vous prie de l'en retirer immédiatement, lança-t-elle d'une voix rauque.

Hésitante, la vieille femme voulut protester, mais se retint. Le seigneur des lieux ne lui avait-il pas ordonné à son arrivée d'installer sa jeune épouse dans ses quartiers et à sa convenance ? Dans ce cas, mieux valait obéir. Elle se doutait bien cependant que cette demande risquait de provoquer de forts remous.

La table dressée en l'honneur de la nouvelle châtelaine ce soir-là aurait enchanté n'importe quelle fine bouche, pourtant Anne ne parvenait pas à y faire honneur. L'estomac noué par la crainte de la nuit à venir, elle mangeait du bout des lèvres. Même l'odeur épicée des viandes étalées richement au centre de la table lui soulevait l'estomac. Sans entrain, elle arracha un morceau à la miche de pain et le trempa à peine dans la sauce chaude et onctueuse.

L'ambiance était à la fête. Des chevaliers et quelques vassaux buvaient et chantaient allègrement, tout en se gavant de chair tendre à même leurs doigts. Dégoûtée, Anne se recula sur son siège, résolue à ne plus rien avaler. Entre ses paupières mi-closes, elle observait son époux à la dérobée. Joffrey mangeait avec raffinement et modération. Cependant, sa coupe de vin se remplissait à un rythme effarant. Quelle quantité son cher époux pouvait-il supporter avant de perdre définitivement le contrôle de ses actes ? Devrait-elle faire les frais de ses abus ? Pour l'instant, il semblait toujours maître de lui-même, mais elle ne pouvait en dire autant de ses hommes. Les histoires grivoises circulaient librement entre les convives et ne faisaient qu'attiser les sens. D'ailleurs, les mains des hommes s'égaraient de plus en plus sur les parties charnues des servantes. Et peu d'entre elles semblaient apprécier de tels débordements. L'expression apeurée et les mains tremblantes de certaines n'échappaient pas à son regard. Mais étant la seule femme parmi cette assemblée d'hommes, elle ne se sentait ni le courage ni la force de les remettre à leur place. Pourtant, en tant que châtelaine des lieux, il lui incombait de remettre de l'ordre dans la maisonnée. Portant à nouveau ses yeux sur l'assemblée, elle inspira profondément et serra les poings sous la table. Au même instant, l'une des servantes poussa un cri d'horreur et se figea. La malheureuse venait d'échapper un contenant de sauce sur les jambes du seigneur de Knox en voulant fuir les avances déplacées et empressées d'un des hommes. La réaction de Joffrey fut immédiate. Il se redressa d'un bond en rugissant et s'apprêta à la gifler pour la corriger de sa bévue. Révoltée, Anne se releva précipitamment et intercepta son geste dans un cri puissant. Joffrey se figea et se détourna de la malheureuse. Le regard foudroyant qu'il lui lança alors la fit reculer d'un pas. Indécise, Anne déglutit péniblement. Pourtant elle retrouva son courage en apercevant la jeune serveuse prostrée sur le sol, le corps secoué de puissants sanglots. En silence et la tête haute, Anne contourna la table et alla la rejoindre. Pas un seul instant Joffrey ne la quitta des yeux. D'une main tremblante, Anne aida la pauvre fille à se relever et lui fit signe de retourner aux cuisines. Un silence pesant envahit la salle commune. Prenant son courage à deux mains, Anne fit face à son époux et le fixa de ses prunelles orageuses :

– Les hommes qui mangent à cette table sont indignes de porter le titre de chevalier. Aucun n'a la noblesse d'âme pour mériter un tel honneur. Vos hommes ne sont que des bêtes en rut, mon seigneur. Ils n'ont eu de cesse de terroriser ces pauvres petites toute la soirée. Comment pouvez-vous permettre un tel comportement, et en ma présence de surcroît ? C'est indigne d'un grand seigneur ! Mais peut-être ces hommes ne sont-ils en fait que le reflet de leur seigneur… Des brutes à son image !

Furieux, Joffrey avança à sa hauteur. Tout son être dégageait une puissance meurtrière. Un orage violent grondait dans sa tête. Inspirant avec difficulté, il l'empoigna par les épaules et la serra comme dans un étau de fer. Il dut recourir à toute sa volonté pour ne pas la gifler. Une lueur mauvaise enflammait ses prunelles. Anne gémit faiblement, prenant soudain conscience de sa situation précaire. Cet homme pourrait la tuer sur-le-champ sans qu'aucun homme dans cette pièce n'intervienne pour la sauver.

– Si j'étais vous, ma dame, je prierais pour que je parvienne à faire preuve à votre égard du peu de noblesse qu'il me reste. Ce n'est pas l'envie qui me manquerait de tordre votre joli petit cou afin d'effacer l'affront que vous venez de me faire subir. Remerciez le ciel d'être mon épouse, car c'est uniquement grâce à ce fait que vous garderez la vie sauve, lâcha-t-il entre ses dents d'une voix faussement calme.

Galvanisée par le désespoir et n'ayant plus rien à perdre, Anne fixa froidement les mains qui la retenaient prisonnière et regarda de nouveau son époux avec mépris. Joffrey cilla. Tremblante et sur le point de sombrer dans l'hystérie, Anne tenta d'échapper à son emprise, mais sans succès.

– Je vous prierais, monsieur, de me relâcher immédiatement. Vos paroles et votre attitude à mon égard ne font que renforcer mon opinion à votre sujet. S'il vous reste un tant soit peu de noblesse, comme vous dites, vous me laisserez regagner mes quartiers afin que je puisse y retrouver un peu de calme et de paix.

La flamme rebelle qui brillait dans le regard d'Anne exaspéra davantage Joffrey et attisa son humeur coléreuse. Tout en la relâchant, il la toisa avec hargne.

– Regagnez notre chambre sur l'heure, ma dame. Je vous y rejoins immédiatement. Nous n'avons pas terminé cet entretien.

Aussitôt qu'elle fut libérée de son emprise, Anne se refusa à tout geste de faiblesse et ignora la douleur qui lui vrillait les épaules. La tête haute, elle regagna la chambre conjugale. Un silence lourd accompagna son départ. Une fois hors de vue des occupants du château, elle avança d'un pas rapide, la tête en feu et le cœur en déroute. Peu à peu, elle réalisait toute l'ampleur de son acte de rébellion. Il était évident que le seigneur des lieux allait soulager sa colère sur sa personne.

À peine eut-elle le temps de pénétrer dans la chambre que la porte s'ouvrit avec fracas. D'un coup de pied violent, Joffrey referma derrière lui et la rejoignit en deux enjambées. Lorsqu'il fut près d'elle, il la happa brusquement par les bras et l'écrasa contre le battant de la porte close. Relevant la tête avec courage, Anne croisa deux prunelles pleines d'une colère sombre. Toutes ses vieilles craintes refirent surface, la laissant pantelante entre les bras de son époux. Voyant là un signe de soumission et de repentir, Joffrey relâcha son emprise. La proximité du corps de sa jeune épouse et la douceur de sa chevelure sur ses avant-bras lui firent l'effet d'un puissant élixir. Laissant de côté pour l'instant le motif de sa fureur, il promena un regard gourmand sur la poitrine généreuse qui se soulevait rapidement sous le tissu de sa robe. Les sens échauffés par le vin et par l'altercation survenue un peu plus tôt, il s'embrasa. Tout en se débarrassant de sa chemise, il déshabilla la jeune femme avec soin, promenant une main enflammée sur sa chair tendre, désireux de profiter pleinement du plaisir à venir. Son corps tendu à l'extrême vibrait intensément. Comprenant ses intentions, Anne n'opposa aucune résistance. Mieux valait dans les circonstances se taire et ne pas attiser davantage sa colère. Plus elle demeurerait calme, moins l'acte serait brutal, lui avait conseillé sa mère. De toute façon, elle n'avait pas d'autre choix. Tout refus lui amènerait non seulement le courroux de son époux, mais aussi le châtiment de l'Église. Son devoir en tant qu'épouse et femme était de donner des descendants au seigneur des lieux. Elle ne pouvait s'y soustraire, selon les lois divines. C'était là son lot! Mais, chaque caresse sur sa peau nue la révulsait, d'autant plus que celles-ci se faisaient de plus en plus entreprenantes. Dégoûtée, Anne serra les dents. Déterminé à tenir entre ses bras autre chose qu'un bloc de glace, Joffrey l'embrassa longuement, avec passion, cherchant à éveiller ses sens. Lentement, il glissa ses lèvres chaudes sur la peau tendre de son cou. Envahie par un malaise profond sous cette caresse légère, Anne se rebiffa. Il était hors de question qu'elle le laisse aller à de tels débordements. Se dégageant d'un coup brusque, elle le fusilla du regard.

– Cessez cette pratique répugnante, monsieur, elle ne m'inspire que dégoût! Veuillez vous en tenir uniquement au besoin de la procréation et laissez-moi tranquille ensuite! Je vous saurai gré de m'épargner tous ces préliminaires déplacés et des plus inconvenants! lui lança-t-elle d'un ton froid et hautain.

Ces quelques mots dégrisèrent rapidement Joffrey. Frustré, il jura et serra les poings. La garce, elle n'avait pas tardé à lui déverser sa hargne. Pour un peu, il aurait pris plaisir à l'éveiller aux plaisirs charnels. Décidément, elle savait s'y prendre pour refroidir ses ardeurs. N'éprouvant plus aucun désir pour elle, il enfila sa chemise de lin et redescendit d'un pas lourd dans la salle principale, dans l'intention d'y boire quelques coupes de vin en compagnie de ses compagnons d'armes et des femmes de joie. Laissée seule, Anne respira plus librement. Du moins dormirait-elle seule et en paix cette nuit.

L'aube commençait à poindre à l'horizon lorsque Anne fut réveillée par le bruit de la porte qui se refermait brutalement. L'esprit embrumé par le sommeil, elle n'eut pas le temps d'esquisser le moindre geste de fuite lorsque les courtines furent écartées brusquement et que le corps lourd de son mari s'étala sur elle. Son haleine empestait le vin et l'étouffa lorsqu'il emprisonna ses lèvres dans un baiser insistant. Elle eut beau se débattre pour tenter de lui échapper, il la retint fermement d'une main tandis qu'il relevait sa chemise de nuit de l'autre. Incapable de se soustraire à son emprise, elle hurla, plus de rage que de douleur, et le mordit sauvagement à l'épaule lorsqu'il la prit de nouveau sans ménagement. Par chance, son calvaire fut de courte durée. Libérée de son étau, elle roula sur le côté et se recroquevilla. Peu fier de ses prouesses, Joffrey se releva péniblement et se dirigea vers la porte d'une démarche titubante. Jetant un regard dans la direction de son épouse, il détourna aussitôt les yeux. Anne releva la couverture sur son corps frigorifié et pleura d'impuissance et de douleur. Percevant ses pleurs, Joffrey se passa nerveusement une main dans les cheveux et soupira. Que Dieu lui vienne en aide, pour la première fois dans sa vie il avait grandement besoin de sa sagesse et de ses conseils. Conscient que cette attitude ne le mènerait nulle part, il descendit les marches de pierre d'un pas lourd et fit appeler ses chevaliers. Il fit de plus venir la vieille Berthe dans la grande salle et l'envoya sans un mot d'explication au chevet de son épouse. Ne désirant nullement faire les frais de sa réprobation silencieuse, il s'éloigna vers la cour extérieure.

Apaisée par la potion calmante de la vieille femme, Anne s'était de nouveau assoupie peu de temps après. Berthe s'était installée à ses côtés et avait déposé une main réconfortante sur son front tout en lui murmurant des mots empreints de tendresse maternelle. Brisée, Anne allait bientôt trouver refuge dans un sommeil réparateur.

Le cliquetis des armes et le bruit des sabots sur la terre sèche dans la cour intérieure vinrent briser son sommeil. S'extirpant de son lit avec peine, elle s'approcha de la fenêtre d'un pas hésitant. En bas, des soldats s'étaient rassemblés, parés de leur cotte de mailles et de leurs jambières. Certains astiquaient leur épée, tandis que d'autres vérifiaient leurs flèches et leur arc. Au milieu du groupe se trouvait Joffrey de Knox, dont la tunique affichait ses armoiries. Ne l'ayant pas remarquée alors qu'elle était penchée sur le rebord de la fenêtre, Joffrey se plaça à l'avant de la troupe et disparut derrière les murs du château, sans un seul regard en arrière. Après le départ des hommes, un lourd silence s'abattit sur les lieux. Sans se préoccuper de sa tenue légère, Anne s'élança hors de sa chambre et dévala l'escalier en colimaçon. Emportée par son élan, elle ne vit pas le chevalier de Dumain qui se trouvait tout en bas et le percuta de plein fouet. La retenant pour ne pas qu'elle trébuche, celui-ci la salua d'un léger signe de tête, un sourire moqueur sur les lèvres. D'un regard appréciateur, il contempla avec ravissement sa poitrine à peine voilée par sa chemise de nuit, qui se soulevait rapidement. Consciente de son allure inconvenante, Anne remonta les escaliers aussitôt, les joues en feu. Le souffle court, elle s'adossa au mur de pierre et ferma les yeux. Son cœur battait à tout rompre !

C'est dans cet état d'esprit que la vieille servante la retrouva. Inquiète, elle s'approcha de la jeune femme et frôla son front du revers de la main. Par chance, la petite n'était pas malade. Rassurée sur son état, elle entreprit de l'aider à enfiler sa tenue d'équitation. Avant de partir, le seigneur de Knox avait exigé que sa jeune épouse prenne l'air en compagnie du chevalier de Dumain afin de visiter les terres de sa demeure. Celui-ci l'attendait déjà en bas, dans la grande salle.

Averti tôt le matin de la présence de pillards dans les parages, Joffrey avait demandé qu'on selle son étalon et fait quérir quelques-uns de ses meilleurs archers. Nul besoin pour lui de participer à cette battue, mais les événements survenus la nuit dernière l'avaient perturbé. Il avait donc sauté sur l'occasion ! Un peu d'exercice et d'action lui ferait le plus grand bien. De toute façon, il savait sa jeune épouse entre bonnes mains en la compagnie du chevalier de Dumain et son domaine bien gardé par son régent. Il en était à cette réflexion lorsque son éclaireur revint ; il avait repéré la bande de pillards.

Le chevalier de Dumain avait déjà fait seller les chevaux lorsque Anne parvint finalement dans la cour. Encore embarrassée par sa conduite peu scrupuleuse quelques instants plus tôt, elle n'osait lever son regard vers lui, de peur d'y lire sa désapprobation. Nerveuse, elle n'opposa aucune résistance lorsqu'il l'aida à monter sur sa jument et frémit au contact léger de ses doigts autour de sa taille. Amusé par son trouble, le chevalier de Dumain lui sourit avant d'effleurer sa main d'un baiser chaste. Sous le coup de l'émotion, Anne retira vivement sa main et lissa les pans de sa robe afin de cacher son trouble. Dans un éclat de rire, son compagnon l'incita à le suivre. La journée promettait d'être chaude, car déjà le soleil réchauffait la terre de ses rayons ardents. Une légère brise en provenance du large faisait onduler les talus, amenant avec elle l'odeur salée de la mer. C'était une sensation étrange que de sentir cette brise marine sur son visage alors que ses yeux contemplaient la forêt immense qui se déployait plus loin, derrière les champs. Des paysans s'y activaient, d'ailleurs, semant le foin pour affronter l'hiver à venir. Alors que certains participaient à la fenaison, d'autres labouraient les champs à l'aide de bœufs et de charrues. Mais cet équipement rudimentaire, difficile à manier, ne parvenait pas à remuer la terre en profondeur, rendant leur tâche encore plus compliquée. Malgré tout, les hommes semaient à la main et travaillaient avec ardeur sur ces terres qui ne leur appartenaient même pas. De l'autre côté du château, d'autres hommes s'adonnaient quant à eux à la tonte d'un troupeau de moutons qui appartenait au seigneur de Knox, lavant soigneusement ensuite le lainage de l'animal. Une fois celui-ci bien propre et asséché, c'était au tour des femmes de le peigner et de le carder puis de le filer. La laine était finalement prête à être tricotée afin de faire des vêtements chauds, tant appréciés l'hiver venu.

Alors qu'ils descendaient une colline, Anne aperçut des femmes et une ribambelle d'enfants qui s'activaient à leur lessive, près de la rivière. Le chevalier de Dumain lui expliqua que ce cours d'eau provenait du sous-bois et allait se jeter plus loin directement dans la mer. Tandis qu'ils poursuivaient leur route en échangeant gaiement, la tranquillité des lieux fit bientôt place à la cohue du village, au grand désarroi de la jeune femme. Pourtant, au souvenir de la déconfiture de son mari la veille, un sourire illumina son visage. Quelle tête il faisait avec toutes ces ordures qui dégoulinaient sur ses cheveux d'un noir aussi profond que la nuit ! Se sachant hors de portée de son courroux, Anne éclata d'un rire cristallin. Pour un peu, elle en aurait pleuré de joie. Intrigué par cette soudaine bonne humeur, le chevalier de Dumain vint se placer à ses côtés.

– Qu'est-ce qui vous fait rire ainsi, ma dame ? demanda-t-il d'un ton amusé.

– Si vous saviez, monsieur, vous me gronderiez vite fait ! lui répondit-elle avant d'éclater de rire à nouveau.

Influencé par sa gaieté, le chevalier de Dumain sourit, mais redevint aussitôt songeur. Comme cette enfant était belle lorsqu'elle riait ainsi, le visage rayonnant. Rien à voir avec la jeune fille taciturne des jours passés. Il aurait aimé connaître la raison d'un tel amusement, mais à voir son regard mystérieux il comprit qu'elle garderait ce moment privilégié pour elle. Attiré par sa noblesse et sa fragilité, il serra les poings. Cette charmante enfant n'avait pas sa place en ces lieux lugubres. Son seigneur ne la méritait pas. Sensible à l'éclat rieur de ses yeux, il l'amena visiter la fontaine publique parée de fleurs multicolores et la petite chapelle de pierre. Attirée par ce lieu de recueillement, Anne demanda à son compagnon de l'aider à descendre de sa jument. Une agréable fraîcheur régnait dans la chapelle déserte, alors que des cierges installés ici et là sur les candélabres et dans les voûtes baignaient l'endroit d'une douce lumière, rendant ainsi les lieux moins sombres et moins austères. Dans le silence le plus absolu, Anne s'approcha de l'autel et s'agenouilla sur le sol froid et humide. À son contact, un frisson la parcourut, lui rappelant la pierre rugueuse sous ses hanches alors que son époux la prenait sauvagement lors de leur première union. Chassant ces souvenirs douloureux d'un hochement de la tête, elle serra entre ses mains moites son chapelet d'argent, tout en murmurant quelques prières en latin. Une force nouvelle l'emplit tout entière. Le seigneur de Knox pouvait bien violer son corps selon son bon plaisir, mais jamais il n'atteindrait son âme et son esprit. Forte de cette conviction, Anne se releva et rejoignit son compagnon qui l'attendait sur le pas de la porte. Le chevalier de Dumain l'avait observée attentivement. La pauvre petite semblait si seule qu'il se fit alors la promesse de la protéger envers et contre tout, dût-il pour cela encourir la colère du seigneur de Knox.

Le soir n'allait plus tarder maintenant. S'étant aventurés loin des murs du château, Joffrey et sa troupe avaient dû édifier un campement de fortune pour la nuit. Mais cela ne l'incommodait point, puisqu'il appréciait les nuits à la belle étoile. L'air vif l'imprégnait, l'enveloppant comme une deuxième peau. Resserrant sa cape autour de son corps, il s'allongea sur le dos, observant les étoiles au travers des branchages qui le surplombaient. La tranquillité de la forêt le rassérénait. L'esprit à la dérive, il eut une pensée pour sa jeune épouse. Elle devait assurément apprécier ce moment de répit, loin de sa présence, mais il n'avait pas dit son dernier mot. Avec ravissement, Joffrey songea à la façon dont il s'y prendrait pour amadouer son esprit et éveiller son corps si juvénile. Décidément, il accordait beaucoup trop d'importance à cette petite, mais c'était plus fort que lui, il avait soif d'elle. Désirant retrouver au plus vite les courbes sensuelles de sa nouvelle épouse, Joffrey frémit. Même si cette brève escapade lui avait semblé une bonne idée au départ, il lui tardait maintenant de retourner au château. Il leur fallait débusquer le plus rapidement possible la bande de pillards qui terrorisaient les habitants du village depuis son départ. Il n'avait que faire de ces bandits et plus tôt ils les retrouveraient, mieux ils s'en porteraient tous. Néanmoins, en tant que guerrier et prédateur, il devait s'avouer que cette attente aiguisait ses sens. Sa charmante épouse devrait bien se tenir à son retour, car il avait bien l'intention de partager sa couche quand bon lui semblerait.

C'est avec allégresse qu'Anne se leva le lendemain matin. Nul cauchemar n'avait troublé son sommeil cette nuit-là. Matinale, elle attendait avec une impatience non dissimulée le moment de partir pour la chasse au faucon que lui avait promise le chevalier de Dumain en après-midi. D'ici là, elle se devait de faire face à sa nouvelle vie et à remplir son devoir de châtelaine. Les jours à venir seraient cruciaux et les tracas n'allaient certes pas manquer. Il lui faudrait s'attirer le respect du personnel de la maisonnée rapidement et faire accepter ses décisions futures par le maître des lieux. Mais tout d'abord, elle devrait prendre des forces, et à cette fin, rien de tel qu'un bon déjeuner pour commencer la journée.

À peine les marches descendues, Anne sursauta puis s'immobilisa. La grande salle avait pris une tout autre apparence ce matin-là. La jonchée sur le sol dégageait une odeur de fraîcheur et de propreté. Les herbes et les branchages venaient à peine d'être rafraîchis. Des nappes d'un blanc éclatant recouvraient les tables à tréteaux, sur lesquelles reposaient des mets plus savoureux les uns que les autres. En l'apercevant, les chevaliers déjà installés se levèrent et la saluèrent avec respect. La vieille Berthe apparut à ses côtés et l'invita à prendre place. Sitôt fait, Anne fut entourée de jeunes filles prêtes à la servir et à répondre au moindre de ses besoins. Toutes portaient des vêtements décents sous leur tablier. Surprise, elle observa Berthe et fronça les sourcils en voyant son sourire satisfait. Mais plus grand encore fut son étonnement en réalisant que pas une seule des jeunes filles ne servait les chevaliers. Toutes avaient été remplacées par de solides gaillards. Les jeunes servantes semblaient se concentrer uniquement sur sa personne. De plus, pas un seul des chevaliers n'osa prononcer des paroles offensantes en sa présence, et même s'ils continuaient de manger avec leurs doigts, la plupart le firent avec retenue et dignité. Le repas se déroula agréablement et l'atmosphère s'allégea au fur et à mesure que le temps passait. Le chevalier de Dumain, qui se trouvait sur place, échangea gaiement avec Anne et d'autres se joignirent bientôt à leur discussion, au plus grand étonnement de la jeune femme. Le repas terminé, Anne prit congé des hommes et entraîna la vieille Berthe dans un coin reculé de la salle.

– Berthe, auriez-vous la bonté de m'expliquer ce soudain revirement de la part des hommes de mon époux et du personnel de la maisonnée ? Tout ceci me perturbe au plus haut point !

– N'ayez crainte, ma dame ! C'est sur ordre de votre époux que furent effectués ces changements.

– Pardon ? s'exclama Anne en ouvrant grands les yeux.

– Nul besoin de vous mettre dans un tel état, mon enfant. N'est-il pas normal qu'un époux désire plaire à sa nouvelle épouse ?

– S'il s'agissait d'un autre homme, je répondrais oui sans aucune hésitation, mais dans le cas de Joffrey de Knox, je n'en crois rien !

– C'est là que vous faites erreur, ma dame ! Votre mari possède de grandes qualités. Certes, il a tendance à les refouler au plus profond de son être et à ne les montrer qu'en de rares occasions. Mais il n'en tient qu'à vous de les découvrir et de les exploiter.

– Ce que vous dites est totalement faux ! L'homme qui me tient lieu d'époux est cruel, barbare et sanguinaire !

– Alors, mon enfant, dites-moi pourquoi un tel homme risquerait sa vie face à un loup affamé pour sauver celle de son épouse ? Pourquoi aussi, à la suite de votre éclat le jour de votre arrivée, me donna-t-il pour instruction d'améliorer et d'adoucir votre séjour quitte à perturber complètement les us et coutumes de cette maison ? Pourquoi les jeunes filles qui servaient aux tables ont-elles été relevées de leur fonction pour se consacrer à votre personne ? Chacune d'elles fait maintenant partie de votre suite personnelle, sauf évidemment les mauvaises graines. D'ailleurs, votre époux a retourné aux champs celles qui se donnaient un peu trop facilement aux soldats. Ce qui n'est pas une grande perte, au contraire ! Il vous revient d'assigner à chacune de vos demoiselles de compagnie les tâches qui vous conviennent. Ces jeunes filles ont de plus reçu une garde-robe des plus décentes et ont maintenant accès à un endroit à l'écart des hommes pour dormir. Ce sont de jeunes hommes costauds et bien élevés qui ont pris la relève auprès des chevaliers. Votre époux a également commandé à ses hommes de mieux se tenir à table, les menaçant d'être fouettés au moindre écart. Tous vous doivent maintenant respect et fidélité, ma dame !

Ébranlée, Anne demeura sans voix. Le front soucieux, elle cherchait une réplique cinglante à lancer au sujet de son époux, mais n'en trouva aucune. Le fait était que des changements majeurs avaient été effectués, mais cela n'effaça pas pour autant l'outrage que Joffrey lui avait fait subir deux nuits auparavant.

– Certes, je conçois la bonne volonté de mon époux à vouloir satisfaire mes exigences, mais il n'en demeure pas moins un individu sauvage, sombre et des plus imprévisibles.

– Il est vrai en effet que Joffrey demeure ce que vous dites, et c'est ce qui me désole. Mais depuis votre arrivée, j'ai bon espoir qu'il changera. Je sais que vous parviendrez à arranger les choses. Si quelqu'un peut y arriver, c'est bien vous, d'ailleurs… termina-t-elle d'une voix emplie de mystère, avant de prendre congé.

Laissée seule, Anne médita longuement. Que voulait insinuer la vieille femme ? De plus, quelle familiarité elle s'était permise en appelant son époux par son prénom ! À l'entendre, on aurait pu croire qu'elle était réellement attachée au seigneur des lieux et ne le craignait nullement. Jugeant avoir assez perdu de temps avec ces réflexions peu joyeuses, elle se secoua. Un travail énorme l'attendait. Portant un regard maternel sur les jeunes filles installées sagement au coin de l'âtre, elle soupira. Il lui fallait maintenant trouver une tâche appropriée pour chacune d'elles. Mentalement, elle pensa à la confection des bougies, au filage, à la broderie, à l'entretien du petit jardin de plantes médicinales et ainsi de suite. Tout en s'armant de courage, elle se dirigea vers le petit groupe. Seigneur, ces filles étaient à peine moins âgées qu'elle. Comment allait-elle parvenir à entretenir et diriger cet endroit ? Elle était si jeune elle-même et si peu expérimentée. L'importance de la tâche lui fit peur. Ma foi, elle préférait encore affronter le seigneur des lieux que de prendre en charge un tel fardeau. Elle soupira d'autant plus en constatant le regard plein d'espoir et de reconnaissance qu'avaient les jeunes filles à son égard.

Lorsque le moment tant attendu de sa promenade avec le chevalier de Dumain arriva enfin, Anne éprouva un vif soulagement. La vieille Berthe l'observa et eut un regard triste.

La pauvre petite semblait complètement dépassée par les événements et perdue face à l'ampleur du fardeau qui lui incombait. La joie évidente qu'elle montrait à se retrouver en compagnie du vieux chevalier ne passerait pas inaperçue aux yeux du seigneur des lieux. Elle le connaissait assez bien pour savoir qu'il se mettrait dans tous ses états, rongé par ses vieux démons, et en prendrait ombrage. Mais comment en vouloir à cette petite d'être attirée par la douceur et la sérénité qui se dégageaient de cet homme entre deux âges ? Le chevalier de Dumain était un homme d'expérience et d'honneur, qui avait acquis la sagesse avec les années. Sans compter qu'il était d'une gaieté contagieuse. Toujours présent en cas de problèmes, et prêt à distribuer à son entourage de précieux conseils. Il était le seul jusqu'à ce jour qui osait défier ouvertement le seigneur et qui n'hésitait pas à le réprimander si la situation le commandait. Il agissait selon ce que sa conscience lui dictait, tout simplement. Pas étonnant que la petite se sente attirée par lui. Il devait représenter la lumière au milieu des ombres qui l'envahissaient, et aussi le père qu'elle avait perdu. Son attitude chevaleresque et sa douceur contrastaient tellement avec les manières brutales du seigneur de Knox. Indifférente à l'humeur maussade de la vieille femme, Anne chantonnait joyeusement. Fin prête, elle rejoignit son compagnon.

Heureux de la retrouver si pleine de vie et d'énergie, le chevalier de Dumain s'approcha et lui baisa la main. Flattée par cette marque de gentillesse, Anne lui sourit. Enchanté de sa gaieté, il l'invita à le suivre jusqu'à la fauconnerie. Anne fut charmée par la diversité des oiseaux de proie qui s'y trouvaient. Avec un bonheur évident, elle contempla chacun d'eux, avant de s'arrêter devant un magnifique gerfaut au plumage sombre. Elle avait certes un faible pour l'épervier sur sa droite, mais le gerfaut l'attirait particulièrement. Le faucon était d'un brun foncé et des petites rainures brunâtres marbraient sa poitrine blanc crème, ainsi que le dessous de ses ailes et le bout de sa queue. Son bec était court et courbé à la pointe, et au bout de ses pattes musclées se trouvaient des serres menaçantes et des plus affilées. Son masque presque blanc faisait ressortir ses yeux bruns. C'était à n'en pas douter un oiseau majestueux et empreint de noblesse. Et aussi un chasseur redoutable, le plus gros parmi les faucons. Émerveillée, Anne fit volte-face et fixa le chevalier avec enthousiasme.

– Comment un tel oiseau peut-il se retrouver en ces lieux ? Je croyais pourtant qu'il leur était impossible de survivre en terre de France.

Le chevalier sourit devant son exubérance naturelle. Sa spontanéité était si rafraîchissante et tellement inusitée.

– Ma dame, je vois que vous possédez quelques connaissances en la matière, ce qui est tout à votre honneur. Sachez en effet qu'il n'est pas habituel de trouver un tel faucon dans cette région. Ce gerfaut fut offert en cadeau au seigneur de Knox par un noble danois en guise de remerciement pour service rendu. Il est surprenant d'ailleurs qu'il se soit adapté aussi aisément à notre climat. Il faut dire que nos rivages maritimes et rocailleux favorisent quelque peu son acclimatation.

– Saviez-vous que ce formidable oiseau restait fidèle à son territoire ? demanda malicieusement Anne. Dommage que le seigneur des lieux ne soit pas à son image, poursuivitelle plus bas, pour elle-même.

– On dit aussi le gerfaut uni à sa femelle pour la vie, enchaîna le vieux chevalier avec circonspection.

À cet énoncé, Anne fronça les sourcils et reporta son attention sur le rapace, tout en fixant son visage avec un intérêt soutenu. Il y avait néanmoins une ressemblance avec son époux. Cet oiseau pouvait s'avérer des plus dangereux et rien n'y paraissait derrière son masque de plumes. À l'instar d'autres faucons, le gerfaut jouait avec ses proies, les traquant sans relâche et sans aucune pitié. Exactement comme le seigneur de Knox. Résolue cependant à chasser ces idées moroses de son esprit, Anne secoua la tête et inspira profondément. Son choix serait le gerfaut… sans aucune hésitation.

Nullement surpris par sa décision, le vieux chevalier demanda à ce que l'on prépare le rapace et fit signe à la jeune femme de le suivre.

À quelques lieues de là, Joffrey s'était camouflé derrière un bosquet, à deux cents mètres environ de la bande de pillards qui s'activaient, prêts à partir. Alignant cinq flèches devant lui, la pointe de fer plantée dans le sol, il se mit en position de tir. Ses hommes attendaient ses ordres. À son signal, ceux-ci prirent leur arc. Rapidement, Joffrey s'empara de ses flèches et les tira l'une après l'autre, atteignant sa cible à chaque coup. Facilement mis en déroute, les dix pillards s'affalèrent sur le sol. Certains, chanceux, moururent sur le coup, les autres furent faits prisonniers. S'étant assuré que les survivants étaient bien ligotés, Joffrey fit venir l'un des soldats et lui donna ses ordres. Lui et les autres devaient se rendre au château, avec leurs prisonniers, alors que lui-même partirait sur-le-champ afin de regagner son domaine le plus tôt possible. Ses hommes pouvaient maintenant se débrouiller facilement sans son aide. De son côté, il avait une chose importante à régler avec sa jeune épouse, et le plus vite serait le mieux.

Faucon au poing, le chevalier de Dumain dirigeait son étalon de sa main libre. Pour sa part, Anne trépignait d'impatience.

Désireuse de voir l'oiseau prendre son envol, elle pria son compagnon de lui retirer son capuchon. Celui-ci obtempéra avec plaisir. Que n'aurait-il fait pour la voir sourire ? Pareille à une enfant émerveillée, Anne battit des mains lorsque le gerfaut s'envola. Ses ailes s'allongèrent avec ampleur et sa queue se déploya en éventail. Celui-ci se laissait bercer par la brise, planant avec aisance sur les différents courants d'air. Ayant repéré une proie grâce à sa vue aiguisée, il descendit en rase-mottes afin de la confondre. Il la pourchassa sans relâche sur une grande distance, jusqu'à ce que la pauvre bête traquée soit épuisée. Avec force, le gerfaut l'expulsa au sol en lui assenant un foudroyant coup de patte afin de l'assommer. Puis, il agrippa le lièvre entre ses grosses griffes et s'envola de nouveau. Docile, il revint vers eux et laissa tomber son trophée de chasse aux pieds d'Anne. Puis, élégamment, il se posa sur le gant de cuir du chevalier. Les yeux brillants de plaisir, Anne supplia à nouveau son compagnon de le faire voler. Étrangement, parmi tous les oiseaux de la fauconnerie, c'était le gerfaut qu'Anne avait choisi et c'était précisément celui que Joffrey affectionnait tout particulièrement. Mais cela, le vieux chevalier n'en ferait pas mention devant la jeune femme. Il ne voulait pas gâcher son plaisir. Et il était déjà assez troublant qu'elle soit éblouie justement par ce rapace au masque de plumes fascinant et qui lui conférait une allure redoutable et mystérieuse. Tout comme Joffrey qui jouait avec sa jeune épouse et la surveillait avec acuité, le gerfaut faisait de même avec sa proie.

Tout l'avant-midi, ils chevauchèrent gaiement dans les plaines, incitant le faucon à chasser de temps à autre, au grand bonheur de la jeune femme. Voulant s'abriter quelques instants des rayons ardents du soleil, ils trouvèrent refuge à la lisière des bois. Le chevalier de Dumain aida Anne à s'installer à l'ombre d'un arbre mature. Alors qu'il s'apprêtait à prendre congé afin de lui permettre de se reposer un peu, Anne le retint par le bras. Audacieuse, elle alla même jusqu'à le fixer dans les yeux. Sous la surprise, le vieux chevalier fronça les sourcils et s'accroupit à son tour. Mal à l'aise, Anne se racla la gorge et baissa les yeux. Inspirant profondément, elle l'observa à nouveau et déglutit avec difficulté.

– Chevalier de Dumain, je vous sais fidèle à mon époux et je respecte votre loyauté à son égard. Pourtant, je me permettrai de vous questionner à son sujet. Je ne connais pas très bien l'homme qui me tient lieu d'époux et le peu que j'en sais n'est pas très reluisant. Vous êtes à son service depuis sa naissance. Vous semblez même jouir, aussi étrange que cela puisse paraître, d'une place privilégiée dans sa vie et c'est pourquoi j'ose m'adresser à vous en particulier. Vous devez m'aider et me faire découvrir le seigneur de Knox à travers vos yeux. Je me perds en conjectures à son sujet depuis mon arrivée en ces lieux et son passé m'obsède. Je suis apparentée au roi de France et je lui suis fidèle, mais je crois deviner qu'il en est tout autrement pour mon époux. Alors, dites-moi, est-il vrai que son allégeance va au roi d'Angleterre ?

– Oui ! répondit le chevalier de Dumain sans hésitation.

– J'imagine dans ce cas qu'il connaît très bien les enjeux ?

– Très bien, en effet, ma dame. C'est d'ailleurs ce qui motive son choix. Édouard III sait se montrer très généreux envers ses alliés, et son courroux est beaucoup plus à craindre que celui de Philippe VI. C'est un roi qui ne recule devant rien et qui fait fi des règles de la chevalerie. Le seigneur de Knox se reconnaît beaucoup en lui, à mon grand désarroi, d'ailleurs !

– Mon époux a participé au massacre de la flotte française, n'est-ce pas ? Ne le niez pas, je le devine à la souffrance qui habite votre regard. Vous y étiez aussi… Mais je vous sais loyal au roi de France, tout comme moi. Alors dites-moi ! Que s'est-il passé exactement lors de la bataille navale de l'Écluse ? Ce n'était pourtant pas la première confrontation entre ces deux grands rois, puisqu'ils s'étaient déjà affrontés à Cambrai un an plus tôt. Alors, qu'y avait-il de si différent ?

– Ma dame, vous me demandez beaucoup trop ! De surcroît, ce ne sont pas des récits pour d'aussi jeunes et innocentes oreilles que les vôtres.

– Chevalier de Dumain, j'ai perdu toute innocence et toute pureté le jour où je fus liée à Joffrey de Knox ! Je suis totalement démunie, car j'ai été protégée par ma famille toute ma vie. Mais je suis seule maintenant et loin des miens. Je dois pouvoir affronter le seigneur de Knox à armes égales et pour ce faire, j'ai besoin de connaître son passé afin de mieux prévoir l'avenir. Alors, je vous le demande de nouveau : quel fut le rôle de mon époux dans cette guerre ? implora-t-elle en le fixant de son regard limpide.

Le vieux chevalier se releva précipitamment et se mit à marcher, les épaules voûtées et la tête penchée vers l'avant, tel un condamné à mort. Anne se garda bien de le perturber davantage. Elle savait qu'une bataille se livrait dans son cœur. Tout en demeurant silencieuse, elle darda un regard empli d'espoir sur lui. Jetant un bref coup d'œil dans sa direction, le chevalier poussa un profond soupir. Puis, ayant pris sa décision, il se laissa choir à ses côtés et l'observa avec intensité.

– Soit, je vous dirai toute la vérité, ma dame, mais que Dieu m'en soit témoin, ce n'est pas de gaieté de cœur !

Devant son air torturé, Anne hésita l'espace d'une seconde. Mais il était trop tard maintenant pour reculer ; elle devait connaître la vérité. D'un signe de tête, elle l'incita à poursuivre.

– Sachez tout d'abord, ma dame, que la campagne de la Thiérache ne peut d'aucune façon se comparer à la bataille navale de l'Écluse. Ce ne fut qu'une simple rencontre, sans aucune confrontation sanglante. Édouard III prévoyait une victoire aisée contre le roi de France, mais l'armée de Philippe VI était des plus impressionnantes. Édouard sollicita « un jour de bataille » et Philippe le lui concéda, poussant même la galanterie jusqu'à lui accorder le choix du terrain. Les deux rois étaient tout disposés à en venir aux mains, mais il en fut autrement. Les hommes de Philippe étaient épuisés après une longue chevauchée et le terrain désigné par Édouard, peu avenant pour les chevaux, car trop caillouteux et raboteux. Mais le roi de France ne voulait pas d'un repli honteux, alors il donna l'ordre à ses troupes de demeurer immobiles et d'attendre l'ennemi. Tous les alliés du roi d'Angleterre étaient déconcertés et votre époux bouillonnait de rage devant cette inertie. Alors, ils patientèrent à leur tour. Le lendemain matin, croyant à tort qu'on leur tendait un piège, Édouard ordonna le retrait de ses troupes et décampa. Cette dérobade lui valut d'amères critiques de tous ceux qui se trouvaient sur place. Votre époux n'avait que vingt-trois ans à l'époque et c'était son premier commandement à la tête de sa troupe en tant que seigneur de Knox. Son père était décédé peu de temps auparavant et il attendait avec impatience de faire ses preuves. Ce fut une débâcle financière totale. De plus, la haute noblesse qui s'était alliée à Édouard n'appréciait pas de ne pouvoir faire main basse sur un butin ou une possibilité de rançonnage. Le seigneur de Knox tempêta et fut presque mis aux arrêts lorsqu'il osa confronter Édouard pour lui faire part de son mécontentement. Par chance pour lui, le roi d'Angleterre avait trop besoin du soutien financier de sa noblesse et surtout de la troupe imposante et fort bien entraînée de votre époux. Je fus probablement le seul à remercier le ciel de cette grâce car aucune goutte de sang ne fut versée ce jour-là ; l'honneur seul fut ébréché, termina-t-il avec un sourire en coin.

Perdu dans ses souvenirs, il secoua la tête et joua distraitement avec quelques pousses d'herbe fraîche. Souhaitant qu'il se rende au bout de son récit, Anne posa une main réconfortante sur son bras.

– Il n'en fut pas de même pour la bataille navale de l'Écluse, n'est-ce pas ?

– Non, en effet ! Ce fut fort différent. Et je crains que ce fût le point tournant dans la vie du seigneur de Knox. Par la suite, il devint plus sombre et plus cruel encore qu'auparavant. Pas qu'il fût un modèle de vertu et de chevalerie, mais du moins gardait-il un semblant d'honneur. Mais après ce jour-là, toute humanité avait définitivement disparu de son regard ! Plus rien de noble ne subsistait en lui ! murmura-t-il d'une voix enrouée par l'émotion.

– Mon époux vous était-il à ce point proche, pour que vous souffriez ainsi de son changement ?

– Plus que vous ne croyez, ma dame ! Il était le fils que je n'ai jamais eu…

Bouleversée par cette soudaine confidence pour le moins étonnante, Anne se figea et ferma les yeux afin de cacher son trouble. Ainsi, le seigneur de Knox n'avait pas toujours été cet être barbare et sanguinaire. Mais qu'était-il arrivé au juste ce jour-là pour qu'il soit transformé aussi indéniablement ? Voyant le vieux chevalier hésiter, elle le pressa de nouveau :

– Quoi d'autre ? Que s'est-il passé pour que le seigneur de Knox change à ce point ? Je vous en prie, chevalier de Dumain, poursuivez ! Je dois savoir !

– Pourquoi vous imposer une telle souffrance, ma dame ? Ne suffit-il point que vous sachiez que des choses horribles s'y déroulèrent au point de changer votre époux ? N'est-ce pas suffisant ?

– Hélas non ! J'ai besoin d'en savoir plus afin d'être en mesure de faire face aux démons qui le hantent. Ce n'est qu'à ce prix que j'y parviendrai.

– Seigneur ! Ma dame ! Il n'est pas sain que vous demandiez autant ! Si je vous informe de la raison, et qu'il vienne à l'apprendre, il me ferait pendre !

– Alors, il n'en saura rien, chevalier de Dumain. Jamais mon époux ne saura que je suis dépositaire de ses secrets!

À bout d'arguments, le vieux chevalier cacha son visage entre ses mains burinées par le soleil. Cette enfant était beaucoup trop jeune pour faire face à tant d'horreurs, mais d'un autre côté, elle était liée à un homme dépourvu de tout code d'honneur et de moralité. Peut-être valait-il mieux en effet qu'elle sache tout ce qui le concernait afin d'être mieux préparée pour le confronter. Il poursuivit donc son récit.

– Vous n'ignorez point que la flotte française subit un impitoyable revers ce jour-là. Ce fut une bataille affreuse et des plus sanglantes. Le roi de France voulait bloquer l'avancée du roi d'Angleterre qui tentait de rejoindre son allié Jacques Van Artevelde en Flandre. Ce marchand drapier était parvenu à constituer une aide militaire fort imposante afin d'aider Édouard à s'emparer de la couronne de France. Philippe avait une impressionnante force de frappe à sa disposition, une réelle flotte de guerre composée de nefs, de galées, de gros vaisseaux et de son propre navire amiral. Tous étaient largement pourvus en hommes équipés d'arbalètes et d'armes diverses. Il possédait une avant-garde redoutable, combinée à plusieurs galées italiennes, conduites par des hommes d'expérience. Mais il y avait un seul problème et il était de taille. Cette imposante flotte avait été confiée aux ordres de deux hommes incompétents. Le premier, Hue Quiéret, quoique excellent chevalier, n'avait pas la moindre expérience en mer. Le second, Nicolas Béhuchet, était un expert en finances, certes, mais qui n'avait aucune connaissance en ce qui avait trait aux tactiques navales. Les Génois, qui commandaient les galées italiennes, tentèrent vainement de conseiller les deux hommes, mais ceux-ci, trop imbus d'eux-mêmes, refusèrent toute aide de leur part. La flotte navale française appareilla donc devant l'Écluse, aux portes de la Flandre, afin d'y imposer un blocus. Les navires furent placés sur trois rangs, fixés à la rive par une chaîne, et toutes voiles abaissées. Ils attendirent les Anglais ainsi pendant quelques jours. L'armada anglaise était certes moins imposante, mais elle avait l'avantage d'être commandée par le roi lui-même. Parmi cette flotte se trouvait aussi votre époux, à la tête d'une nef composée en majorité de mercenaires à la solde d'Édouard. Quelques hommes du *Dulcina* accompagnaient le seigneur de Knox, ainsi que le capitaine Killer et moi-même. Alors commença un long guet. Édouard attendait que les éléments de la nature lui soient favorables ; le vent, la marée et le soleil. Et puis, soudainement, quatre nefs anglaises passèrent à l'offensive, dont celle commandée par votre époux. Elles se dirigèrent sans hésitation et toutes voiles dehors vers les quatre navires français placés à l'avant-garde, les seuls à ne pas être enchaînés ensemble. La confrontation fut brutale et décisive. Au même moment, le reste de la flotte anglaise s'ébranla et se dirigea vers les navires français. À quelque deux cents mètres de distance, les archers anglais lancèrent une avalanche de flèches qui se révéla des plus destructrices. Et nous étions au premier plan pour assister à ce massacre. Protégés par nos nefs, les Anglais arrivèrent sur la flotte française sans grand dommage et purent aborder aisément. L'avant-garde de Philippe fut rapidement mise hors d'état de nuire. Et puis, les Flamands sur le littoral entreprirent d'attaquer à leur tour les navires français à leur portée et massacrèrent les équipages avec des couteaux et des haches. Dans tout ce chaos, les deux commandants de la flotte française furent sauvagement exécutés. Béhuchet fut pendu et Quiéret décapité. Édouard fut lui aussi grièvement blessé durant la bataille. Un vrai carnage ! Les hommes n'avaient nulle part où aller ; certains se noyèrent, d'autres furent tués sur le rivage par les Flamands, et le reste fut décapité et tué dans d'atroces souffrances sur les navires abordés. Seuls quelques-uns parvinrent à s'échapper et à regagner le large. Plus de quinze mille hommes périrent ce jour-là et la plupart étaient des Français. La mer elle-même avait pris une teinte rougeâtre et des corps recouvraient par centaines les flots de l'Écluse. Ce n'était que désolation et barbarie. Les mercenaires sous les ordres de votre époux devinrent rapidement incontrôlables. Dès que nous eûmes accosté un navire français, ils se précipitèrent sur les hommes tels des loups affamés. Des cris de douleur déchirèrent le silence qui suivit l'affrontement. Des hommes se tordaient en hurlant sous les supplices infligés. Des têtes décapitées étaient brandies au bout des épées. Le seigneur de Knox était complètement dépassé. Des hommes du *Dulcina* avaient été grièvement blessés pendant l'affrontement. De longs et atroces gémissements parvenaient à nos oreilles. On voyait des bras couverts de sang, des yeux exorbités. Certains hommes avaient la démarche titubante. Lorsque votre époux tenta de retirer une flèche fichée dans le bras du capitaine Killer, je crus apercevoir des larmes dans ses yeux. Sa chemise était en lambeaux et il haletait sous l'effort. Tout, autour, n'était que chairs meurtries, visages convulsés et gémissements. Nous avions dans la bouche le goût écœurant du sang et dans les narines l'odeur acre de la fumée qui provenait des navires et des corps en feu. La dernière image que j'eus de votre époux fut celle d'un homme complètement désabusé, affalé contre les parois du navire, l'œil hagard et la respiration haletante. Puis, ce fut le noir total et je m'écroulai sur le pont de la nef. J'appris plus tard que, grièvement blessé au dos, j'étais demeuré inconscient plusieurs jours, délirant et brûlant de fièvre. Lorsque je revins à moi, nous étions de retour au château et le seigneur de Knox était devenu à l'image de ce qu'il est aujourd'hui. Aucun prisonnier ne fut fait. Cette bataille fut un carnage pur et simple ! Nous avions remporté la victoire et la flotte française était totalement anéantie, mais à quel prix ?

Emportée par une émotion trop vive, Anne se releva précipitamment et se plia en deux. Tant d'horreur pour une couronne. Toutes ces vies fauchées pour la gloire d'un royaume. Comment cela était-il possible? Se sentant défaillir, elle s'accrocha à un tronc d'arbre. Ses narines frémissantes et sa respiration difficile trahissaient une intense émotion. Elle resta prostrée longtemps ainsi, le regard perdu dans le vague. Tout en cherchant à reprendre son souffle, elle se frotta les bras avec énergie. Le vieux chevalier, qui était demeuré silencieux depuis la fin de son récit, hocha la tête d'un air navré. Doucement, il prit son visage entre ses mains calleuses et la regarda droit dans les yeux. Devant son expression horrifiée, il soupira et secoua la tête. Un voile de tristesse assombrit le regard de la jeune femme. Alors que ses paupières se mettaient à brûler, elle baissa la tête pour cacher son désarroi. Elle demeura ainsi immobile quelques secondes avant de trouver le courage de faire face de nouveau au vieux chevalier. Puis, elle se redressa bravement. Tout en lui adressant un pâle sourire pour le rassurer, elle se dirigea vers la forêt. Devinant son besoin de solitude, De Dumain demeura à une distance respectueuse. Avec tristesse, Anne huma le parfum subtil des conifères qui l'entouraient et ravala la boule qui montait du plus profond de son être. Puis vinrent les larmes libératrices. Elle pleura longuement la mort inutile de tous ces hommes, la souffrance et l'horreur qui avaient accompagné leurs derniers instants dans ce monde, et aussi la désillusion et la détresse de son époux. Quelle empreinte avait pu laisser ce massacre dans son cœur, alors qu'il était à l'aube de sa vie d'homme? Que restait-il de bon en lui, après toute cette horreur? Très peu, si elle se fiait à son expérience. Profondément bouleversée et inquiète de l'avenir qui l'attendait aux côtés d'un tel homme, elle se laissa glisser le long du tronc d'un arbre et ferma les yeux. Épuisée d'avoir tant pleuré, elle s'assoupit et sombra dans un sommeil peuplé de songes obscurs.

Le vieux chevalier s'accroupit non loin d'elle, à l'ombre d'un grand saule, et attendit patiemment. Avec attention, il observa la jeune femme. Il savait que son récit l'avait bouleversée. Maintenant qu'elle connaissait mieux l'homme qui lui tenait lieu d'époux, quelle serait son attitude? Son avenir était sans espoir et des plus sombres. Mais que faisait-elle avec un rustre comme Joffrey de Knox? Cette frêle enfant ne devrait pas se retrouver ici, en ces lieux sinistres. Dans un soupir, il songea de nouveau à l'avenir qui l'attendait. Le sort de cette petite serait-il le même que sa chère Élisabeth, trente ans plus tôt? Avec nostalgie, il se remémora le passé.

Il avait vingt-six ans à l'époque et la jeune Élisabeth de Constantin, à peine seize. Il n'était alors qu'un simple chevalier parmi tant d'autres, attaché au service de son oncle, le seigneur Merkios de Knox, le père de Joffrey. Dès l'âge de sept ans, sa pauvre mère l'avait fait placer chez cet homme froid et cruel, comme c'était souvent la coutume en ces temps-là. D'abord page, il fut bien vite remarqué par son oncle et promu écuyer quelques années plus tard, puis finalement chevalier. C'est par un bel après-midi d'automne que Merkios arriva au château en compagnie d'une jeune fille d'une beauté exceptionnelle, la jeune Élisabeth de Constantin. Aînée d'une grande famille de nobles du Sud, elle devait épouser sous peu l'un des cousins du roi. Mais, hélas pour elle, le seigneur de Knox l'avait enlevée, lors d'un affrontement avec des voisins plus au sud. Dès qu'il l'avait aperçue, si fragile et si perdue, il était tombé amoureux, déplorant amèrement les conditions de vie auxquelles la soumettait le seigneur des lieux. À la mort de la jeune femme, quelques années plus tard, il avait pleuré en silence cet amour perdu. Désireuse de lui faire oublier sa douleur, la vieille Berthe avait alors placé le petit Joffrey sous sa tutelle. Il lui avait enseigné les rudiments du combat et de la loyauté. Mais, malgré toute l'attention qu'il lui accordait, le jeune Joffrey demeurait distant et solitaire. Élevé parmi les hommes de main, il devint rapidement froid et brutal, à la plus grande affliction du vieux chevalier. Après la mort de Merkios de Knox, Joffrey avait fait sienne l'ambition de son père, celle de s'approprier les terres du Sud, sans égard pour ses habitants. Tous les moyens étant bons pour parvenir à ses fins. Malheureusement, Joffrey de Knox avait utilisé le même subterfuge infâme que son père, soit celui de s'approprier la vie d'une jeune innocente de sang noble et fille d'un grand seigneur du Sud. N'y aurait-il donc aucune fin à ce cercle vicieux?

Avec une certaine colère, il observa la jeune fille assoupie. D'ici peu, elle aussi perdrait cette fraîcheur et cette innocence qu'il appréciait tant chez sa chère Élisabeth. Tout comme elle, cette enfant deviendrait peu à peu une loque, errant à travers les couloirs du château. Il ne pouvait permettre que l'histoire se répète. Jadis, il n'avait pu que contempler la dégradation de sa chère Élisabeth, cette jeune fille merveilleuse qu'il avait aimée en secret. Aujourd'hui, il ne craignait plus rien, pas même Joffrey de Knox. N'avait-il pas été son mentor, celui qui lui avait tout appris sur le combat, le maniement de l'arc, de l'épée, de la lance? Il en connaissait plus sur cet homme que quiconque sur terre, à l'exception peut-être de la vieille Berthe. C'était à lui de s'interposer et de délivrer la jeune Anne de Vallière des griffes de son époux. Que Dieu lui pardonne, il ne permettrait pas qu'une autre innocente soit ainsi sacrifiée et se retrouve prisonnière d'un seigneur de Knox. Ici devrait s'arrêter la lignée de ces êtres dépourvus de toute moralité et de tout code d'honneur. C'était là une promesse qu'il se fit. Longtemps il avait attendu un miracle, espérant un changement chez cet homme qu'il avait longtemps considéré comme un fils, mais, aussi cruelle fût-elle, la réalité présente lui démontrait que Joffrey de Knox avait tout du tempérament calculateur de son père et rien de la noblesse de sa mère.

Chapitre III

Prélude aux changements

Le jour tirait déjà à sa fin lorsque Anne s'éveilla. Confuse, elle baissa les yeux. Le chevalier de Dumain sourit et s'approcha. Sensible à sa détresse, il lui releva le menton du bout des doigts et l'obligea à le regarder. Il pouvait voir sur son visage les ravages causés par son récit. La pauvre petite semblait désemparée. Voulant la rassurer, il se fit un point d'honneur à lui démontrer qu'elle n'était plus seule.

– Ma dame, vous n'avez rien à craindre de ma part ; je suis votre ami, votre protecteur ! Je connais assez bien Joffrey de Knox pour savoir que votre vie depuis ce mariage n'a rien eu d'un jardin de fleurs. Je sais que cela peut vous sembler étrange, voire confus, mais sachez que jadis une jeune fille eut le malheur de se retrouver dans la même position précaire que la vôtre. Elle s'appelait Élisabeth de Constantin et c'était la mère de votre époux. J'étais jeune à l'époque et je n'ai rien pu faire pour la sauver. Cependant, je me suis juré aujourd'hui même que je ferai tout ce qui est en mon pouvoir pour empêcher qu'une telle aberration se reproduise. Je ne permettrai pas à un autre seigneur de Knox de détruire la vie d'une jeune fille pure telle que vous. J'ignore quand et comment, mais viendra un jour, sous peu, où je vous aiderai à fuir. Ayez confiance en moi, chère Anne de Vallière, le jour de votre délivrance n'est pas loin. Ne le laissez pas vous détruire comme le fit jadis son père envers sa pauvre mère. Soyez forte!

Émue et soulagée, Anne inspira profondément. Se pouvait-il que le Dieu tout-puissant soit miséricordieux à son égard? Se pouvait-il que lui soit accordé le soutien d'un homme qui connaissait tout de son époux, et qui serait donc plus apte à la seconder dans sa démarche? Les propos rapportés par le vieux chevalier au sujet du passé de son époux l'avaient grandement ébranlée. Elle ignorait comment faire face aux démons qui empoisonnaient la vie du seigneur des lieux, mais maintenant qu'elle avait un allié en la personne du chevalier de Dumain, elle pouvait de nouveau avoir foi en la vie. Soucieux de voir disparaître le voile qui venait obscurcir son regard, le chevalier de Dumain déposa un baiser paternel sur le front d'Anne. Un sourire plein d'éclat illumina le visage de la jeune fille, alors que des larmes de gratitude montaient à ses yeux. Content qu'elle ait retrouvé sa bonne humeur, il l'invita à le suivre. Avec un regain d'énergie, il l'aida à seller sa monture. À peine fut-elle en selle qu'il se lança au galop. La course effrénée qui s'ensuivit redonna des couleurs aux joues d'Anne. En quelques foulées, ils parvinrent jusqu'aux rues encombrées du village. Avec enthousiasme, Anne franchit la première le portail de la cour intérieure, faisant piailler les poules sur son passage. Dans un grand éclat de rire, elle se laissa glisser en bas de sa jument et s'amusa de la mine déconfite de son compagnon. Tout à leur joie, ni l'un ni l'autre n'aperçurent la sombre silhouette qui se détachait du mur.

– Eh bien, vieil homme! Je vois que tu as plus de succès que moi auprès de ma jeune épouse! Tu sembles réussir là où j'ai échoué!

Au son de cette voix grave et froide, Anne se figea, incapable de lui faire face pour l'instant. Trop d'images d'un passé empli d'horreurs imprégnaient encore son esprit. Son regard affolé atteignit le chevalier de Dumain en plein cœur. Voulant calmer ses craintes, ce dernier lui sourit amicalement avant de s'adresser au seigneur des lieux.

– Bonjour à vous, mon seigneur ! Pour répondre à votre question, je n'ai accompli que ce que vous attendiez de moi. J'ai fait visiter votre vaste domaine à votre dame, tout en agrémentant cette promenade de propos élogieux. J'ai fait preuve à son égard d'un respect dû à son rang ! J'ai, de plus, pris la liberté de l'amener à la chasse au faucon. Nous en revenions justement. Et si le teint rosé de votre épouse vous trouble, c'est que nous avons galopé depuis les champs jusqu'ici. Comme vous pouvez le constater, je n'ai usé d'aucune force, ni d'aucune grossièreté, tout au plus ai-je fait preuve de courtoisie chevaleresque... mais rien qui ne puisse surpasser les attentions particulières d'un époux !

Joffrey tressauta à ces paroles chargées de sous-entendus. De Dumain le connaissait depuis assez longtemps pour se permettre le luxe de lui faire la morale sans détour. Mais cela ne lui donnait pas pour autant tous les droits. Le vieil homme devrait apprendre à mieux tenir sa langue s'il ne voulait pas finir ses jours pendu au bout d'une corde. Devant le regard menaçant de Joffrey, De Dumain jugea préférable de se taire pour l'instant. Rien ne servait de se mettre à dos ce puissant seigneur. Mieux valait jouer prudemment et user de stratégie afin de ne pas éveiller ses soupçons. De nouveau, Joffrey reporta toute son attention sur sa jeune épouse. Les manières chevaleresques semblaient produire un effet bénéfique sur sa personne. Son regard brillant et ses traits détendus le troublaient.

Alors que De Dumain s'apprêtait à prendre congé, la cloche de la petite chapelle retentit. La troupe de soldats revenait avec les prisonniers. D'un geste brusque, Joffrey ordonna à sa jeune épouse et au chevalier de Dumain de le suivre jusqu'au chemin de ronde. Perchés au sommet des hautes murailles, ils pouvaient assister à l'arrivée de la troupe. Sous les ordres de Joffrey, les soldats ligotèrent brutalement les chevilles des cinq prisonniers avec une corde rêche. Anne toisa son époux avec des yeux emplis de terreur. Indifférent à son regard, Joffrey signala à ses hommes de s'élancer au galop et d'entraîner dans leur sillage les corps des pillards, qui se faisaient ballotter en tous sens. Anne étouffa un cri d'horreur en apercevant leurs corps rebondir violemment contre le sol rocailleux. La foule se massait sur les abords des rues, hurlant de plaisir à leur passage. Les pauvres hommes furent traînés ainsi jusqu'au centre du village, là où la potence les attendait. Leur corps mutilé faisait peine à voir. Après les avoir détachés sans ménagement, les gardes les firent avancer à coups de pied vers le lieu de leur exécution. Leurs visages en sang étaient méconnaissables. Un à un, ils furent déshabillés et menés jusqu'au pilori puis pendus haut et court, à la plus grande joie de la foule qui criait : « À mort les pillards ! » Anne détourna les yeux en apercevant leur verge s'ériger et durcir, alors que leur corps était secoué de convulsions. Avec horreur, elle vit même l'un d'eux chercher avec acharnement un appui avec ses pieds. De plus, elle pouvait entendre les cris des villageois qui se délectaient d'un tel spectacle.

Incapable de supporter une telle vision plus longtemps, elle implora du regard le vieux chevalier afin qu'il vienne à sa rescousse. Elle s'apprêtait à quitter les lieux lorsque Joffrey la freina dans son élan. Son regard dur la sonda profondément et s'arrêta un instant sur le chevalier de Dumain. Au moment où le dernier prisonnier s'apprêtait à subir le même sort, il fit suspendre l'exécution. Laissant sa jeune épouse et le vieux chevalier à leur poste d'observation, il redescendit dans la cour et s'avança à grands pas en direction du pillard. La foule s'écarta respectueusement sur son passage. Parvenu à la hauteur de la potence, il s'empara de l'épée de l'un de ses soldats et gravit les quelques marches qui le séparaient du prisonnier. D'une voix froide, il ordonna aux gardes de maintenir fermement les bras de l'homme tendus au sol. Apeuré, celuici le supplia de l'épargner, mais Joffrey demeura de glace. L'épée s'éleva haut dans les airs et s'abattit dans un sifflement morbide, tranchant les mains du condamné d'un seul coup. Une longue plainte s'échappa des lèvres de l'homme avant qu'il ne perde connaissance et ne se vide de son sang. Dégoûtée, Anne se détourna vivement du spectacle macabre et fut prise d'une violente nausée. Sensible à sa détresse, le chevalier de Dumain s'approcha et posa une main rassurante sur son dos. Paniquée et effrayée par tant de barbarie, elle trouva refuge dans ses bras. Son corps secoué de sanglots faisait peine à voir. De son côté, Joffrey n'avait rien perdu de la scène. Jetant un regard éloquent en direction du vieux chevalier, il annonça haut et clair que quiconque oserait voler ceux sous sa garde, ou tenterait de le déposséder de ses biens, périrait de la même façon. Et pour appuyer ses paroles, il s'empara des deux mains tranchées et les leva dans les airs. La foule enivrée hurlait de délire. Le chevalier de Dumain resserra son étreinte sur la jeune femme. Les paroles de Joffrey l'atteignirent de plein fouet. Nul doute maintenant que celui-ci se méfiait de lui. Il le connaissait trop bien. Jamais Joffrey n'agissait sans motif. Par égard pour leur vieille amitié, il venait de le mettre en garde. S'il tentait quoi que ce soit, Joffrey ne ferait qu'une bouchée de lui et le traiterait sans pitié. Il devenait urgent de sauver Anne. Il devait l'aider à s'enfuir de ces lieux, et le plus rapidement possible. Repoussant la jeune femme, il l'obligea à lui faire face.

– Ma dame, regardez-moi ! Je vais vous aider à quitter cet endroit maudit, est-ce que vous me comprenez ? Je vais mettre au point un plan pour vous permettre de vous évader. C'est votre seule chance de lui échapper.

Comprenant toute l'ampleur d'une telle proposition, Anne se rebiffa. Cet homme devait être fou pour oser défier ainsi son époux après une telle démonstration. Ce n'était que pur délire.

– Non ! Je refuse ! Aussi grand que soit mon désir de partir d'ici, il est hors de question que vous risquiez votre vie pour moi. Cet homme serait impitoyable à votre égard en découvrant la vérité. Je ne supporterais pas que vous souffriez par ma faute !

– Mon enfant, comprenez bien que ni lui ni personne d'autre ne réussira à m'en empêcher. Aucun chevalier digne de ce nom ne pourrait vous laisser entre les mains de ce monstre sans réagir. Je connais Joffrey de Knox ! Je sais de quoi il est capable. Je vous aiderai à quitter ces lieux, ma dame, je vous en fais la promesse ! lança-t-il avec ardeur, avant de la quitter.

Malade d'angoisse, Anne pressa ses mains l'une contre l'autre. Un faible gémissement s'échappa de ses lèvres tremblantes. Que Dieu protège cet homme dans sa folie, car s'il échouait, le sort que lui réserverait son époux serait terrible.

Ce soir-là, lorsque Anne fit son entrée dans la grande salle, un silence lourd l'accueillit. Avec raideur, elle prit place à la table, près de son époux. Le chevalier de Dumain se dirigea à son tour vers la table d'un pas décidé. Le regard dur, il conserva une main sur la garde de son épée. Si le seigneur des lieux s'avisait de toucher à la jeune femme de nouveau, il serait prêt à l'affronter, et cela, malgré son âge avancé. Il n'hésiterait pas à lui flanquer une bonne raclée. Tout en observant le vieil homme de loin, Joffrey leva un sourcil interrogateur.

Ainsi, sa jeune épouse avait bel et bien ensorcelé son plus fidèle chevalier, au point de lui faire perdre toute prudence et tout sens de la raison. Si ce n'avait été d'Anne, jamais cet homme aussi solide que le roc n'aurait osé l'affronter ainsi. Sa grande noblesse et son cœur pur ne cesseraient jamais de l'étonner, et il le respectait énormément pour cela. Cette soudaine froideur le blessait énormément. Cet homme avait été tout pour lui depuis sa naissance ! C'est d'ailleurs pour cette raison qu'il lui permettait de temps à autre d'exprimer ses divergences d'opinion, mais cette fois-ci De Dumain allait beaucoup trop loin. Il lui faudrait le remettre à sa place rapidement, mais pour l'heure il était plus intrigué que furieux de le voir ainsi. Se penchant vers sa jeune épouse, il caressa son cou d'une main légère et descendit les doigts jusqu'à la naissance de ses seins. Anne sursauta, piquée à vif. Les joues en feu, elle se releva précipitamment, renversant son fauteuil, et se dirigea vers l'âtre. Mieux valait manger parmi les servantes attachées à sa suite près du feu plutôt que de supporter la familiarité du seigneur des lieux. Abasourdis, tous les gens de la maisonnée retinrent leur souffle. Une lueur étrange passa dans le regard de Joffrey. Il constata, non sans une certaine stupeur, que tous les domestiques suivaient sa jeune épouse avec un respect qui frôlait presque l'admiration. Décidément, cette petite ne manquait pas de cran. Comment une fille aussi réservée et aussi jeune pouvait-elle se transformer en sa présence en une guerrière aussi acharnée ?

– Suffit ! tonna-t-il, faisant sursauter les femmes assises près de l'âtre.

Anne fit volte-face et le toisa avec hauteur. Il pouvait bien crier et donner sans ménagement des ordres à ses hommes, pour sa part elle était la châtelaine des lieux et méritait plus de respect de par sa position. Tel un fauve, Joffrey se redressa avec grâce et souplesse et s'avança vers Anne à pas mesurés. Lorsqu'il fut en face d'elle, celle-ci dut relever la tête pour le regarder. Pas un seul instant elle ne faiblit et demeura résolument sur place, sans broncher. Malgré la peur qui lui nouait l'estomac, elle s'obligea à ne pas en faire étalage devant lui. Au contraire, elle le défia avec hargne, une étincelle belliqueuse dans le regard, son tempérament vif reprenant le dessus.

– Je vous demanderais, monsieur, de vous abstenir de hurler ainsi après moi. Je ne suis nullement sourde et je ne suis pas non plus à votre service. Alors, veuillez à l'avenir, s'il vous plaît, vous adresser à moi avec tout le respect dû à mon rang.

Médusé, Joffrey l'observa longuement. Anne faisait preuve d'assurance, mais il pouvait voir, à ses mains qui se crispaient nerveusement sur le tissu de sa robe, qu'elle était morte de peur. Qu'allait-il donc pouvoir bien faire d'elle ? Cette petite avait un sale caractère et la fâcheuse tendance à le défier sans cesse !

– Vous commencez sérieusement à m'énerver, ma dame, et c'est peu dire. J'hésite entre le désir de vous administrer une bonne correction pour mater votre impudence et votre tempérament belliqueux et celui de vous prouver dans notre lit conjugal qui est le vrai maître des lieux.

La voix doucereuse de son époux lui fit craindre le pire. Soudain pâle, Anne serra désespérément sa croix entre ses mains. Elle ne devait en aucun cas lui permettre d'avoir un tel ascendant sur sa personne. Se rappelant le récit du vieux chevalier, elle déglutit avec peine et s'obligea à le fixer de nouveau et à lui répondre sur le même ton qu'il avait employé à son égard.

– Vraiment ? Je vous énerve à ce point, mon seigneur ? Dans ce cas, vous m'en voyez ravie ! C'est signe du moins que je suis parvenue à vous faire valoir mon point de vue, même si cela vous déplaît. Sur ce, je vous salue, mon seigneur, car je suis fatiguée et n'ai plus d'appétit.

Pressentant le pire, la vieille Berthe vint aussitôt au secours de la jeune femme. Cette petite était soit pourvue d'un courage sans borne, soit complètement stupide et inconsciente. Berthe espérait seulement qu'elle savait ce qu'elle faisait. À voir l'orage qui grondait dans les yeux du seigneur des lieux, il était préférable qu'elle l'éloigne le plus rapidement possible. Contre toute attente, Joffrey ne fit aucun commentaire. Seule la crispation de sa mâchoire et ses poings serrés trahissaient le contrôle qu'il devait exercer pour ne pas éclater. Encore vive malgré son âge avancé, Berthe agrippa Anne par la manche avec fermeté et l'entraîna à sa suite. Tout aussi furieuse, Anne la suivit à contrecœur. Dès qu'elles furent hors de vue, Joffrey exigea d'une voix cinglante qu'on lui prépare un bain.

Anne n'avait toujours pas décoléré lorsqu'une des fillettes du château vint frapper à sa porte. Timidement, la petite fit une brève révérence et baissa la tête, n'osant affronter le regard enflammé de sa maîtresse. À peine parvint-elle à livrer son message sans bégayer.

– Ma dame, je suis désolée de vous déranger, mais le seigneur de Knox exige votre assistance pour son bain. Il ne cesse de crier sur les serviteurs, argumentant que l'eau est trop froide et leurs mains trop rudes.

– Eh bien, dites au seigneur de ces lieux qu'il devra s'en contenter, car je suis fort occupée et ne peux accéder à sa requête.

La fillette blêmit. Elle avait sûrement mal compris les paroles de sa maîtresse. Jamais elle n'oserait revenir avec une telle réponse auprès du seigneur de Knox. Désespérée et apeurée, elle osa s'adresser de nouveau à la châtelaine.

– Ma dame, veuillez m'excuser d'insister. Je ne puis me permettre de me présenter avec un refus de votre part, car le seigneur de Knox me fera assurément fouetter pour mon incompétence ! lâcha-t-elle avec effroi.

Puis, constatant la mine défaite de sa maîtresse, elle réalisa sa bévue :

– Que ma dame soit rassurée, il n'est pas coutume qu'une de nous soit fouettée. Ce sont surtout les garçons qui subissent un tel châtiment pour leur inconduite ou leur incompétence. Il est vrai que nous craignons notre seigneur et qu'il peut s'avérer très dangereux de lui déplaire ou de le contredire, mais nous le respectons tous. Le seigneur de Knox est juste et nous ne manquons jamais de rien sous sa gouverne. Nous ne sommes pas vraiment à plaindre, vous savez ! Demandez à la Decroix ; sa ferme fut incendiée par les pillards la semaine dernière et son mari tué pour avoir voulu les en empêcher. Lorsqu'il le sut, le seigneur de Knox fit mandater la Decroix et lui donna quelques écus afin qu'elle puisse nourrir sa ribambelle d'enfants. De plus, il l'offrit en mariage à l'un de ses plus vieux soldats, veuf depuis longtemps. Ainsi, elle pourra de nouveau avoir un toit sur la tête et un époux pour subvenir à ses besoins et à ceux de ses enfants. Vous voyez, le seigneur de Knox prend bien soin de ceux à son service, ma dame. Il n'en tient qu'à nous de bien nous tenir et de faire preuve d'obéissance.

Pour le moins surprise et choquée tout à la fois, Anne demeura interdite. Quel calvaire pour une femme venant de perdre époux et biens de se retrouver ainsi jetée dans les bras d'un inconnu ! Mais, d'un autre côté, elle devait avouer qu'en agissant de la sorte, le seigneur de Knox mettait cette famille à l'abri du besoin. Le procédé manquait de finesse, certes, mais il n'en était pas moins logique. Partagée entre diverses émotions, elle examina la fillette. Il est vrai qu'elle n'avait vu aucun gueux au service du seigneur des lieux. Tous semblaient bien nourris et décemment vêtus. Et même si une lueur de crainte habitait leur regard en présence de son époux, tous le respectaient et le servaient avec dévotion. Que déduire, dans ces conditions? Furieuse tout autant contre elle-même de douter que contre son cher époux, elle renvoya la fillette avec humeur. Tout en lançant un regard de regret en direction des fruits sur le coffret, elle se prépara mentalement à affronter Joffrey.

Lorsqu'elle entra dans la pièce, Joffrey remarqua aussitôt son front buté. Malgré cela, elle n'en était pas moins fort éblouissante. Sentant déjà le désir monter en lui, il l'invita d'une voix profonde à le rejoindre. Son parfum de lavande la suivit lorsqu'elle s'approcha de lui. Il en huma l'arôme avec délices, le corps en éveil. Sans un mot, il lui tendit l'éponge. Lorsqu'elle avança la main pour s'en approprier, il agrippa son poignet et la força à se pencher jusqu'à ce que son souffle se mélange au sien. Immobile, Anne l'affronta du regard, l'estomac noué. Avec lenteur, Joffrey s'empara de ses lèvres et goûta avec ravissement leur saveur fruitée. La respiration haletante, Anne gémit faiblement lorsqu'il l'embrassa avec plus d'insistance. Une étrange chaleur prit alors naissance dans le creux de son ventre. Consciente de son trouble, Joffrey en profita pour glisser une main sous sa robe. D'une caresse légère, il suivit le contour de sa jambe et remonta jusqu'à sa féminité. Anne frémit et se dégagea d'un mouvement sec. Le regard satisfait et enflammé de son époux la révolta. Le souffle court, elle lui lança l'éponge à la figure et s'apprêta à le laisser en plan lorsqu'il l'arrêta dans son élan d'un ton sans équivoque:

– Oh non, ma dame! Vous ne pouvez partir ainsi. J'exige que vous terminiez ce pour quoi je vous ai fait demander.

La voyant prête à se rebeller, il continua d'un ton qui ne souffrait pas le moindre refus.

– Vous avez le choix, ma dame. Ou vous me donnez ce bain que je suis en droit de demander, et dans les règles de l'art, et je vous laisse tranquille pour la nuit et n'exige pas plus, ou je sors de ce bain immédiatement et je vous traîne dans notre lit afin d'y exercer mes droits en tant qu'époux.

Ulcérée, Anne serra les poings et lui fit face. Ses prunelles lançaient des éclairs et sa respiration saccadée laissait deviner l'émoi que lui causait ce choix. Le rustre, pensa Anne avec colère, jamais elle n'aurait de répit. C'est donc contre sa propre volonté qu'elle se rapprocha du bain. D'un geste rageur, elle s'empara de l'éponge qu'il lui tendait, un sourire de satisfaction sur les lèvres. Troublée, elle détourna les yeux lorsqu'elle aperçut entre les cuisses de son époux le signe du désir évident qui l'habitait. Mal à l'aise, elle le contourna et commença à lui laver rudement le dos lorsqu'il arrêta son mouvement.

– Délacez le bustier de votre robe, ma dame, afin que je puisse contempler à loisir la beauté de vos attributs.

Serrant les dents, Anne défit le lacet d'une main tremblante et dut s'y reprendre à deux fois avant de parvenir à lui donner de l'ampleur. Libérée de l'emprise du tissu, sa poitrine s'échappa légèrement de l'échancrure de la robe, dévoilant un morceau de chair d'albâtre. Joffrey retint son souffle quelques instants et dut se faire violence pour ne pas la culbuter sur-le-champ. Anne mettait un point d'honneur à le laver convenablement, mais, consciente de son regard insistant, elle demeurait sur ses gardes, les nerfs à vif. Pourtant, malgré sa réticence, elle allait devoir se résigner à laver aussi la partie la plus sensible de son anatomie. Le désir évident de son époux la mettait au supplice et elle ne parvenait tout simplement pas à se décider. La voyant hésiter sur la marche à suivre, Joffrey s'empara de sa main et la dirigea. Anne ferma les yeux et pinça les lèvres, préférant ignorer l'émoi qu'elle causait par ce simple geste chez son époux. Avec rapidité, elle lava son membre durci, désireuse de s'acquitter le plus rapidement possible de cette tâche.

– Merci, ma dame! murmura Joffrey d'une voix rauque. Avant que vous me quittiez, j'aimerais avoir un dernier baiser de votre part.

– Suffit, monsieur! Vous avez eu votre moment de plénitude et de gloire. N'exigez pas plus de ma personne. J'ai fait exactement ce que vous demandiez au départ. Il se fait tard et je suis lasse. Je ne désire plus qu'une chose et c'est de me retirer pour la nuit.

– Soit, je vous fais grâce de ce dernier baiser. Dormez en paix, ma dame, puisque je compte bien passer la nuit dans la grande salle au milieu de mes hommes. Bonne nuit à vous, termina-t-il d'une voix empreinte de chaleur.

Ne parvenant pas à croire à sa bonne fortune, Anne demeura immobile et le scruta.

– À moins que vous ne désiriez partager ma couche cette nuit, ma dame, je ne saurais trop vous conseiller de quitter ces lieux immédiatement. Je pourrais oublier ma promesse et vous prendre sans plus attendre.

Anne se sauva précipitamment et, dans sa hâte de fuir, elle en oublia de refermer la porte derrière elle. Joffrey fixa l'ouverture d'un air désabusé, ne parvenant pas à croire qu'il l'avait laissée partir ainsi alors que son corps la réclamait avec force. Dans un soupir, il sortit de l'eau et se prépara à passer une longue nuit en compagnie des ronflements de ses hommes, tiraillé par un désir qu'il ne pourrait assouvir.

Une semaine passa rapidement. Une semaine sans incident. N'ayant croisé son époux qu'en de rares occasions, Anne était plus que troublée. Son regard perçant et son silence lourd de signification la perturbaient, la maintenant dans un état de tension extrême. Pas une seule fois il ne l'avait rejoint dans leur chambre, désertant totalement le lit conjugal. Croyant qu'il prenait son plaisir entre les bras accueillants d'une autre femme, Anne était descendue une nuit dans la salle principale. Malgré la pénombre, elle l'avait aperçu, à la lueur du feu dans l'âtre, qui sommeillait au milieu de ses hommes, à même le sol. Perturbée, elle était retournée à sa chambre, se demandant si elle devait en être soulagée ou non. À peine partageait-il ses repas avec elle, puisque la plupart du temps, elle n'avait pour seule compagnie que les jeunes filles attachées à sa personne. Elle savait, pour avoir entendu les garçons de cuisine parler entre eux, que son époux et les chevaliers à son service s'entraînaient intensément à l'extérieur depuis quelques jours déjà. Poussée par la curiosité, elle alla même jusqu'à l'espionner un après-midi. De le voir ainsi torse nu, le corps luisant de sueur et les cheveux en bataille, l'avait ébranlée. Il semblait fort différent dans ces conditions, ferraillant férocement et à égalité avec certains de ses hommes. Sa force et sa souplesse en faisaient un adversaire redoutable. En fait, il ne lui semblait plus si différent des chevaliers qui étaient au service de son frère dans le château des De Vallière. Songeant alors aux siens, elle porta un regard triste au loin, se perdant dans ses souvenirs. Elle ne réalisa pas de prime abord que plus aucun bruit ne provenait de la cour extérieure. Regardant à nouveau en direction de son époux, elle frissonna en réalisant qu'il la fixait avec insistance. Les jambes légèrement écartées, les mains appuyées sur le pommeau de son épée plantée dans le sol, il affichait une attitude des plus désinvoltes. Seuls ses yeux trahissaient la tension qui l'habitait. D'un signe discret de la tête, il la salua. Prise de court, Anne s'éloigna aussitôt de la fenêtre. Ressentant le besoin de retrouver une paix intérieure, elle fit seller sa jument.

Accompagnée d'une escorte réduite, elle se dirigea vers la petite chapelle du village.

L'endroit était désert lorsqu'elle y pénétra, seule. L'esprit en déroute, elle s'agenouilla et pria pour son salut. Absorbée par sa communion avec le Seigneur, elle ne sentit pas la présence de son époux. En l'apercevant ainsi, en paix avec elle-même, Joffrey n'osa la déranger. À pas feutrés, il vint se placer non loin d'elle et la contempla avec émerveillement. Malgré la pénombre des lieux, il pouvait voir briller les quelques mèches échappées de sa tresse. La lumière des cierges s'y reflétait allégrement. Ses paupières closes lui masquaient son regard, mais ses cils ombrageaient joliment ses joues rosées par la chevauchée. Devant ce portrait enchanteur, il prit soudain conscience de la place qu'occupait maintenant la jeune femme dans sa vie. Nom de Dieu, elle était tellement plus honorable et respectable que lui ! Comment parvenir à atteindre un cœur si pur avec une âme si noire ? Comment cette petite sorcière à la chevelure de feu avait-elle pu, en si peu de temps, prendre un tel ascendant sur lui ? Cela lui ressemblait tellement peu ! Comment était-ce possible ? Se rappelant sa tentative d'évasion cette fameuse nuit de l'incident du loup, il éprouva des doutes profonds et voulut se rassurer sur le sujet. En silence, il s'approcha et prit place à ses côtés.

– Nourrissez-vous toujours l'espoir de m'échapper, ma dame ? Est-ce cela que vous demandez avec tant de ferveur à votre Dieu ?

Nullement surprise de sa présence, Anne prit un certain temps avant de lui répondre. Certes, elle nourrissait toujours l'espoir de lui échapper, même si sa vie lui semblait moins horrible qu'elle ne l'aurait cru au début. Pour l'instant, son époux la laissait en paix, mais cette trêve ne durerait pas indéfiniment. Au souvenir des deux instants où il l'avait prise, elle frissonna. Cet homme était dangereux sous ses dehors plus qu'accommodants et la prudence était de mise. Elle ne pouvait se permettre de mentir dans la maison de Dieu, mais elle ne voulait surtout pas s'attirer la colère du seigneur de Knox. Elle devait donc bien peser ses mots.

– Je vais m'abstenir de répondre à cette question, mon seigneur, et vous laisser le plaisir d'en découvrir la réponse.

D'abord surpris, Joffrey ne put qu'applaudir sa vivacité d'esprit. Il avait voulu la piéger et connaître ses intentions, mais c'est une réponse vague et un sourire innocent qu'il récolta en retour.

– Je ne peux que m'incliner, ma dame, devant votre sens de la répartie. Mais vous êtes bien cruelle de me condamner ainsi à l'incertitude.

– Si c'est l'absolution que vous cherchez, vous êtes au bon endroit, mais hélas vous ne vous adressez point à la bonne personne.

– Au contraire, ma dame! Je n'ai que faire de toutes les balivernes et de toutes les chimères qui entourent votre Dieu. C'est vous qui m'intéressez!

– Eh bien, vous m'en voyez désolée! Je suis triste pour vous, car vous devez vous sentir bien seul dans votre grand château, tourmenté par des démons intérieurs, sans espoir d'une vie meilleure et sans la bienveillance de Dieu notre Père.

D'abord surpris, Joffrey l'observa longuement. Mal à l'aise sous son regard, Anne baissa les yeux. Que diable insinuait-elle par ses démons intérieurs? Que savait-elle au juste de son existence? Jugeant qu'il s'inquiétait probablement pour rien, il chassa les idées moroses qui menaçaient de refaire surface. Pas aujourd'hui, et surtout pas maintenant! Il n'avait aucune envie de sombrer à nouveau dans les cauchemars qui, parfois, le taraudaient la nuit venue. D'une main légère, il caressa la joue de sa jeune épouse. Il serait si bon de se perdre dans sa douceur et dans la pureté de son âme.

Affichant un sourire désabusé, il lui releva doucement le menton et la fixa avec intensité, une lueur étrange dans le regard.

– Sachez, ma dame, qu'il y a belle lurette que je ne crois plus en un Dieu aimant et juste. Je n'ai confiance qu'en mon bras et mon épée, et cela me suffit amplement. Je suis plutôt pragmatique ! Si mes biens et ceux qui sont sous ma protection sont menacés, je me bats pour les protéger. Vous êtes sans contredit mon bien le plus précieux et je serais prêt à donner ma vie pour votre sauvegarde.

– Que voilà d'étranges paroles, mon seigneur. Comment un homme peut-il en venir à ne plus croire en son Dieu ? De plus, j'ignore si je dois me sentir flattée ou non par vos propos, car j'avoue que l'idée d'être considérée comme un bien qui vous appartient me rebute. Je suis un être humain et non une chose, monsieur, et je ne vous octroie pas tous les droits sur ma personne.

– Croyez-moi, loin de moi l'idée d'insinuer que vous m'appartenez en tant qu'objet. Vous êtes mon épouse, jeune Anne, la châtelaine du domaine de Knox et la future mère de mes enfants. Sachez que nul danger ou nulle menace ne me fait peur. Je suis un guerrier avant toute chose et je ne crains pas la mort, encore moins votre Dieu. Depuis le tout début, vous luttez âprement contre moi, ma dame, et je vous admire pour votre courage. Mais un jour prochain, vous devrez accepter votre nouvelle vie et faire face à vos devoirs en tant qu'épouse. N'est-ce pas d'ailleurs ce que prêchent vos hommes d'Église et ce qu'attend de vous votre Dieu ? termina-t-il avec une pointe d'humour dans la voix et les yeux pétillants de malice.

Anne se figea sous l'intensité de ses paroles et l'intonation rauque de sa voix lorsqu'il prononça son nom. Trop choquée pour protester, elle ne releva pas la familiarité qu'il s'octroyait soudainement. Un froid immense s'était emparé de tout son être. Ainsi la trêve qu'il lui avait accordée prendrait fin sous peu et elle se devrait dès lors non seulement de l'accepter dans son lit, mais aussi de l'y accueillir à bras ouverts. La peur au ventre, elle détourna la tête, mais pas assez rapidement cependant pour cacher son émoi. Dans un soupir, Joffrey se releva prestement, une lueur meurtrie dans le regard.

– L'idée de partager ma couche à nouveau vous est-elle à ce point horrible, ma dame ? Pourtant, si vous y mettiez un peu de bonne volonté, vous y prendriez plaisir, je vous l'assure. Je sais que vos premières expériences en la matière furent des plus traumatisantes, et je le déplore, croyez-moi. Il ne se passe pas une journée sans que j'y songe. Donnez-moi une chance de me racheter et vous ne le regretterez pas.

Puis, doucement, il écarta une mèche du front de son épouse et y déposa un tendre baiser. Anne demeura immobile, le cœur en déroute et l'esprit en feu. Une foule d'émotions et de pensées se bousculait dans tout son être. Cet homme était trop dangereux pour elle. Tout était si confus ! Comment départager la vérité du mensonge ? Le seigneur de Knox était un homme insaisissable et beaucoup trop mystérieux, qui portait sur sa conscience de trop lourds secrets. Elle devait s'échapper de ces lieux le plus rapidement possible. Il en allait de la survie de son âme. Dieu seul savait ce que cet homme lui réservait !

À l'aube du jour suivant, Anne marchait d'un pas nerveux dans sa chambre. Le chevalier de Dumain était absent depuis cinq jours déjà et ce fait n'était pas pour la rassurer, surtout depuis sa discussion avec son époux dans la petite chapelle. Incapable de demeurer en place, elle s'activa à la confection d'une broderie, mais son esprit n'y était pas. Insatisfaite de son travail, elle préféra parcourir les allées du jardin, amenant un livre et une flûte avec elle, mais le livre demeura sur le banc et la flûte n'eut pas davantage de succès. Son cœur demeurait torturé par l'incertitude qui la rongeait. Pourquoi son époux agissait-il de la sorte ? Pourquoi cet acharnement à vouloir lui complaire ? Cela ne ressemblait en rien à l'homme qui l'avait sauvagement agressée et amenée de force ici quelque temps auparavant ! Et pourquoi le chevalier de Dumain demeurait-il introuvable ? Avait-il été puni par sa faute ? Dieu, cette attente n'en finirait-elle donc jamais ? Comme un écho à sa prière, la vieille Berthe s'approcha d'elle, un message en main et des ordres précis à son intention. Cet après-midi aurait lieu une partie de chasse au sanglier et son époux l'invitait à y venir comme spectatrice. Tous les chevaliers de son mari devaient y être aussi. Ce qui signifiait que le chevalier de Dumain s'y trouverait fort probablement. Inquiète au sujet du vieil homme, elle ne s'attarda pas plus longtemps dans le jardin et monta à sa chambre pour se changer.

Elle prit une brève collation et rejoignit son époux qui l'attendait dans la cour intérieure. Un soupir de soulagement monta à ses lèvres en reconnaissant le chevalier de Dumain à sa droite. Du moins était-il toujours vivant ! Rassurée, Anne inspira profondément et monta avec souplesse sur sa jument. Joffrey, qui n'avait rien perdu de la scène, fronça les sourcils.

Au son du cor, toute la troupe s'ébranla. S'élançant au galop, ils eurent vite fait de rejoindre la forêt luxuriante. Sous les ordres de son époux, les chevaliers se séparèrent en petits groupes de quatre, chacun devant traquer le sanglier de leur côté. Une deuxième sonnerie de cor donna le signal du départ. Demeurée seule avec le chevalier de Dumain, à la demande de son époux, Anne observait toute cette agitation avec étonnement. Qu'est-ce qu'il mijotait ? Le fait de la laisser seule avec le vieux chevalier cachait très certainement quelque chose. Pour sa part, De Dumain demeurait sur ses gardes et observait attentivement les alentours. Une flèche lancée par une main habile pouvait les atteindre sans prévenir. Aguerri par de longues heures d'entraînement, il restait aux aguets, le corps raide, cherchant un indice qui lui aurait permis de déceler un piège.

De son côté, Joffrey demeurait en retrait, à l'affût du gibier. De Dumain avait assez de connaissances en matière de combat pour ne pas flairer l'embuscade. On essayait sans doute d'endormir sa méfiance pour être en mesure de tester sa loyauté, et le seul moyen était de lui donner toute la latitude nécessaire afin de lui permettre de réaliser une évasion spontanée, sans réflexion ni calcul. Le seigneur de Knox était plus que conscient que depuis le tout début De Dumain avait été contre ce projet de mariage et n'avait pas hésité à le réprimander avec véhémence sur sa conduite face à sa jeune épouse. Joffrey se rappelait la colère qui avait suivi son retour au campement peu de temps après la consommation de son mariage sur le parquet de l'église. De Dumain s'était retrouvé dans tous ses états en apprenant la nouvelle, et, il l'aurait frappé sans retenue si l'un de ses gardes n'avait fait irruption sous la tente au même moment. L'occasion était trop belle aujourd'hui pour lui et son épouse de s'enfuir, s'ils le désiraient. Ayant repéré le passage d'un sanglier quelques heures plus tôt, il avait mis au point un plan simple. Attirer De Dumain et Anne dans la forêt, prétextant une chasse à courre, afin de vérifier s'ils en profiteraient pour lui échapper et regagner le château de Vallière. C'était la meilleure façon d'obtenir une réponse claire à la question qu'il avait posée à sa jeune épouse dans la chapelle. Percevant la présence toute proche du sanglier, Joffrey fit signe aux trois hommes qui l'accompagnaient de le suivre. Pour l'instant, il préférait garder la meute de chiens à l'écart, les réservant pour la jeune femme si elle venait à fuir. Des empreintes toutes fraîches laissaient présager la proximité du sanglier. Sonnant le cor pour en avertir les autres, il dirigea son destrier dans cette direction, une lance au poing. Rapidement, ses hommes le rejoignirent. Mettant pied à terre, Joffrey usa d'un langage muet pour leur transmettre ses ordres et leur faire part de la manœuvre à effectuer. Un mouvement sur sa droite attira son attention. Faisant un bond de côté, il évita de justesse le sanglier qui fonçait droit sur lui. Avant que l'animal n'ait pu faire demi-tour pour le charger encore, Joffrey projeta sa lance avec force, l'atteignant au flanc. Ralenti par sa blessure, l'animal ne put s'échapper et éviter les deux autres lances qui le transpercèrent, le tuant à petit feu.

Entendant les gémissements du gibier au loin, De Dumain réalisa qu'une belle opportunité s'offrait à eux. La mort de cette bête pourrait peut-être servir de diversion. Joffrey était certainement sur ses gardes, mais il le connaissait assez bien pour savoir qu'il en serait toujours ainsi. C'était dans la nature du seigneur de Knox de n'accorder sa confiance à personne. Ils se devaient donc de saisir l'occasion et de tenter le tout pour le tout. Sans plus d'hésitation, le vieux chevalier fit signe à Anne de le suivre, et tous deux se lancèrent à bride abattue dans le sous-bois. Sans réfléchir aux conséquences possibles de son geste, Anne le suivit spontanément, enivrée par la possibilité d'une liberté toute proche. Mais le terrain accidenté freinait leur course. Peu habituée à ce genre de parcours, sa monture parvenait difficilement à avancer.

Percevant le hennissement inquiet de la jument au loin, Joffrey serra les poings et fit aussitôt appeler la meute de chiens épagneuls. À son signal, ceux-ci furent lâchés. Entraînés pour chasser, ils eurent vite fait de retrouver la trace des fuyards. Anne prit peur à leur approche. Seul De Dumain semblait demeurer insensible face au danger qui les guettait. Il était trop tard maintenant pour reculer! D'une voix forte, il ordonna à Anne d'activer le pas pour distancer les chiens, mais la jument refusait d'accélérer la cadence, donnant des coups de tête pour signaler son mécontentement. Énervée pas la senteur toute proche des chiens, la bête se cabra, manquant de faire tomber sa cavalière. Cerné par la meute, le pauvre animal hennissait bruyamment. Incapable de la calmer, Anne s'accrochait désespérément aux guides. Faisant demi-tour, le chevalier de Dumain siffla vivement pour ramener la jument à l'ordre, mais rien n'y fit et la bête se cabra à nouveau, désarçonnant sa cavalière. Anne fut violemment projetée dans les airs et alla s'effondrer sur le sol rocailleux. Une douleur fulgurante traversa son épaule gauche sous l'impact, lui arrachant un cri de souffrance. Sonnée, elle ne chercha même pas à se relever et gémit faiblement lorsque deux bras puissants la soulevèrent, sans effort. À peine entendit-elle l'écho d'une voix empreinte de colère percer le voile qui l'engloutissait.

Sous les ordres de Joffrey, des hommes s'emparèrent du chevalier de Dumain et le ramenèrent au château dans l'intention de le jeter au cachot. Fou d'inquiétude, Joffrey observa le visage d'une pâleur mortelle de sa compagne. Il aurait voulu étrangler De Dumain. Un frisson d'appréhension l'avait traversé quand il avait vu sa jeune épouse perdre le contrôle de sa jument et entendu son cri de douleur. Torturé à l'idée de la perdre, il s'était alors élancé dans sa direction, prenant à peine le temps d'arrêter sa monture avant de sauter à terre. Un soupir de soulagement avait franchi ses lèvres lorsqu'il avait perçu son pouls. Du moins étaitelle toujours en vie. Inquiet, il l'avait ramenée aussitôt au château pour la faire soigner par Sédrique, son médecin personnel. Toute la nuit, il demeura à son chevet, rafraîchissant à l'occasion son front moite.

L'aube pointait à peine à l'horizon lorsque Anne reprit connaissance. Une douleur pressante martelait ses tempes, lui arrachant un faible gémissement. Alerté, Joffrey quitta son fauteuil et vint la rejoindre. S'installant à ses côtés, il prit une de ses mains dans les siennes. Son regard grave et ses traits tendus dénotaient une certaine tension. Encore quelque peu étourdie, Anne mit un certain temps à percevoir sa présence tout près d'elle. Troublée par son regard accusateur, elle avala péniblement. Que s'était-il passé ? Et que faisait-il à son chevet ? Désorientée, elle tenta de se relever, mais ce simple geste raviva la douleur qui irradiait dans son bras gauche. Le souffle court, elle se laissa retomber sur son oreiller. Sensible à sa souffrance, Joffrey s'adoucit quelque peu.

– Votre imprudence a presque failli vous coûter la vie, ma dame. Vous étiez donc à ce point empressée de me fausser compagnie ?

Le fixant de ses yeux de braise, Anne réfléchit rapidement. Consciente de l'enjeu qui se livrait, elle fit mine de ne pas comprendre afin de gagner du temps. Perplexe, Joffrey attaqua de nouveau, d'une voix rude :

– Oseriez-vous nier, ma dame, le fait que vous avez tenté de fuir en compagnie du chevalier de Dumain pour regagner le château de votre frère ?

Percevant dans chacune de ses fibres le danger poindre, Anne frémit sous cette menace voilée. Il lui fallait faire preuve de tact et de ruse pour endormir la méfiance et les doutes de Joffrey face au chevalier de Dumain, mais son esprit encore embrouillé lui rendait la tâche difficile. Soutenant le regard inquisiteur de son époux, elle articula faiblement, laissant parfois ses phrases en suspens, cherchant le fil de ses pensées :

– Certes, en ce qui me concerne, vous avez raison, mon seigneur... mais vous devriez avoir honte de porter de tels jugements sur un homme qui vous est tout dévoué depuis tant d'années. Il est vrai que ma présence en ces lieux et en votre compagnie ne me plaît guère… mais cela, vous le saviez déjà lors de notre mariage. Mais apprenez, monsieur, que je n'ai nul besoin d'une tierce personne pour me sauver, surtout si celle-ci est à votre service! Pour répondre à votre demande, sachez qu'il est hors de question que je reste dans ce château indéfiniment. Un jour ou l'autre, je me délivrerai de ce simulacre de mariage… Je ne suis pas de votre espèce, monsieur, croyez-vous que je commettrais la folie d'exposer inutilement et volontairement un innocent à votre colère et à votre cruauté? C'est bien mal me connaître!

Surpris par ce flot de paroles pour le moins inattendu, Joffrey la scruta entre ses cils.

– Expliquez-moi alors pourquoi, dans ce cas, le chevalier de Dumain chevauchait avec vous, à bride abattue, dans le sous-bois, et dans la direction opposée à la mienne?

Satisfaite de la tournure des événements, Anne soupira. Du moins doutait-il maintenant de l'idée qu'il s'était faite sur la participation du chevalier de Dumain à sa tentative d'évasion. Encouragée, elle continua de plus belle, d'une voix un peu plus insistante.

– Mon seigneur, n'est-ce pas vous qui aviez eu la charmante idée de m'inviter à cette partie de chasse en me laissant sous la garde de ce chevalier? Si je n'y étais pas allée, ma jument n'aurait jamais pris peur en percevant l'odeur du sang et les cris d'agonie de votre gibier. Je la croyais assez habile pour tenter ma chance à ce moment-là et semer vos hommes dans la forêt. Sans ces chiens enragés qui m'ont pris sauvagement en chasse, ma jument n'aurait pas paniqué ainsi. Si le chevalier de Dumain n'avait pas eu la rapidité d'esprit de s'élancer comme un fou à mes trousses pour me délivrer de cette meute enragée, Dieu seul sait ce qu'il serait devenu de ma personne. Vous devriez avoir honte, mon seigneur, de douter de sa loyauté! C'est votre gratitude que mériterait le chevalier de Dumain, car sans son aide, je serais probablement déjà morte sous les sabots de ma jument affolée.

Ébranlé par ces propos, Joffrey se releva et marcha de long en large. Se pouvait-il qu'elle dise vrai ? Dans ce cas, sa méfiance à l'égard du chevalier de Dumain aurait failli coûter la vie à son épouse, car c'est lui qui avait donné l'ordre de relâcher les chiens. Songeur, Joffrey revint à ses côtés et l'observa longuement. Pas une seule fois Anne ne baissa les yeux sous son regard. Elle serra fermement la croix à son cou, en proie à une peur irraisonnée, puisant sa force dans sa foi en le Dieu tout-puissant. Son attitude d'indignation fit tomber les derniers doutes de son mari. Si elle mentait, jamais elle n'aurait pu lui tenir tête ainsi, il en avait la certitude. Dans ce cas, son récit ne pouvait qu'être vrai. Mais tout de même, l'attitude du chevalier de Dumain à son égard l'inquiétait, mieux valait l'éloigner de sa jeune épouse. En attendant, il pouvait au moins le relâcher. Désireux pourtant de mettre les choses au clair, Joffrey le fit venir au chevet de sa femme. Aidant celle-ci à se relever, il lui fit faire quelques pas dans la pièce, la retenant par la taille. Oppressée par le poids de son demi-mensonge, Anne parvenait difficilement à respirer. Tendue à l'extrême limite, elle sursauta lorsqu'on frappa à la porte de sa chambre. Sous l'ordre de son mari, un garde entra, suivi de près par le chevalier de Dumain. L'air pitoyable de celui-ci fit tressaillir la jeune femme ; le pauvre semblait avoir considérablement vieilli. Tenant toujours Anne par la taille, Joffrey se planta devant les deux hommes.

– D'après les dires de ma charmante épouse, il apparaît que je vous ai mal jugé et que j'aurais dû vous remercier au lieu de vous jeter au cachot, De Dumain. Cette jeune femme ici présente prétend avoir voulu fuir seule. Selon elle, vous vous seriez lancé à sa suite dans le seul but de la sauver de la meute de chiens. Dans ce cas, pourquoi ne pas avoir tenté de l'arrêter avant ? Vous saviez qu'elle fuyait. Pourquoi ne pas l'avoir empêchée de le faire ?

Jetant un bref regard à Anne, le chevalier de Dumain tressauta en constatant sa pâleur. Malgré cette faiblesse passagère, il affronta son seigneur, l'œil dur et les poings crispés, prêt à frapper.

– Parce que je n'étais pas en désaccord avec son choix ! Depuis bien avant votre naissance, j'observe votre famille, Joffrey de Knox. Plus d'une fois, je fus tenté de déserter et de rejoindre la garde d'une famille plus louable et plus noble. Mais jamais je n'ai pu me résoudre à le faire, car j'avais espoir, oui espoir, que vous ayez hérité d'une partie de la noblesse qui caractérisait tant votre mère, Élisabeth de Constantin. Mais c'est le sang perfide de votre père qui coule dans vos veines, et j'en suis fort attristé. Je n'ai plus rien à craindre, ni de vous ni de la mort ; j'ai déjà trop longuement vécu pour un soldat. Mais vous, Joffrey de Knox, vous avez encore de longues années devant vous. Désirez-vous vraiment entendre ce que j'ai à dire, ou préférez-vous que je me taise définitivement ? Car sachez que seule la mort pourra m'empêcher de dire la vérité maintenant. Alors, que décidez-vous mon seigneur ?

Sous l'insulte, Joffrey toisa le vieux chevalier. Sa mâchoire crispée et ses yeux de glace en disaient long sur le combat qui se livrait en lui.

– Prends garde, vieil homme, car je pourrais te faire souffrir d'une mort lente et cruelle. Ne me mets pas au défi ! Toutefois, par égard pour ce que tu as fait pour moi par le passé, je t'écouterai. Tu m'intrigues. Allez, parle, De Dumain ! Qu'as-tu tant à me reprocher ?

Nullement effrayé par la voix froide et calme du seigneur de Knox, le chevalier s'approcha de lui et poussa l'affront jusqu'à le fixer droit dans les yeux.

– Il fut un temps, jadis, où j'avais foi en l'homme qu'était votre père, mais j'étais jeune et inexpérimenté alors. Je croyais votre père un grand chevalier puissant, mais lorsque je devins écuyer à sa charge, je découvris très rapidement sa vraie nature. Il était froid, vil, cruel, sans pitié et d'aucune noblesse. Il tuait pour le plaisir et prenait brutalement les femmes, sans égard pour leur rang, comme de simples filles de joie ou, pis, comme de la marchandise. Et c'est ainsi qu'il agit avec votre mère. Cette pauvre Élisabeth n'était qu'une enfant lorsqu'il fit tuer sa famille sous ses yeux. Lorsqu'il la ramena avec lui, la pauvre était plus morte que vive. Ayant fait tomber les remparts de leur château, lui et ses hommes avaient pillé le village et abattu froidement toute sa famille, y compris son petit frère Charles alors âgé de trois mois, et cela, sans aucune hésitation. En apercevant Élisabeth, il l'avait fait captive et amenée de force devant le curé attaché à sa cause. Sans égard pour sa nouvelle épouse, il avait fait brûler le village et laissé les dépouilles de sa famille à l'appétit féroce des charognards. Après leur départ, il ne restait plus rien du château de Constantin, sinon que des cendres et des cadavres en décomposition. Il l'avait donc enlevée, séquestrée, violée, maltraitée et mariée devant un curé corrompu, dans le seul but de s'approprier les terres du Sud de son père. Cela vous semble-t-il familier, mon seigneur ? Il est étrange comme l'histoire se répète !

Sous le choc, Joffrey relâcha sa jeune épouse et se dirigea vers la fenêtre. Il ignorait cette partie de la vie de sa mère. Quels sombres secrets De Dumain cachait-il encore dans sa mémoire ? Crispant les mains sur le rebord de la fenêtre, il lui enjoignit de poursuivre. Encouragé par l'attitude de Joffrey, le chevalier continua :

– Que Dieu vous vienne en aide, Joffrey de Knox, là ne s'arrêta pas la cruauté de votre père. Le roi Louis X, indigné d'un tel traitement envers l'un de ses fidèles sujets, et sous l'emprise de la colère, fit confisquer toutes les terres qui entouraient le château de Constantin. En grave difficulté financière, le roi n'avait cependant pas osé pousser plus loin son courroux de peur de devoir affronter sur le terrain Merkios de Knox, cet homme cupide reconnu pour sa démence et sa cruauté. Fou de rage en apprenant cette nouvelle, votre père entra dans une colère violente. Une fois de plus, les terres du Sud lui échappaient. Il mena alors une guerre froide contre le roi de France avec l'aide d'Édouard II, roi d'Angleterre, afin de s'approprier les terres de Bretagne. Ensemble, ils affaiblirent sérieusement les défenses du roi de France, mais la campagne échoua malgré tout. Furieux, votre père se vengea sur votre pauvre mère, la reléguant au simple rôle de servante, et lui fit payer très cher cet affront. Dès lors, Merkios de Knox s'était non seulement mis définitivement l'Église à dos, mais le roi aussi. Votre pauvre mère – paix à son âme – fut dès lors bafouée, violée et rouée de coups. Lorsque votre père apprit qu'elle était enceinte, il l'enferma dans l'une des chambres du donjon avec pour seule compagnie la vieille Berthe. Même sa grossesse ne put adoucir son sort. Il la visitait sans cesse afin d'assouvir ses pulsions bestiales. Pendant neuf mois, la pauvre enfant pleura. Lorsque vint enfin le jour de votre naissance, il ne lui restait plus que la peau sur les os et elle n'eut pas, hélas, la force de survivre à un accouchement rendu difficile par son état d'extrême faiblesse. Votre cri de délivrance croisa son dernier souffle. Vous veniez à la vie, et elle était enfin libérée de la sienne. C'est la vieille Berthe qui dut terminer le travail à sa place. Quel calvaire furent pour votre mère ces cinq longues années ! Mais pas une seule fois elle ne se révolta, acceptant son sort et déambulant dans les couloirs du château tel un pâle fantôme. Voilà ce que fut l'existence de votre mère, Joffrey de Knox. Est-ce vraiment ce que vous désirez pour cette pauvre petite ? dit-il en désignant Anne.

Sous le regard perçant du chevalier, Anne frémit. Comme un animal pris au piège, elle promena des yeux affolés dans la pièce. Elle étouffait sous le poids d'un tel récit et tremblait à l'idée d'affronter le regard de son époux. Pour sa part, Joffrey de Knox ne broncha pas, les yeux tournés vers le ciel. Seules ses jointures, blanchies par la pression de ses doigts sur le rebord de la fenêtre, trahissaient son courroux. Malgré son calme apparent, une colère froide l'ébranlait tout entier. Pourtant, c'est d'une voix neutre qu'il ordonna à De Dumain de poursuivre. Un faible sourire étira les lèvres du chevalier. « Bien, pensa-t-il, ce grand seigneur commence à réaliser toute l'ampleur de mes paroles. Reste à savoir s'il les acceptera. »

– Toute votre jeunesse, vous l'avez passée à errer vous aussi dans les couloirs du château, quémandant l'affection de votre père, désirant plus que tout au monde attirer son regard sur vous et lui prouver votre valeur. Mais celui-ci, trop obnubilé par son désir de pouvoir, vous ignorait. Toujours, vous avez cherché son approbation, faisant fi de l'amour que la vieille Berthe vous portait et de l'affection que je vous témoignais. Nous vous avons élevé comme notre propre fils, cherchant à vous inculquer les valeurs nobles et dignes d'un grand seigneur. Mais peu à peu nos efforts ont été voués à l'échec lorsque votre père a daigné vous remarquer et vous a pris sous sa tutelle, le jour de vos seize ans. Trop heureux d'avoir finalement attiré l'attention de cet homme puissant et redouté de tous, vous n'avez pas tardé à adopter le modèle de votre père, celui d'un être cupide et dépourvu de toute moralité. Et tout a été définitivement perdu à notre retour de la bataille navale de l'Écluse. Nous avions fondé de grands espoirs sur vous, mon seigneur, hélas pour rien, car dès lors vous êtes devenu à l'image même de votre père : un être sanguinaire, impitoyable, calculateur et assoiffé de pouvoir. Quel mal vous ronge, *noble* seigneur, pour traiter aussi bassement une jeune enfant innocente et de sang royal ? railla-t-il, tout en appuyant particulièrement sur le mot *noble*.

Joffrey tressaillit sous cette marque de dédain, mais ne protesta pas, au grand étonnement du vieux chevalier. Au fond de lui, il avait assez de noblesse justement pour reconnaître qu'une partie du récit de De Dumain était vraie. Tout comme son père, il avait voulu s'approprier les terres du Sud, de façon déloyale, entraînant dans sa décadence sa jeune épouse. Portant son regard sur la frêle silhouette d'Anne, il remarqua qu'elle n'avait plus rien de la jeune fille fière et assurée qu'il avait d'abord connue. Son visage était d'une pâleur mortelle, ses yeux agrandis par l'effroi, et ses doigts fins se refermaient de façon convulsive sur le tissu de lin de sa chemise de nuit. Était-ce là le reflet de sa propre mère ? Le récit de De Dumain avait terrorisé cette pauvre petite au plus haut point. Qu'il ne se surprenne pas qu'elle ait tenté de fuir cet endroit hanté par la corruption et le péché ! Malgré les dires de son épouse, il était certain que c'était De Dumain qui avait tenté de la faire fuir. Ses intentions étaient louables, certes, mais il ne pouvait se permettre de risquer une autre évasion. De quelle témérité sa jeune épouse avait fait preuve lors de ses deux tentatives d'évasion, et quel courage d'avoir osé l'affronter seule en lui avouant avoir été l'unique responsable de cette dernière tentative, pour épargner la vie de De Dumain ? Détournant les yeux, il fixa longuement le vieux chevalier.

– Ne renoncez pas si rapidement à vos espoirs, chevalier de Dumain. Qui sait ce que l'avenir nous réserve ? murmura-t-il d'une voix lointaine, tout en enveloppant à nouveau la jeune femme d'un regard étrange.

Surpris, le vieux chevalier le fixa. Disait-il vrai ou était-ce encore un subterfuge pour le tromper afin d'endormir sa méfiance ? Ne lui laissant pas le loisir de réfléchir davantage, Joffrey lui ordonna de se préparer à regagner dans deux jours ses troupes dans l'est, afin d'en prendre le commandement. Puis, s'approchant de son épouse recroquevillée près du lit, il déposa un léger baiser sur son front. Anne tressaillit à son contact. Lui relevant le menton du bout des doigts, Joffrey l'observa attentivement. Les pupilles de la jeune femme, dilatées par la peur, l'ébranlèrent. Cette pauvre petite le craignait donc à ce point ? Dans un soupir, il relâcha son étreinte. Il fallait avouer que ses comportements récents à son égard n'avaient rien pour la calmer ni la rassurer. S'il voulait gagner sa confiance, il devrait être meilleur joueur et plus enclin à la douceur qu'à la brutalité. De sa main droite, il caressa tendrement les tempes d'Anne, relevant une mèche rebelle sur son front.

– Ma dame, votre beauté me comble de bonheur et vous savoir saine et sauve après cet accident tragique me réchauffe le cœur, murmura-t-il d'une voix chaude.

Perplexe, Anne lança un regard interrogateur vers le chevalier de Dumain, mais celui-ci, tout aussi surpris de cette volte-face, fronça les sourcils. Reportant de nouveau son attention vers son époux, Anne l'observa discrètement entre ses cils. Le sourire qu'il lui adressa alors la remua. Il semblait beaucoup plus jeune ainsi, les traits adoucis et détendus. Ne voulant pas à nouveau s'attirer sa colère, elle lui accorda un faible sourire en retour. Touché plus qu'il ne l'aurait voulu, Joffrey poursuivit :

– Ma dame, je ne vous abreuverai pas d'excuses lamentables pour ma conduite brutale à votre égard. Par contre, je suis assez intègre pour reconnaître que j'ai agi d'une manière indigne de mon rang. Les événements qui se sont succédé depuis notre première rencontre ont fait en sorte que nous avons commencé nos relations de façon plutôt tendue et inadéquate. Mais je suis bon chevalier et je vous propose un marché honnête. Permettez-moi de vous prouver que je puis être un époux et un seigneur digne de ce nom, avec tout ce que cela comprend, et en échange, je promets de ne plus vous traiter indignement et de vous libérer de ma personne si dans six mois exactement votre opinion à mon égard demeure inchangée.

Anne ne savait que répondre à cette requête des plus inusitées. Ce marché lui semblait fourbe et trompeur. Mais si, au contraire, il était honnête, cela signifiait qu'elle pourrait retrouver sa liberté dans six mois. C'était plus qu'alléchant. Après tout, que sont six malheureux mois en comparaison d'une vie entière ? Peu de chose, en fin de compte. Le sacrifice en valait bien la peine ! La détermination farouche que Joffrey lut alors dans le regard de sa jeune épouse l'ébranla quelque peu. Parfait ! La partie n'en serait que plus palpitante. Nul doute que les mois à venir seraient des plus intéressants.

Chapitre IV

Le pacte

Deux jours s'étaient déjà écoulés et le chevalier de Dumain s'apprêtait à quitter le château à la tête d'une troupe de vingt soldats aguerris. Malgré que ce départ l'attristât, il ne pouvait se dérober à la demande de son seigneur sans encourir la mort pour trahison. Bon soldat, il ferait en sorte de profiter de cet éloignement pour contacter le seigneur de Vallière, le frère d'Anne, et Sa Sainteté le pape Clément VI afin de s'en faire des alliés. Eux seuls pouvaient maintenant venir à bout du seigneur de Knox, en s'alliant avec les troupes du roi Philippe VI de Valois. Nul doute que les seigneurs avoisinants leur seraient reconnaissants de les libérer d'un tel tyran. Il n'avait aucune confiance en la parole de Joffrey et priait avec ferveur pour que la jeune Anne de Vallière ait la force de survivre à son époux jusqu'à l'arrivée des troupes. Trop d'hommes de grande valeur avaient péri sous les mains des seigneurs de Knox. Il était temps d'y mettre un terme.

Joffrey, pour sa part, était fort occupé par des préparatifs mystérieux, adressant à peine la parole à son épouse. Dormant toujours seule dans son lit, Anne appréciait ces brefs moments de répit avant le combat et demeurait en retrait, dans sa chambre. Le jour du départ de la troupe, elle s'adossa au mur de la pièce et dut faire preuve de volonté pour ne pas céder à la tentation de jeter un dernier regard par la fenêtre. Son cœur battait violemment et une lueur incertaine dansait dans son regard humide. Que deviendrait-elle maintenant sans le soutien du chevalier de Dumain ? Elle n'avait aucune confiance en son époux et appréhendait les dispositions du contrat proposé. Quelle garantie avait-elle ? Aucune, sinon la parole de Joffrey, mais saurait-il seulement la respecter ? Cette incertitude la torturait. Percevant un bruit de pas empressés près de la porte, Anne pensa avec crainte qu'elle serait bientôt fixée. S'éloignant du mur d'une démarche vacillante, elle prit une grande respiration.

Dans la cour intérieure, la troupe s'ébranla. Le regard soucieux, De Dumain releva la tête et fixa la fenêtre de la jeune femme. Que Dieu la protège, elle en aurait grand besoin pour demeurer en vie avec un tel époux. Détournant la tête dans un soupir, il se promit de revenir la chercher avec du renfort, car selon lui le seigneur des lieux n'accepterait jamais qu'elle reparte dans six mois. Il le connaissait trop bien ! Le seigneur de Knox n'admettait pas la défaite !

La troupe venait à peine de quitter l'enceinte du château, lorsque la porte s'ouvrit avec force. Dans l'embrasure se tenait Joffrey de Knox, les yeux brillants, un sourire narquois sur les lèvres. Anne frémit à cette vision. Inquiète, elle chercha une issue du regard, mais nulle autre sortie que celle de la porte ne s'offrait. Décidée à rompre le silence lourd qui l'oppressait, elle l'apostropha d'une voix cinglante :

– Eh bien, mon seigneur, vous voilà maintenant libre de m'exploiter selon votre bon vouloir, car conformément à notre pacte, je vous dois obéissance sur tout ! Alors, que dois-je enlever en premier lieu et comment désirez-vous me prendre cette fois-ci ? Car c'est bien là votre projet en entrant ainsi sans vous faire annoncer, telle une bête en rut ?

Le premier réflexe de Joffrey, face à ces paroles ironiques, fut d'exécuter à la lettre ce qu'elle venait de décrire, mais le regard empreint de panique et les lèvres frémissantes d'Anne l'en dissuadèrent. Elle n'avait pas confiance en lui et cela le touchait profondément. Décidément, cette petite possédait une influence sur ses sens qui n'était pas pour lui déplaire à certains égards. Amusé à l'idée de la confondre, il s'avança lentement vers elle et déposa un baiser chaste sur son front.

– Ma dame, loin de moi de telles idées ! Je veux bien agréer aux clauses de notre marché et adoucir mon tempérament brutal et fougueux pour vous complaire, mais, de votre côté, veuillez modérer votre hargne à mon endroit et votre langue acérée. Maintenant, si vous le voulez bien, j'aimerais beaucoup que vous m'accompagniez pour une petite promenade sur mes terres.

Surprise, Anne le regarda longuement entre ses cils mi-clos. Quel mauvais tour lui réservait-il encore ? D'une main légère, Joffrey caressa le pli soucieux qui barrait le front de sa jeune épouse.

– N'ayez crainte, ma dame, je ne vous veux aucun mal. Je désire seulement vous faire découvrir mon domaine, qui est maintenant aussi le vôtre.

Sur ces mots, il lui donna un petit baiser sur les lèvres et repartit aussi vite qu'il était apparu. D'une démarche souple, il regagna les écuries et fit atteler deux chevaux. Anne, pour sa part, ne savait que penser de ce soudain revirement d'attitude. Que cherchait-il donc à faire ? Sachant que la patience n'était pas une vertu de son époux, elle s'empressa d'enfiler une tenue plus appropriée pour la promenade et descendit les escaliers à toute vitesse. Joffrey fut étonné de son empressement à le rejoindre dans l'écurie. Devant son expression mitigée, il ne put résister à l'envie de la taquiner. Mal à l'aise sous son regard rieur, Anne rougit et détourna les yeux. De plus en plus amusé, Joffrey s'approcha d'elle en silence et effleura ses seins au passage d'une main légère avant de l'aider à monter sur sa jument. Anne se crispa sous la caresse et étreignit rageusement les rênes de sa monture. À peine le seigneur de Knox eut-il le temps de s'écarter de la jument que déjà celle-ci partait au galop, poussée par sa cavalière. Dans un grand éclat de rire, Joffrey bondit sur son étalon et s'élança à sa suite. Prise d'une panique irraisonnée, Anne détala vers les champs. Les soldats qui montaient la garde près de la porte du château eurent à peine le temps de s'éloigner du portail avant que la jument déchaînée de leur châtelaine ne s'engage sur le pont-levis. Parvenue aux abords des rues du village, Anne ralentit quelque peu sa course, éclaboussant les passants sur son chemin. Joffrey riait derrière elle, amusé de la voir agir ainsi. Décidément, cette petite était pleine de fougue! S'il parvenait à faire tomber ses réticences, nul doute que les nuits en sa compagnie se feraient trop courtes. Activant la cadence, il parvint jusqu'à sa hauteur et s'empara de ses rênes.

– Tout doux, ma jolie, murmura-t-il à l'intention de la jument qui hennit bruyamment avant de s'arrêter. Ma dame, vous devriez modérer vos ardeurs et ralentir votre allure, sinon, à ce rythme endiablé, vous risqueriez de faire une chute ou de blesser l'un de ces pauvres villageois!

Le souffle court, Anne leva un regard brillant vers lui. Dieu qu'elle était belle avec ses joues en feu et sa chevelure dénouée par la course! Se penchant vers elle, il emprisonna ses lèvres dans un baiser passionné. Puis, vite, il encercla sa taille de son bras gauche et, la soulevant sans effort, la déposa sur sa propre selle. Tout en la maintenant solidement, il s'élança à nouveau vers la plaine, après avoir pris soin de laisser la jument de son épouse à l'un des villageois afin qu'il la fasse conduire par l'un de ses soldats à sa petite chaumière non loin de là, avant la tombée de la nuit. Paniquée devant l'éventualité d'être désarçonnée par l'étalon qui galopait à un rythme endiablé, Anne se cramponna à la taille de son époux. Impuissante face à la tournure des événements, elle dut appuyer sa joue sur son torse et enserrer sa taille de ses bras afin de maintenir son équilibre. Un trouble étrange l'envahit au contact de ce corps d'homme. Sous ses doigts, elle percevait sa chaleur, alors que les battements précipités de son cœur l'envahissaient tout entière. Inconsciemment, elle se raidit, inquiète à l'idée de ce qui allait suivre. Percevant le changement d'attitude chez sa compagne, Joffrey resserra son étreinte. Que faire pour calmer ses craintes ?

Leur course effrénée prit fin à l'orée de la forêt, près d'une jolie chaumière. Alors que l'étalon s'ébrouait, Joffrey resta immobile. Mal à l'aise dans cette position précaire et incapable de descendre seule, Anne respirait difficilement. Conscient des battements de cœur affolés de la jeune femme, Joffrey lui caressa la nuque d'une main légère, descendant d'un geste lent vers la naissance de ses seins. Anne sursauta. Paralysée par la peur, elle n'opposa aucune résistance lorsque Joffrey la fit glisser vers lui. Hypnotisée par son regard lourd de désir, elle demeura pétrifiée et trembla de tout son corps. Un faible cri de désespoir s'échappa de ses lèvres entrouvertes lorsqu'il la pressa tout contre lui. Enhardie par sa réaction, Joffrey défit les lacets qui s'entrecroisaient sur le devant de son corsage, libérant sa lourde poitrine. Anne frémit au contact de ses lèvres sur ses seins. Enflammé par son corps de femme, Joffrey releva ses jupes et glissa sa main droite sous sa culotte, découvrant la douceur de ses cuisses et de son ventre. Mais, telle une bête traquée, Anne tenta de se libérer de cette étreinte trop intime. Des souvenirs d'horreur refluèrent à son esprit : un parquet froid, une odeur d'encens, du sang poisseux entre ses cuisses. Instinctivement, elle repoussa la main qui s'aventurait plus loin encore et se dégagea vivement. L'esprit en feu et le corps tremblant, elle préféra s'enfuir vers les bois. Les larmes qui coulaient jusqu'à ses lèvres entrouvertes avaient un goût salé. C'est à bout de souffle qu'elle se laissa choir sur un amas de feuilles, où elle pleura longuement. C'était au-dessus de ses forces pour l'instant ! Elle ne pouvait souffrir le contact de ses mains sur son corps !

Dans un soupir, Joffrey la regarda s'enfuir, le regard torturé par le doute. Que lui arrivait-il ? Dérouté d'éprouver soudain une telle tendresse à l'égard de la jeune femme, il jura en serrant les poings. Que le diable emporte cette petite sorcière, il devait se reprendre en main et exiger son dû. Mais au fur et à mesure que son pas l'amenait vers la jeune femme, sa colère diminuait, pour tomber totalement face au spectacle qui s'offrit à lui. Passant nerveusement une main dans sa chevelure en désordre, il jura à nouveau. Incapable d'agir, il observa longtemps la jeune femme qui pleurait de désespoir, tapie à l'ombre d'un pin. Comment en était-il arrivé là ? Perdu dans ses réflexions, il en oublia la notion du temps. Le silence soudain lui fit relever la tête. Il soupira en constatant que la jeune femme était absorbée dans des songes fort peu agréables, s'il se fiait à son front plissé par une ride soucieuse et à ses lèvres qu'elle mordillait inconsciemment. Ses larmes avaient laissé des traces humides sur ses joues rougies, témoins silencieux de sa détresse profonde. Sensible à son désarroi, il s'approcha, le regard sombre. Trop épuisée et abattue, Anne ne broncha pas lorsqu'il s'accroupit à ses côtés. Elle l'ignora et demeura prostrée, le regard perdu au loin. Avec douceur, Joffrey essuya les dernières larmes qui perlaient à ses cils d'un noir profond. Dans un soupir, il la prit délicatement et la ramena vers la chaumière en bordure de la forêt. Brisée, Anne laissa sa tête retomber mollement entre ses bras. Joffrey dut réprimer son désir pour elle lorsque la chevelure d'Anne, gorgée de l'odeur boisée de la forêt, vint frôler d'une caresse légère son visage et son cou. Pressant le pas, il fut rapidement en vue de la chaumière et ouvrit la porte d'un simple coup d'épaule. Sans aucun égard pour ce qui l'entourait, il monta droit au deuxième et déposa son précieux fardeau sur le lit de duvet. D'un geste lent, il recouvrit Anne d'un drap de lin. Un parfum de lavande s'échappa du tissu, dégageant une légère fragrance dans la petite pièce meublée modestement. Puis, sans un mot, il retourna au premier étage afin d'allumer un feu dans l'une des deux cheminées. Dès son départ, Anne expira profondément et se tassa sur elle-même, le cœur en déroute et les idées embrouillées. Comment allait-elle se sortir de cette situation, maintenant? Comment chasser de ses pensées les images horribles qui la troublaient? Tout était si confus dans son esprit! Elle demeura immobile et silencieuse dans la pénombre pendant plusieurs heures, avant de trouver le courage d'aller affronter à nouveau son époux.

Pour sa part, après s'être servi à boire, Joffrey s'installa dans l'un des vieux fauteuils, les pieds sur un tabouret. Il sirota longuement le liquide ambré, le regard perdu dans les flammes.

Lorsque Anne trouva enfin la force de se relever pour aller affronter son époux, la nuit avait cédé la place à la lumière du jour. Une douce clarté diffuse parvenait jusqu'à elle par l'escalier. L'esprit encore enchevêtré dans un amalgame d'émotions, elle balaya la chambre du regard. Malgré la nuit qui envahissait la pièce, on pouvait vaguement distinguer des meubles à la clarté de la lune. Quel était donc cet endroit? Intriguée, malgré ses états d'âme, elle repoussa les draps qui la recouvraient et entreprit d'explorer les lieux. Mais nul indice ne lui permettait de se situer. Percevant faiblement le crépitement des flammes dans l'âtre, elle se dirigea vers l'escalier et descendit les marches à pas feutrés. Quelle ne fut pas sa surprise d'apercevoir son époux assoupi près du foyer, ses longues jambes posées sur un simple tabouret. Tourmentée, elle coula un regard incertain vers son visage. Abandonné ainsi dans le sommeil, le front soucieux, il ne ressemblait en rien à l'homme cruel et froid des jours passés. Aucun rictus mesquin ne déformait la courbe sensuelle de ses lèvres. Pour l'instant, ses paupières closes masquaient ses yeux d'un bleu d'acier. Avec un certain trouble, elle se rappela le regard de convoitise qui l'avait enveloppée lors de leur arrivée en ces lieux. Qui était le vrai Joffrey de Knox ? Notant sa respiration régulière, elle s'approcha de lui et détailla son corps d'homme. Sa chemise entrouverte laissait voir une partie de son torse musclé. Se souvenant du jeu de ses muscles sous sa poitrine luisante de sueur lors de l'entraînement qu'elle avait surpris au château, un frisson la parcourut. De plus, l'image de l'eau ruisselant sur sa peau dans le bain et de la tension d'une certaine partie proéminente de sa personne la mit au supplice. Mal à l'aise, elle rougit brusquement.

Toute à ses pensées confuses, elle ne remarqua pas le changement chez Joffrey. Sensible à sa présence toute proche, celui-ci s'était éveillé mais s'obligeait à demeurer immobile, contrôlant les battements de son cœur, dans l'attente de la suite. Intriguée par l'homme qui lui tenait lieu d'époux, Anne voulut le toucher, mais suspendit son geste. Elle hésitait. Coulant derechef un regard incertain vers son visage, elle risqua une légère caresse sur son torse. Surpris, Joffrey sursauta. Piquée à vif, Anne recula précipitamment et voulut fuir, mais Joffrey la retint, tout en la faisant basculer sur ses jambes. Pétrifiée, elle n'osa bouger, de crainte de s'attirer sa colère. Décidé à la faire sienne cette fois-ci, Joffrey s'empara doucement de ses lèvres. Sa respiration saccadée l'attisa. Désireux de la confondre, il poussa plus loin son audace, laissant sur sa peau comme une traînée de feu. Tous les sens en alerte, Anne ne savait que penser. Pourquoi son corps l'abandonnait ainsi alors que son esprit se refusait à l'impossible ? Conscient du débat qui se livrait chez la jeune femme, Joffrey intensifia ses baisers et ses caresses. De plus en plus exigeant, il l'obligea à répondre à son ardeur. Emportée dans ce flot de sensations nouvelles, Anne n'eut plus la force de combattre et se laissa happer par cette marée de sensualité. Certain de son pouvoir, Joffrey la dévêtit lentement, amplifiant ses caresses sur les parties les plus sensibles de son corps. Dévorée par un feu intérieur, Anne gémit faiblement et se lova contre lui. Lui relevant le menton, il l'obligea à le regarder et fut bouleversé de lire dans ses yeux le même feu qui l'habitait, le même besoin pressant qui le consumait. Alors, sans un mot de plus, il se déshabilla à son tour et la fit sienne, buvant ses gémissements et ses plaintes.

Le soleil était encore haut dans le ciel lorsque Anne s'éveilla. Se rappelant leurs ébats amoureux de l'aube, elle s'étira langoureusement, les yeux brillant d'un nouvel éclat. Joffrey, qui l'observait depuis quelque temps déjà, sourit face à la plénitude qui se dégageait de ses traits. Du bout des doigts, il suivit la courbe de son ventre. À la voir si peu vêtue, allongée sur le tapis soyeux du salon, sans vergogne, il tressaillit. Pour un peu, il la ferait sienne encore, mais son corps demandait grâce. Captant son regard troublé, Anne s'étira une seconde fois et éclata d'un rire cristallin. Joffrey jura ; cette petite diablesse ne perdait rien pour attendre, songea-t-il avec délices. Ainsi dénudée, parée de sa seule chevelure de feu, elle semblait sortir tout droit d'une forêt enchantée. Se relevant d'un bond, il grogna :

– Ma dame, vous feriez mieux de vous rhabiller avant de me rendre fou !

Gloussant sous cette remarque, Anne se releva et se rhabilla avec lenteur, au grand supplice de son époux. Coulant un regard dans sa direction, elle s'éloigna précipitamment vers la chambre du haut en le voyant esquisser un geste dans sa direction. Prenant alors conscience de son pouvoir sur ce grand seigneur, elle sourit d'un air mystérieux. Du moins possédait-elle maintenant une arme contre lui. Rassérénée par cette découverte, elle songea soudain à l'avenir avec moins de crainte.

Resté près de l'âtre, Joffrey demeura songeur un instant. Les événements prenaient une tournure des plus inattendues. Cette petite, pleine d'ardeur, semblait exercer une emprise de plus en plus grande sur ses sens et ses émotions, à son plus grand embarras. Il devrait prendre garde et remédier à la situation, mais pour l'instant il pouvait s'offrir le luxe de la laisser le mener comme bon lui semblait dans les jours à venir, jusqu'à leur retour au château, prévu dans une semaine. Enfourchant sa monture, il s'empara de son arc et de quelques flèches et se dirigea vers le sous-bois avec l'intention d'y attraper du petit gibier. Il savait Anne en sécurité dans cette chaumière, à l'écart de tous. Cette modeste maison de pierre était son refuge secret, un endroit confortable pour se reposer. Il ne s'était rappelé cet emplacement que deux jours auparavant. Tôt le matin, après l'incident de la chasse, il s'y était rendu avec Berthe, dans l'intention de remettre les lieux en état pour y amener sa jeune épouse. Sous les doigts habiles de la vieille femme, la chaumière avait retrouvé toute sa splendeur d'autrefois. La nuit venue, ils avaient regagné le château, car Joffrey devait surveiller les préparatifs du départ de sa troupe. Mais il était revenu le lendemain matin pour terminer son travail. Au souvenir de De Dumain, son visage se rembrunit. Son épouse aurait tôt fait d'oublier les médisances de ce chevalier après leur séjour dans la chaumière. C'était là une promesse qu'il se faisait ! Ne voulant pas gâcher sa bonne humeur, il oublia De Dumain et se concentra sur sa chasse. Il avait amené sa jeune épouse en ces lieux avec l'intention de lui offrir une chance de le connaître un peu mieux, loin de l'agitation du château. Peut-être ainsi parviendrait-elle à l'apprécier à sa juste valeur. Du moins l'espérait-il. Il avait commis des fautes graves envers elle et envers bien d'autres gens, mais c'était son pardon à elle qui lui importait. Au souvenir de leurs étreintes passionnées, une douce chaleur se répandit dans son corps. Se pouvait-il que la vie lui accorde une deuxième chance pour se racheter?

Une course rapide amena Anne jusqu'à l'étage. La douce pénombre qui y régnait procurait une sensation de paix et de bien-être. Observant la pièce à nouveau, elle remarqua les deux foyers qui trônaient à chaque extrémité de la maison. De grosseur modeste, ils ne devaient pas moins en dégager une chaleur bienfaisante l'hiver venu. D'ailleurs, une grosse cuvette attendait devant l'un d'eux que le maître des lieux vienne s'y baigner. Au souvenir d'un autre bain, elle rougit. Se secouant, elle porta de nouveau son attention sur la pièce. Tout au fond, près de l'âtre, se trouvait le grand lit à baldaquin dans lequel elle avait sommeillé la veille, avec à son pied un gros coffret de bois. Deux fauteuils du même velours sombre que le lit entouraient le foyer de l'autre côté de la pièce. Dans le coin, légèrement en retrait, un banc de prieur faisait face à une croix suspendue au mur. À ses côtés, une échelle pointait en direction du grenier. Fatiguée, Anne se promit de remettre à plus tard l'exploration de cet endroit rudimentaire. Reportant de nouveau son regard sur la cuvette, elle soupira. Que n'aurait-elle pas donné pour s'y baigner?

Elle en était à cette réflexion lorsqu'un bruit de pas se fit entendre au premier. Descendant les marches avec prudence, elle découvrit une vaste salle familiale, au milieu de laquelle trônait une grosse table de bois massif et des chaises recouvertes d'un velours brun foncé. Elle observa les deux foyers de pierre. L'un servait pour la cuisson, car un gros chaudron de fonte y était suspendu. L'autre était entouré de deux grands fauteuils recouverts du même velours que les chaises. Un tapis aux longs poils s'étalait devant la cheminée. À sa vue, les joues de la jeune femme s'enflammèrent. Gênée, elle reporta son attention sur les tapisseries aux motifs de chasse qui ornaient les murs de pierre. Le tout dégageait une ambiance des plus chaleureuses. Avançant de quelques pas, elle remarqua avec amusement l'immense bouquet de fleurs sauvages qui reposait au centre de la table et huma leur parfum suave avec délices. À voir la propreté des lieux, elle songea que Berthe avait dû passer par là la veille, gratifiant ce sanctuaire d'homme d'une touche féminine. Voilà donc ce qui expliquait son absence prolongée à l'extérieur des murs du château depuis quelques jours.

En apercevant son époux qui s'activait auprès du foyer de la cuisine, un sourire flotta sur les lèvres d'Anne. Une petite pile de bois se dressait à côté, alors qu'un feu y prenait naissance. Un jeune lapin était suspendu à une broche, tête en bas, en attendant d'être dépecé. Joffrey ne perdit rien de l'étonnement de son épouse et se félicita de l'avoir amenée en ces lieux. C'est au même moment que leurs yeux se croisèrent, les siens pétillants de malice et ceux de sa jeune épouse piqués d'être pris sur le fait. Tournant les talons, Joffrey se dirigea vers l'extérieur, un sourire de satisfaction sur les lèvres.

Éprouvant soudain le besoin de s'occuper, Anne remonta à l'étage et fouilla dans le coffret de bois, à la recherche d'une tenue plus convenable pour la tâche à entreprendre. Sa surprise fut grande en n'y découvrant que des vêtements d'homme et quelques robes légères tout au fond. Les sourcils froncés, elle observa les différentes étoffes. N'ayant pas d'autre choix, elle haussa les épaules et se départit de son propre vêtement. L'air frais de la pièce la fit frissonner. Avec empressement, elle enfila la robe de lin d'un blanc presque transparent, qui voilait à peine ses seins avec son décolleté révélateur. Poussée par une impulsion étrange, elle s'abstint de porter sa chemise et sa culotte longue sous sa robe. Plus à l'aise nu-pieds, elle envoya ses bas et ses bottes sur le reste de ses vêtements. C'est son cher époux qui éprouverait un choc en constatant sa tenue légère! C'était bien fait pour lui, il aurait dû penser à faire débarrasser cette pièce des étoffes de ses anciennes maîtresses, car il s'agissait bien là d'habits de femmes aux mœurs légères. Retournant à la cuisine, elle entreprit de dépecer le lapin d'une main habile, ainsi que lui avait enseigné l'une des cuisinières du château de son père. Sans hésitation, elle l'embrocha et le fit cuire au-dessus des braises. Faisant irruption dans la pièce avec un chargement de bois, Joffrey tressauta en découvrant la scène. Dieu du ciel, cette petite ne cesserait donc jamais de le surprendre. Il détailla sa silhouette aux formes arrondies qui se dessinait sous le fin tissu et jura en réalisant qu'elle ne portait rien sous sa robe légère. S'essuyant les mains, Anne l'observa longuement. D'un mouvement lent, elle écarta une mèche de cheveux qui collait à son front, dévoilant du même coup la rondeur de son sein sous le tissu tendu. Il faisait une chaleur insupportable près du feu; mieux valait s'en éloigner. Alors qu'elle s'apprêtait à sortir de la maison pour prendre un peu d'air frais, Joffrey l'arrêta dans son élan. Sa respiration saccadée en disait long sur les sentiments qui le tenaillaient. Baissant les yeux devant son regard lourd de sens, Anne remarqua avec un certain amusement la cause de son émoi. À cause de la chaleur, le tissu de sa robe avait collé à sa peau moite, révélant ainsi tout des courbes de son corps. Relevant la tête, elle lut une soif insatiable dans le regard d'un bleu métallique. Grisée par son pouvoir sur son époux, elle lissa sa robe, exposant davantage ses formes nues sous l'étoffe. Excité par le spectacle qui s'offrait à lui, Joffrey s'empara de son corps. Sans hésitation, il la fit sienne à nouveau, sur le sol. Anne ne protesta pas, trop heureuse de sa victoire.

Ce soir-là, ils mangèrent avec appétit, dégustant le lapin grillé, les fruits sauvages cueillis par Anne quelques heures plus tôt et les champignons ramassés par Joffrey dans la forêt. Ce simple mets les contenta largement. Alors qu'Anne desservait la table, Joffrey se dirigea vers un coffre dissimulé dans l'un des coins, en sortit un jeu d'échecs et l'installa sur une table basse. Heureuse à l'idée de s'adonner à son jeu préféré, elle s'installa dans l'un des fauteuils. Avec nostalgie, elle se rappela les longues soirées d'hiver passées en compagnie de son frère à jouer aux échecs. Toujours elle le battait, et jamais il ne se plaignait, espérant la vaincre le tour suivant. Perdue dans ses pensées, elle songea aussitôt à sa mère. Depuis son départ du château, elle n'avait pas eu l'occasion de lui faire parvenir un seul message pour la rassurer. Comme celle-ci devait se morfondre ! Pourvu que De Dumain se soit rendu jusqu'à eux pour leur donner de ses nouvelles. Chassant ces souvenirs de sa mémoire, elle préféra se concentrer sur le jeu à venir. Ce grand seigneur aurait une surprise en découvrant ses talents.

La nuit était déjà fort avancée lorsque Joffrey déclara forfait pour cette fois. Anne l'avait battu à trois reprises, alors qu'il n'était même pas parvenu à gagner une seule partie. La voyant bâiller de sommeil, il se releva d'un bond souple, la rejoignit et lui fit monter le petit escalier qui menait à la chambre. Sans difficulté, il l'aida à se départir de sa robe de lin et l'installa confortablement. Elle semblait si menue dans ce lit immense. Cette scène lui en rappela une autre, fort désagréable, celle d'Anne s'agitant dans son sommeil au château de son père peu après la consommation de leur mariage. À ce souvenir, un doute l'assaillit. Et si Anne ne jouait les femmes soumises que dans l'intention de le tromper pour mieux se sauver par la suite ? Mis à part aujourd'hui, il l'avait toujours traitée avec dédain et cruauté. Pourquoi lui feraitelle confiance maintenant ? Comment lui prouver l'importance qu'elle avait acquise à ses yeux ? Depuis l'instant où il l'avait aperçue au tournoi, la jeune femme n'avait cessé de hanter son esprit. Elle l'avait ensorcelé ! Mais comment s'assurer de ses sentiments réels ? Anne était avant tout une Vallière et avait plus d'une raison de le haïr. Lui qui disposait des femmes selon son bon plaisir, sans souci du lendemain, se trouvait maintenant sous le joug de celle-ci. Quelle ironie du sort ! Décidément, il devrait faire attention et reprendre le contrôle de ses sens, sinon il risquait de se retrouver avec une dague plantée en plein cœur. L'esprit habité par ces pensées peu plaisantes, Joffrey fit quelques pas à l'extérieur. L'air frais de la nuit le revigora. Éteignant les chandelles, il retourna à l'étage et fut surpris de constater qu'Anne dormait déjà. Animé par un élan de tendresse à son égard, il déposa un léger baiser sur son front, avant d'aller s'allonger à son tour tant bien que mal sur l'un des fauteuils de la chambre. Amusé par la tournure des événements, il laissa errer son regard sur sa jeune épouse, un sourire au coin des lèvres.

Lorsque Anne se réveilla le lendemain, Joffrey n'était plus là. Malgré la langueur qui l'habitait, elle s'étira longuement et s'obligea à se relever pour faire un brin de toilette. Se rappelant qu'un ruisseau coulait non loin de la chaumière, elle s'aventura, le cœur léger, dans un petit sentier parsemé de fleurs sauvages. L'odeur boisée des lieux, rehaussée par la rosée, l'enivrait. Le sourire aux lèvres, elle découvrit avec joie, dans l'un des replis du sentier, l'onde calme de l'eau. La faible lueur de l'aube s'y miroitait, projetant de minces rayons sur son visage. Elle se dévêtit et plongea avec délices dans l'eau cristalline. Enveloppé par la douce fraîcheur, son corps se détendit complètement. Une brise légère caressait ses épaules, la faisant frissonner, alors qu'un merle sifflotait non loin de là. Quel plaisir de se prélasser ainsi sans souci. Inspirée par la tranquillité des lieux, elle décida de s'allonger nue sur la berge. Le tapis de verdure épousa ses formes, la camouflant aux regards extérieurs. Totalement en harmonie avec son être, elle laissa libre cours à ses pensées, l'esprit à la dérive. Déjà les rayons du soleil levant la réchauffaient. Nul doute que la journée serait chaude. Tandis qu'elle inspirait profondément, une faible odeur de lavande vint lui chatouiller les narines, lui rappelant la douceur de sa mère. Attristée à la pensée de celle-ci, Anne soupira. Comme cette mère si chère à son cœur lui manquait !

Parti à la chasse quelques heures plus tôt, Joffrey ne tarda pas à revenir avec un lapin. Une bonne odeur de viande grillée avait déjà envahi la petite cuisine lorsque Anne rentra de sa baignade. Chacun dans leurs pensées, ils déjeunèrent en silence. Tout en mangeant, Anne réfléchissait. Pas une seule fois depuis leur arrivée ici Joffrey ne s'était montré discourtois à son égard. En rougissant, elle songea qu'il pouvait même être un homme attentionné et tendre. Malgré tout, un doute subsistait dans son esprit. Qui était vraiment Joffrey de Knox ? Voulant chasser les pensées sombres qui obscurcissaient les yeux de sa jeune épouse, Joffrey se releva vivement et l'invita à faire une longue chevauchée. Anne apprécia leur excursion, empreinte de silence et de paix. Aucun d'eux ne dit mot, goûtant le plaisir de la chevauchée à travers champs. Le soir venu, ils passèrent des heures à jouer aux échecs et à contempler les flammes du feu en silence. Plus que tout, c'était ce silence, lourd de souvenirs sombres, qui les séparait. Ce silence qui semblait happer Joffrey dans les profondeurs lugubres de son passé. Plus d'une fois, Anne fut tentée de l'approcher, mais quelque chose dans le regard et dans l'attitude de son époux l'en empêcha. Elle ne savait comment percer cette carapace qui le gardait prisonnier de ses démons. Mais désirait-elle vraiment y parvenir ? Il était tellement plus simple de demeurer détachée et en retrait. Cela ne lui permettait-il pas de conserver intacte son intégrité ?

Trois jours passèrent ainsi, sans confidences, et sans incidents non plus. Le quatrième jour, Anne voulut rompre ce silence et questionner son époux sur les événements de son passé. Ils ne pouvaient continuer ainsi, comme si rien ne s'était produit. Tôt ou tard, il leur faudrait faire face à la réalité. Joffrey ne pouvait demeurer comme il était éternellement, ne vivant qu'un jour à la fois. Mais lorsqu'elle avait osé le questionner, Joffrey s'était rembruni et l'avait laissée en plan au milieu du salon, préférant quitter les lieux. La vérité, c'était qu'il était peu fier de ses actes passés et arrivait difficilement à voir clair dans ses sentiments présents. Toujours en contrôle de sa destinée, il acceptait mal ce qui lui arrivait et doutait plus que jamais des sentiments de sa jeune épouse. Lorsqu'il était revenu une heure plus tard, Anne n'avait osé tenter une autre approche de peur de déclencher sa colère. Elle craignait trop ses éclats pour risquer de s'exposer inutilement à ses foudres. Les événements passés lui avaient appris à connaître la cruauté de son époux et à la craindre. Mieux valait passer outre et ne pas persister dans cette direction. Joffrey, qui n'avait rien perdu du combat qui se livrait en elle, jura en apercevant la lueur d'appréhension qui traversa son regard devenu fuyant par la peur. Malgré toute la tendresse et la douceur dont il avait fait preuve au cours des derniers jours, elle n'avait donc rien perdu de ses vieilles craintes. Désespéré, il se mit à tourner en rond dans la pièce. Que faire de plus pour la convaincre de ses intentions louables à son égard ? Frustré, il fit basculer le jeu d'échecs sur le plancher et repartit de nouveau, faisant claquer la porte derrière lui. Morte de peur face à cet accès de colère inattendu, Anne demeura pétrifiée dans son siège. Ils étaient donc revenus à la case départ ? Se relevant avec hésitation, elle entreprit de ramasser les morceaux des pièces du jeu qui s'étaient brisées au contact du sol. Le cœur empli de désespoir, elle essuya d'une main tremblante les larmes d'impuissance qui perlaient à ses cils. Qu'aurait-elle donné pour retourner en arrière et ne pas commettre la même erreur ? Elle n'y comprenait plus rien. Pourquoi ce brusque changement d'humeur ? Décidément, son époux demeurait un mystère ! Plus elle essayait de le comprendre, plus sa personnalité lui échappait. Quelle idiote elle avait été de croire qu'il s'était soudainement transformé en un être doux et attentionné, alors que de par sa vraie nature il était un homme dur et cruel ! Elle était bien avancée maintenant ! Joffrey de Knox devait bien se moquer d'elle en ce moment même, puisqu'elle lui avait donné exactement ce qu'il désirait, son corps, sans hésitation. Blessée au plus profond de son être, Anne s'obligea à réagir. Il était hors de question qu'elle demeure plus longtemps sous son joug. Elle ne devait pas oublier comment il s'était conduit envers les siens et avait le devoir d'honorer la mémoire de son père. Aussi cruel que fut son choix, elle décida de concentrer toute son attention sur la haine et le dégoût que lui avait inspirés le seigneur de Knox dès le début. À partir de demain, ils retourneraient au château, et s'il refusait, elle le ferait à pied s'il le fallait. Avec tristesse, Anne parcourut la pièce du regard, s'imprégnant de la douceur des lieux une dernière fois, mais déjà les murs de pierre s'étaient parés, comme elle, d'un manteau de froideur et d'indifférence. Adieu douce chaleur et harmonie naissante ! Le rêve avait maintenant fait place à la dure réalité !

À quelques pas de là, dans la nuit, Joffrey faisait les cent pas, le corps agité par des démons intérieurs. Quel idiot il était ! Qu'avait-il à toujours s'emporter chaque fois que les choses n'allaient pas comme il le voulait ? Pour un peu, il serait revenu en arrière et se serait excusé auprès de sa jeune épouse. Mais son orgueil l'en empêcha…

Absorbée par ses pensées moroses, Anne ne porta pas attention au bruit de pas à l'extérieur. Ce n'est que lorsque la porte s'ouvrit avec fracas qu'elle revint à la réalité. Quelle ne fut pas sa stupeur d'apercevoir quatre colosses à la mine sombre, qui se tenaient dans l'encadrement de la porte! Pétrifiée, elle laissa retomber sur le sol les morceaux des pièces d'échecs. Un cri d'effroi franchit ses lèvres en voyant les hommes s'avancer dans sa direction, l'air hagard. Affolée, elle s'empara du premier objet que sa main rencontra, un tisonnier. Décidée à défendre sa vie, elle agrippa fermement le manche de l'objet et l'éleva dans les airs, prête à frapper le premier qui s'aventurerait à la toucher. Nullement impressionnés, les quatre colosses continuèrent leur progression dans sa direction. Un bref instant, Anne maudit son époux de n'être pas présent. S'il était demeuré à ses côtés, elle ne se serait jamais retrouvée en si mauvaise posture. Que faire contre quatre hommes? Même si elle blessait l'un d'eux, elle demeurerait à la merci des trois autres. Ces bandits ne lui disaient rien qui vaille. À les voir ainsi, les lèvres retroussées et les yeux brillants de convoitise, elle ne doutait pas un seul instant du sort horrible qui l'attendait. Du moins ne les laisserait-elle pas prendre leur plaisir avec son corps sans se défendre au préalable, jusqu'à l'extrême limite de ses forces s'il le fallait. Avec un peu de chance, son époux serait peut-être revenu avant qu'ils ne la touchent. Reculant vers l'escalier, Anne resta attentive aux moindres gestes des quatre hommes. Ceux-ci se regardèrent, un sourire cruel sur les lèvres. Quelle chance ils avaient d'avoir trouvé un si beau brin de femme! Ses yeux brillants de colère et son geste désespéré ne faisaient qu'attiser leur désir de la prendre. En riant, l'un d'eux s'avança vers elle. La peur au ventre, Anne fit tourner le tisonnier au-dessus de sa tête et frappa l'homme de plein fouet au visage. Sous la douleur cuisante, le mécréant recouvra d'une main tremblante la plaie béante de sa joue. Anne prit alors son élan et sans hésitation lui planta de toutes ses forces le bout du tisonnier en plein ventre. Touché gravement, l'homme se laissa choir sur le sol dur et froid. Un bruit sourd suivit sa chute, alors qu'un filet de sang s'écoulait de sa blessure. Se tordant de douleur, il émit un faible gémissement avant de pousser son dernier souffle. Apercevant le sang qui maculait la pointe du tisonnier, Anne eut un haut-le-cœur. Jamais elle n'avait voulu le tuer, tout au plus le blesser suffisamment pour le maintenir hors d'état de nuire. Sous le choc, elle relâcha son arme et se laissa tomber lourdement sur l'une des marches de l'escalier. À peine le tisonnier toucha-t-il le sol que déjà l'un des hommes s'en empara. Avec rage, il le lança à l'autre bout de la pièce, hors de sa portée. Une haine meurtrière faisait maintenant briller ses yeux. Empoignant Anne par la chevelure, il l'attira sauvagement à lui et la projeta sur l'un des murs de pierre. Sa tête heurta la roche dans un bruit sourd. Une vive douleur martelait ses tempes, l'empêchant de réfléchir clairement. Profitant de son inertie, l'homme l'empoigna de nouveau par le bras et la gifla à pleine volée. Après deux soufflets puissants, Anne s'effondra, un cri sur les lèvres.

Joffrey, l'esprit agité, revenait de sa promenade lorsqu'il entendit le cri de douleur que poussa Anne à ce moment-là. Comprenant que quelque chose d'inhabituel se passait, il accéléra le pas. Après avoir fait sortir la porte de ses gonds avec son pied, il embrassa la pièce du regard. Une fureur sourde fit briller ses yeux. S'élançant vers l'homme qui se trouvait le plus près, il lui décrocha la mâchoire d'un coup direct, l'envoyant rouler au sol. Sonné, celui-ci demeura immobile quelques minutes. Alors que Joffrey, le sang échauffé par la rage, se dirigeait vers le second, un cri étranglé l'arrêta dans sa course. Détournant les yeux vers sa jeune épouse, il cilla en apercevant la scène. L'homme qui l'avait agrippée un peu plus tôt par la chevelure la maintenait en otage, un poignard sous la gorge. Joffrey connaissait trop bien le regard qui le jugeait pour savoir que le scélérat n'hésiterait pas à la lui trancher. Impuissant, il maudit tous les saints. Il devait retrouver son calme et évaluer froidement les possibilités qui s'offraient à eux. Il dut pourtant reconnaître que peu importait ce qu'il tenterait, Anne et lui risquaient gros.

Anne, de son côté, respirait difficilement et ferma les yeux un bref instant en apercevant son époux. Du moins seraient-ils maintenant deux pour faire face aux bandits. Retrouvant son calme, elle observa son assaillant du coin de l'œil. Bombant le torse, elle dévoila ses seins au regard embrumé de l'homme. Répondant à l'appel, celui-ci pencha la tête pour l'embrasser, baissant sa garde du même coup. Anne profita de cette ouverture et lui mordit sauvagement le lobe de l'oreille. Sous la douleur, celui-ci la gifla, l'envoyant rouler au sol. Joffrey s'élança alors sur l'homme demeuré immobile au sol. S'emparant du poignard que le scélérat portait à la ceinture, il le frappa en plein cœur et, d'un bond vif, se rua sur le troisième. Mais l'homme, qui était resté légèrement en retrait, esquiva son geste. Poignard en main, il se retourna rapidement et blessa Joffrey à l'épaule, laissant une zébrure qui entamait presque entièrement son bras gauche. Anne frémit en apercevant la tache de sang qui s'agrandissait à vue d'œil sur la fine chemise de soie blanche. Sous la douleur, Joffrey vacilla et s'accrocha à la table, cherchant à retrouver ses esprits. Alors qu'Anne tentait de fuir, son agresseur l'agrippa par la jambe droite et l'attira jusqu'à lui brutalement. Avec impatience, il releva sa jupe, révélant ses cuisses blanches. L'esprit embrumé par le désir, il défit son pantalon d'une main, alors que de l'autre il tentait de la maintenir au sol. Enfin libéré de son vêtement, il l'agrippa par les hanches et la fit basculer à nouveau sur le sol. Malmenée, les cuisses pétries sans ménagement, Anne cherchait désespérément à échapper à son emprise. Fatigué par cette lutte, le colosse l'assomma avec la garde de son poignard. Sonnée et épuisée par l'inégalité de leur force, Anne perdit connaissance. L'esprit à la dérive, elle entendit à peine l'éclat d'un rire sadique. Du moins une fois évanouie ne sentirait-elle pas la souffrance que son corps subirait face aux assauts primitifs de cette brute.

Joffrey, qui avait assisté à la scène, fut envahi d'une haine meurtrière. Jamais il n'accepterait qu'un de ces bâtards touche à son épouse, dût-il y laisser sa peau. Pour rien au monde, il ne permettrait qu'on lui fasse du mal et la viole ainsi avec tant de barbarie. Déjà elle avait souffert par sa faute, il était hors de question que d'autres hommes lui fassent subir le même sort. La rage au cœur, il contourna la table, poignard en main, et se planta devant le scélérat. L'œil mauvais de Joffrey et sa mâchoire crispée inquiétèrent le bandit, et pour cause, car en l'espace d'une seconde, le seigneur de Knox avait bondi sur lui, lui tranchant la gorge d'un mouvement vif et précis. L'homme s'effondra au sol, l'œil hagard et la bouche déformée par un rictus grotesque. Fou de rage, Joffrey s'élança vers l'agresseur d'Anne, poignard au poing. Abandonnant la jeune femme, le mécréant évita de justesse la pointe de l'arme et se releva vivement. Aveuglé par la colère, Joffrey fonça à nouveau sur lui, tête première, le faisant basculer sous l'impact. Surpris, l'autre ne put esquiver. Tenant fermement son poignard, Joffrey le lui planta dans l'estomac et l'ouvrit de haut en bas, faisant jaillir les entrailles de son ventre tuméfié. Une plainte s'échappa de ses lèvres avant qu'il ne s'effondre sur le sol froid et humide. L'esprit en feu, Joffrey tremblait de toute part. Recouvrant peu à peu ses esprits, il se dirigea vers Anne qui reposait, inerte, par terre. Un pli d'inquiétude barrait son front luisant de sueur lorsqu'il l'aperçut.

Doucement, il la souleva dans ses bras, retenant une grimace de douleur, et la transporta jusqu'à l'étage. Avec des gestes gauches, il la déposa sur le lit, recouvrant son corps frigorifié d'un drap léger. Afin d'éviter une perte trop importante de son sang, il déchira sa manche entamée et pansa son bras. Puis, d'un mouvement empreint de chaleur, il baigna le visage livide de la jeune femme d'une eau fraîche. Avec inquiétude, il observa son œil, ses joues et ses lèvres tuméfiées et inspecta la plaie ouverte à sa tempe gauche. Elle en aurait pour plusieurs jours à souffrir. De plus, un certain temps passerait avant qu'elle ne puisse ouvrir son œil droit. Songeant à son impuissance face aux derniers événements, il serra les poings. S'il n'avait pas quitté les lieux aussi stupidement, la laissant seule, ils auraient pu s'éviter bien des ennuis. Furieux contre lui-même et contre les mauvais tours du destin, Joffrey jura et abattit son poing sur le coffret à ses côtés. Sous l'impact, les objets qui s'y trouvaient s'entrechoquèrent dans un bruit sourd. La coupe de métal qu'il avait utilisée pour la rafraîchir bascula et roula sur le sol.

Surprise par ce bruit soudain, Anne s'éveilla en sursaut, le corps moite et la peur au ventre. Perdue dans ses cauchemars, parvenant à peine à faire la différence entre la réalité et le rêve, elle se débattit farouchement lorsque Joffrey s'approcha du lit pour la rassurer. Paniquée, elle poussa un cri de bête traquée, avant de tenter d'échapper à son emprise. Sans un mot, Joffrey la rattrapa et la garda prisonnière dans ses bras. Sous l'effort fourni, sa plaie s'ouvrit de nouveau, laissant échapper un filet de sang et tachant ainsi la fine chemise de nuit de sa compagne. Recouvrant ses esprits peu à peu, Anne cessa bientôt de se débattre et demeura pantelante entre ses bras. Un flot de larmes inondait ses yeux limpides au fur et à mesure que les événements lui revenaient en mémoire. Ce n'est qu'en apercevant le sang qui maculait sa chemise qu'elle constata l'état de son époux. La plaie ouverte saignait maintenant abondamment, tandis que Joffrey avait du mal à rester debout. Anne l'obligea à s'allonger, reprenant le contrôle de ses sens. Non sans crainte, elle descendit les escaliers jusqu'au premier palier.

Quelle ne fut pas sa stupeur en découvrant le spectacle macabre qui l'attendait! Avec dégoût, elle détourna les yeux et s'obligea à enjamber les corps inertes pour traverser la salle afin de rejoindre la cuisine dans le but d'y trouver un contenant. Pourtant, elle ne put retenir un haut-le-cœur lorsque son regard rencontra les yeux vitreux du bandit qui avait tenté de la violer. Avec quelle sauvagerie son époux l'avait éventré! Malgré son corps brûlant, Anne frissonna d'appréhension et de froid. Une peur sourde l'envahit tout entière, alors que son regard se tournait vers l'étage du haut. L'espace d'un instant, elle fut tentée de laisser Joffrey se vider de son sang et de fuir loin, très loin d'ici. Mais quelque chose l'en empêcha, peut-être la peur qu'il ne survive à sa blessure et ne cherche à la retrouver pour se venger et lui faire payer cet abandon. Dieu du ciel, seul un monstre pouvait éventrer un de ses semblables aussi sauvagement! Que le seigneur tout-puissant lui vienne en aide, elle en aurait grand besoin. Retenant son souffle, elle tituba jusqu'à la porte menant à l'extérieur et se dirigea vers le ruisseau, un bol à la main. Toute à ses visions, elle perdit pied et s'effondra de tout son long sur le sol froid et humide. Son pied droit se coinça dans les racines d'un chêne, alors qu'elle tentait de se relever. Dans sa hâte, elle trébucha à nouveau et bascula dans le vide, déboulant à toute vitesse la pente abrupte qui menait au ruisseau. Les roseaux sur le bord de la rive amortirent à peine sa chute. Elle se releva avec peine, les bras et les jambes lacérés, les cheveux en bataille et entremêlés de branchages, avec un goût amer dans la bouche. Elle parvint cependant jusqu'à l'eau, boitant et respirant difficilement, la vision trouble et l'esprit en feu. Inspirant profondément, elle plongea dans les eaux noires. L'eau glaciale lui brûlait la peau, lui coupant le souffle. Avec détermination, elle se frotta vigoureusement, afin de se défaire de toute cette souillure qui lui collait à la peau. Haletant sous l'effet de la froideur, elle s'obligea à demeurer dans les eaux glaciales pour terminer sa purification. Ce n'est que lorsque son corps engourdi ne sentit plus la morsure du froid qu'elle ressortit du ruisseau, un bol d'eau à la main. Sans se préoccuper de sa chemise qui lui collait à la peau, Anne refit le chemin inverse et retourna au chevet de l'homme qui lui tenait lieu d'époux. L'esprit détaché, elle nettoya et pansa sa blessure au bras. Une mare de sang tranchait étrangement sur le drap fin de lin. Se munissant d'une aiguille et de fil, elle recousit la plaie, prenant soin de faire des points rapprochés. Inconscient, Joffrey ne broncha pas, oscillant entre la vie et la mort. Sa besogne terminée, Anne se laissa choir sur l'un des fauteuils, les jambes repliées sous ses cuisses afin de procurer un peu de chaleur à ses pieds frigorifiés. Lasse et transie, elle glissa doucement dans un état second, encore vêtue de sa chemise détrempée. La température de son corps baissa dangereusement.

C'est dans cette position recroquevillée que Joffrey la trouva à son réveil. Émergeant d'un demi-coma dès les premières lueurs de l'aube, il eut tôt fait de percevoir les faibles gémissements de la jeune femme. Quelle ne fut pas sa surprise en constatant son état fiévreux! Son corps frêle secoué de frissons faisait peine à voir. Ses cheveux épars collaient sur son front moite, alors que sa chemise de nuit, toute mouillée, moulait son corps envahi par la fièvre. Inquiet, Joffrey tenta de l'en départir, mais le vêtement lui résista. Affaibli par sa propre blessure, il jura en constatant son incapacité. Peinant sous l'effort fourni, il prit appui sur le fauteuil jusqu'à ce que le sol cesse de tanguer sous ses pieds. Désespéré, il tira de toutes ses forces et parvint à déchirer la fine toile. Malgré son état, il se devait d'agir vite pour contrer la fièvre. Inconscient une bonne partie de la nuit, il ignorait ce que la jeune femme avait bien pu faire pour sombrer dans un tel état critique. Si la fièvre n'était pas contrecarrée rapidement, nul doute que la mort viendrait la terrasser. Mais comment parvenir à la traîner jusqu'à son cheval, dans l'écurie, alors que lui-même avait peine à se mouvoir ? Les points sur sa blessure au bras l'empêchaient certes de saigner, mais le mal était fait et il avait déjà perdu beaucoup de sang. Suffisamment pour l'achever s'il tentait une quelconque épreuve de force ou d'endurance. Pourtant, il aurait été si doux et si facile de s'allonger au côté de sa jeune épouse et d'attendre la venue de la mort. Mais Anne était jeune et pleine de fougue ; elle méritait de vivre encore de longues années. Pour sa part, il n'avait pas peur de la mort, l'ayant frôlé à maintes reprises lors de combats sanglants. Si la justice de Dieu existait vraiment dans l'autre monde, Joffrey périrait assurément dans les feux de l'enfer pour l'éternité. Mais s'il parvenait à sauver la jeune femme, peut-être que ce Dieu si clément lui accorderait son pardon. De toute évidence, il se devait d'essayer de la sauver, dût-il y laisser sa propre vie. Il lui devait bien cela, après tout le tort qu'elle avait subi par sa faute. Fort de cette conviction nouvelle, Joffrey trouva le courage de se relever.

Avec peine, il parvint jusqu'à la rampe de l'escalier et perdit pied à la deuxième marche, entraînant son corps massif dans sa chute. L'arrivée sur le sol ferme du palier lui arracha un râlement de douleur. Le souffle court, il se remit debout péniblement et poursuivit son chemin en direction de l'écurie, titubant et trébuchant sur le sol rocailleux. À son approche, l'étalon s'ébroua, humant avec crainte l'odeur nauséabonde qui se dégageait de lui. Passant une main tremblante sur les naseaux de l'animal, Joffrey lui parla doucement à l'oreille. La bête se calma peu à peu, rassurée. S'emparant des rênes, il l'incita à s'agenouiller au sol de façon à pouvoir l'enfourcher plus aisément. Puis, d'un claquement sec de la langue, il la fit avancer. Parvenu à la porte de la demeure, il y fit entrer la bête et la dirigea vers les marches.

L'étalon piétina nerveusement le sol du plancher en reniflant l'odeur écœurante des corps ensanglantés. Prudent, Joffrey attacha fermement les rênes à la rampe de l'escalier et entreprit, non sans peine, de remonter les marches jusqu'à l'étage du haut. Arrivé près de la jeune femme, il se laissa tomber à ses côtés, au bord de l'évanouissement. Cherchant à reprendre son souffle, il s'allongea quelques secondes sur le plancher, à demi inconscient.

La journée était déjà fort avancée lorsqu'il reprit contact avec le monde réel. Ouvrant les yeux péniblement, Joffrey constata avec effarement l'état précaire de sa compagne. Terrassée par une forte fièvre, la respiration rauque, elle souffrait à chaque inspiration, sa poitrine se soulevant avec difficulté sous l'effort. Son teint cireux contrastait avec les cernes profonds qui creusaient le dessous de ses yeux vitreux et ternes. Plus morte que vive, ses heures sur terre étaient comptées. Mortifié jusqu'au plus profond de son être, Joffrey la tira, non sans peine, jusqu'à lui et parvint tant bien que mal à recouvrir son corps brûlant d'une mince chemise de lin. Puis, la saisissant par les bras, il la traîna sur le sol rugueux, poussant de toutes ses forces sur ses jambes robustes jusqu'à l'escalier. Réussissant à la jucher sur son dos après trois tentatives, il descendit péniblement, son précieux fardeau en équilibre précaire. Malgré toutes ces précautions, Anne ballottait dangereusement à chacune des marches. Le corps tremblant, il avait peine à ne pas trébucher.

Pourtant, malgré tous ses efforts, il ne put la retenir lorsqu'elle bascula sur sa gauche. Avec effroi, il la vit rebondir sur les dernières marches, telle une poupée de chiffon, avant d'atterrir lourdement entre les jambes de l'étalon, son bras gauche dans un angle grotesque. Apeurée, la bête martela le plancher de ses sabots, frôlant de quelques centimètres le front de la jeune femme inconsciente. Dans un cri de terreur, Joffrey s'élança vers Anne, dévalant les escaliers sur les talons, et repoussa l'animal d'un geste brusque, pour dégager le corps de son épouse de cette posture précaire. Paniqué à l'idée d'avoir provoqué sa perte, il effleura son visage d'une main tremblante et respira plus librement en constatant le faible souffle qui s'échappait encore de sa bouche à peine ouverte. Soulagé de la savoir toujours en vie, il la souleva dans un dernier effort et posa son corps inerte sur le dos de la bête. Celle-ci fit un léger écart en recevant ce fardeau, mais se calma aussitôt en entendant la voix familière de son maître. Les mains tremblantes, Joffrey dut s'y prendre à deux fois avant de parvenir à détacher les rênes de la rampe et à trois fois avant de réussir à se hisser à son tour sur le dos de la bête. Tout en la dirigeant vers l'extérieur de la maison, il s'accrocha avec l'énergie du désespoir au corps de la jeune femme. D'un coup de botte, il fit avancer la bête au galop. Une course effrénée dans la plaine s'ensuivit, obligeant Joffrey à faire preuve d'une endurance hors du commun pour garder la cadence sans être désarçonné et maintenir du même coup sa jeune épouse en selle.

Chapitre V

Retour au château

Le crépuscule recouvrait à peine les champs de son manteau de noirceur lorsque Joffrey atteignit les portes du village. À cette heure tardive, les rues étaient presque désertes, si bien qu'il put maintenir sa cadence jusqu'à la herse. À peine eut-il le temps de franchir la lourde grille que déjà une troupe de soldats venait à sa rencontre. À bout de forces, il se laissa glisser de son cheval. L'un des gardes le rattrapa de justesse avant qu'il ne percute le sol dangereusement. Dans un faible murmure, il prononça le nom de son médecin arabe, puis sombra dans les abîmes de la nuit.

Averti par les gardes, Sédrique eut tôt fait de rejoindre son maître et sa maîtresse qui reposaient maintenant près de l'âtre dans la grande salle familiale. Une frénésie tangible animait les lieux. Berthe, qui avait été mise au courant de la situation par l'une des servantes, descendit rapidement les escaliers qui menaient à la salle. Sa stupeur fut grande lorsqu'elle aperçut la scène. Levant les yeux vers Sédrique, elle l'implora du regard. Celui-ci connaissait bien la vieille femme et comprenait ses sentiments. Berthe était au service des Knox depuis fort longtemps, bien avant son arrivée à lui. En fait, c'était elle qui avait pris soin du jeune Joffrey de Knox à la mort de sa mère, alors qu'il n'était qu'un bébé naissant. Pour sa part, il respectait son seigneur et ferait tout en son pouvoir pour le sauver. Son maître était puissant et résisterait probablement à la mort, mais en ce qui concernait sa jeune épouse, il ne pouvait se prononcer. Du moins essayerait-il de la soigner au mieux de sa science. Sur les ordres de la vieille femme, les servantes s'activèrent. Alors que certaines remplissaient d'eau le grand baquet de bois de la chambre à coucher, d'autres allaient cueillir des racines d'échinacée dans le jardin de la cour intérieure et des feuilles d'hamamélis et de reine-des-prés. Guidés par Sédrique, deux gardes soulevèrent le seigneur des lieux, tandis que lui-même s'emparait du corps tremblant de la jeune châtelaine. La vieille femme suivait derrière, priant le tout-puissant de les épargner.

Parvenu à l'étage, Sédrique ordonna aux gardes de dévêtir leur maître puis de l'installer dans le baquet d'eau chaude. Cette tâche accomplie, il les fit ressortir de la pièce avant de commander aux trois servantes demeurées sur place de départir la jeune femme de sa chemise. Avec soin, il l'installa sur le lit, ne couvrant son corps que d'un fin drap de lin. Alors que la vieille femme préparait des feuilles de reine-des-prés destinées à une décoction bienfaisante contre la fièvre, lui-même fit bouillir des racines d'échinacée et des feuilles d'hamamélis pour en faire des cataplasmes apaisants. Un léger parfum d'amande emplissait la pièce, indiquant à Sédrique que l'eau de la reine-des-prés était prête à servir. S'approchant de la jeune femme, il lui souleva délicatement la tête et l'obligea à boire un peu. À l'aide d'un mouchoir, la vieille Berthe épongea avec douceur ses lèvres à peine ouvertes. Avec difficulté, Anne parvint à avaler quelques gouttes de la boisson brûlante. Épuisée par cet effort, elle retomba lourdement sur les coussins et sombra dans un sommeil profond. Trop profond pour être naturel, songea la vieille femme, inquiète.

La laissant aux bons soins de Berthe, Sédrique retourna auprès de son maître et entreprit de le nettoyer. Comme la plaie de son bras s'était infectée, il dut couper les points qui la maintenaient fermée et l'ouvrir de nouveau afin d'en faire ressortir le pus qui s'y était accumulé. Joffrey ne réagit même pas à ce traitement, au grand désarroi du médecin. Avec l'infusion d'échinacée, il nettoya soigneusement la blessure afin de la purger de l'infection qui la gagnait. Par la suite, d'une main assurée, il déposa dessus un cataplasme d'écorce d'hamamélis afin d'en réduire les saignements. Des languettes de lin protégeraient la plaie de toute infection. Aidé de deux servantes, Sédrique ressortit Joffrey du baquet d'eau et l'installa sur le lit, près de sa jeune épouse.

De son côté, la vieille femme n'avait pas perdu de temps et avait entrepris de rafraîchir avec de l'eau le corps brûlant de sa jeune maîtresse. Cette tâche terminée, elle avait déposé un fin cataplasme de chaparral sur son œil tuméfié. Dans un soupir, elle remonta le drap, mais Sédrique arrêta son élan d'un geste sec. Soulevant doucement le bras gauche de la jeune femme, il hocha la tête et le replaça dans un angle adéquat, lui arrachant du coup un faible gémissement. Puis, il ordonna à une des servantes d'aller chercher d'autres languettes de lin et deux fines baguettes de bois. Dès le retour de la jeune fille, il immobilisa le bras d'Anne avec des mouvements précis à l'aide des deux baguettes, enrobant le tout solidement dans des languettes de tissu. Ensuite, il la recouvrit soigneusement d'un mince drap. Mais que s'était-il donc passé pour qu'ils se retrouvent tous les deux dans un état si pitoyable ? Tout aussi intriguée, la vieille Berthe observait d'un œil inquiet les deux corps immobiles.

Trois jours durant, la vieille Berthe veilla les deux jeunes gens, se reposant à l'occasion dans le fauteuil près de l'âtre. Plusieurs fois par jour, Sédrique venait faire boire à la jeune femme un peu d'infusion d'écorce de saule blanc et changer les cataplasmes à son œil droit ainsi que ceux au bras de son maître. L'état stationnaire de la jeune femme l'inquiétait, car la fièvre ne semblait pas vouloir baisser. Ainsi, la vieille Berthe se faisait un devoir de baigner régulièrement d'eau fraîche son corps brûlant.

C'est lors du quatrième jour que Joffrey revint à lui. Tout en grognant, il se souleva péniblement et parvint avec peine à s'asseoir. Dieu, il se sentait aussi courbaturé et mal en point qu'au lendemain d'un combat féroce sur un champ de bataille. Pire encore, son esprit demeurait confus quant à la raison de cet état de faiblesse. Voulant se masser les tempes pour s'éclaircir les idées, il jura lorsqu'une vive douleur traversa son épaule gauche. À ce juron grossier, la vieille Berthe se réveilla brusquement et sourit de joie en constatant sa mine sombre. Eh bien, il n'avait pas tardé à retrouver sa mauvaise langue, celui-là ! Portant un bref regard sur la jeune femme encore fiévreuse, toute trace de joie disparut cependant de ses petits yeux vifs. Mais qu'est-ce qu'elle attendait, cette petite, pour retrouver ses forces ? Elle avait pourtant la jeunesse et le corps d'une combattante, alors pourquoi se laissait-elle aller ainsi ? Quel préjudice avait-elle encore subi pour se retrouver dans un tel état ? Maintenant que le seigneur des lieux avait enfin regagné le monde des vivants, elle se promettait bien d'en apprendre un peu plus sur les événements survenus à la petite chaumière.

L'esprit encore embrumé, Joffrey n'avait même pas remarqué la présence de sa vieille nounou à ses côtés, ni celle de sa jeune épouse. Quelle ne fut pas sa surprise lorsqu'une main potelée s'abattit sur son épaule ! Saisi, il leva les yeux et croisa le regard réprobateur de la vieille Berthe.

– Eh bien, mon seigneur, je vois que vous n'avez rien perdu de vos vieilles habitudes de bagarreur ! Néanmoins, vous auriez pu éviter ce genre de déboires à votre jeune épouse ! J'ignore dans quel guêpier vous vous êtes mis, mais à constater l'état de cette pauvre enfant, ça ne devait pas être très joli à voir !

Joffrey porta son regard sur la silhouette qui gisait à ses côtés. Le souffle court, il reconnut à peine le visage livide et crispé de sa compagne. La vieille femme soupira en le voyant froncer les sourcils. L'esprit encore engourdi, Joffrey peinait à retrouver le fil des derniers événements. Que leur était-il arrivé ? D'un geste nerveux, il se passa une main dans les cheveux. C'est alors que des bribes de souvenirs remontèrent. Au fur et à mesure que ses pensées s'éclaircissaient, son visage pâlissait. Inquiète, la vieille Berthe voulut se pencher vers lui, mais suspendit son geste en l'entendant murmurer :

– Anne, qu'est-ce que j'ai fait ? Jamais je n'aurais dû partir ainsi et vous laisser sans protection dans cet endroit isolé. Que le Dieu tout-puissant me vienne en aide, je ne me le pardonnerai jamais..., murmura-t-il, la voix cassée par l'émotion.

D'une main tremblante, il caressa le front moite de sa jeune épouse et déposa un léger baiser sur ses lèvres entrouvertes. Avec consternation, il constata que seul un faible souffle parvenait à s'échapper de sa bouche. Touchée par sa détresse, la vieille femme frôla son bras :

– Joffrey, par tous les saints, dites-moi ce qui s'est passé là-bas !

Joffrey sursauta. Il y avait si longtemps que sa vieille nounou ne s'était permise de l'appeler par son prénom, préférant le désigner par son titre pour lui montrer son désaccord face à ses nombreux déboires. Cette vieille sorcière, comme il se plaisait à la surnommer, avait découvert bien avant lui les sentiments profonds qu'il vouait à sa jeune épouse. Cette façon qu'elle avait de le regarder parfois l'avait rendu fou furieux lors de son arrivée au château avec la jeune Anne de Vallière. Il était confus! Jamais femme ne l'avait touché à ce point, lui faisant paraître fades et sans intérêt toutes les putains qu'il avait pu s'offrir avant, fussent-elles de noble lignée, simples paysannes ou filles de rue. Toutes se valaient et ne désiraient que deux choses: son corps et son argent, ne laissant aucune place pour les sentiments. Quelle ironie du sort que de se retrouver sous le joug de la seule femme qui ne veuille de lui! Sa jeune épouse éprouvait une haine palpable à son égard, comme nul homme n'avait jamais osé lui témoigner. Anne l'attaquait de front, sans ménagement, toutes griffes dehors, et c'était justement là une partie de sa personnalité qu'il chérissait. Il n'avait nul besoin d'une femme facile et perfide. Joffrey attendait d'une femme qu'elle soit intrépide, combattante, fougueuse, sensuelle et une amante à part entière, et Anne était tout cela à la fois. Du moins l'avait-elle été pendant une brève période à la chaumière, mais maintenant, après les derniers événements, il craignait d'avoir perdu à tout jamais une partie de cette femme merveilleuse. Nom de Dieu, quel imbécile il avait été de la laisser ainsi, seule dans la chaumière, avec pour seule compagnie, son arrogance et sa haine. Nul doute que de par son tempérament Anne le lui ferait payer cher! Quel gâchis! Ils avaient été si près de se rejoindre enfin, en harmonie… si près! Le retour à la réalité n'en serait que plus amer. Pourtant, il se devrait de lui faire face et d'affronter sa justice. Rien ne servait de se complaire ainsi dans le désarroi. Il était un guerrier et sa jeune épouse était de la même trempe que lui. Pas question de se laisser aller! Il allait mener son propre combat et regagner sa confiance une bonne fois pour toutes, et il lui faudrait à elle mettre un terme à cet abattement et vivre.

Rasséréné par ces pensées, Joffrey rejeta le drap qui le recouvrait et tenta de sortir du lit. Sans le support de Sédrique qui arrivait dans la pièce à ce moment-là, il aurait fait une chute douloureuse, ses jambes refusant de porter son corps massif. Malgré les protestations de sa vieille nounou, Joffrey refusa de se rallonger et ordonna à son vieil ami arabe de le soutenir pour l'aider à faire quelques pas. Il ignorait depuis combien de temps il reposait dans ce lit, mais à voir les cernes sous les yeux de la vieille femme, cela devait faire quelques jours déjà, trop longtemps pour qu'il y demeure une seconde de plus. Il était plus que temps de reprendre les choses en main. Il avait un château à protéger et des gens sous sa garde à entretenir. Que sa nounou se plaigne, il n'avait rien à faire de sa sollicitude. Qu'elle garde ses bons soins pour sa jeune épouse, celle-ci en avait plus besoin que lui-même. Il en avait vu bien d'autres avant et ce n'était sûrement pas une simple blessure au bras qui allait l'arrêter. L'été avançant à grands pas, il lui fallait s'assurer que les greniers soient pleins pour passer l'hiver.

Jetant un bref regard vers la jeune femme toujours endormie, il soupira. Que faire pour la secouer et l'obliger à combattre ? Seul, il n'y parviendrait pas ! Anne avait décidé de fuir la réalité à sa manière et c'était un choix qu'il ne pouvait accepter. Si lui-même ne pouvait réussir à la raisonner, peut-être que la chère mère de son épouse le pourrait, elle. Non que cette situation lui plaise, mais peu de choix s'offraient à lui. Décidé, il fit venir sur-le-champ un jeune courrier qu'il chargea d'un message important pour la dame de Vallière. Surprise du geste de son maître, la vieille Berthe leva un sourcil interrogateur, mais devant la mine renfrognée de Joffrey, elle n'osa prononcer un mot. Assurément, il ne faisait pas ce choix de gaieté de cœur. En effet, Joffrey connaissait trop bien les sentiments de dégoût qu'éprouvait Dame Viviane à son égard. Néanmoins, s'il existait une seule personne capable de sortir Anne de cette léthargie qui la consumait, c'était bien cette femme au cœur juste et à l'esprit déterminé. Il devait se préparer à sa venue, car il était certain qu'elle ne lui laisserait aucun moment de répit, lui reprochant l'état précaire de sa fille bien-aimée. Du moins tenterait-il de lui démontrer les sentiments nobles qu'il lui vouait. Qui sait ? Peut-être parviendrait-il à s'en faire une alliée et à la gagner à sa cause ? Dût-il affronter seul cent guerriers, il lui prouverait sa sincérité, et elle n'aurait d'autre choix que de s'incliner. Faisant face de nouveau à sa jeune épouse, il se dégagea de l'étreinte de Sédrique et s'avança vers elle. Ses pas mal assurés lui rendirent la tâche difficile, mais il s'obligea à poursuivre malgré la douleur qui lui martelait les tempes. D'une main ferme mais douce, il dégagea son front livide des mèches rebelles qui s'y collaient.

– Anne, tu dois combattre ! Je sais qu'un fossé énorme nous sépare encore et que tu n'as aucune envie de te retrouver sous mon joug, mais je le jure, que le Dieu tout-puissant en soit témoin, je parviendrai à te ramener à moi. Je connais ton cœur et ton âme, je sais quelle femme pleine de vie tu peux être. Il est hors de question que je te laisse dépérir de la sorte et dériver vers des lieux obscurs. Je te ramènerai dans le monde des vivants et, crois-moi, j'utiliserai toutes les armes à ma disposition pour parvenir à mes fins. Tu me connais assez bien maintenant pour savoir que je ne démordrai pas de mon but tant que je n'aurai pas eu gain de cause. Et tu seras mienne à nouveau et entièrement… Trop longtemps j'ai erré parmi les landes désertiques du désespoir, seul et sans but précis. Il est hors de question que je laisse passer ma chance une nouvelle fois.

Se retournant vers Sédrique, il l'apostropha. Depuis combien de temps sa jeune épouse reposait-elle ainsi ? Lorsque le médecin lui expliqua que les compresses d'eau fraîche et les infusions d'écorce de saule blanc n'avaient eu aucun effet sur la fièvre, Joffrey fronça les sourcils. La fièvre n'avait pas baissé, tout au plus était-elle demeurée stationnaire.

La situation devenait plus critique d'heure en heure. Si la température ne baissait pas, les organes vitaux risquaient de flancher d'un jour à l'autre. Soucieux, Joffrey observa la jeune femme à nouveau. Sédrique avait fait tout ce qu'il pouvait avec ses plantes médicinales. Il leur fallait maintenant être plus agressifs. Il avait déjà vu des cas similaires sur les champs de bataille, lorsqu'un de ses guerriers perdait un membre, et un seul remède pouvait donner des résultats.

– Vieille femme, demande à ce qu'on monte de l'eau dans le baquet et qu'on ne la fasse pas chauffer, elle doit demeurer froide. Sédrique, trouve-moi le vin le plus fort du château. Il est temps de réveiller cette charmante jeune femme.

Inquiète, Berthe chercha secours auprès de Sédrique. Son seigneur était fou ! Avec un tel traitement, il allait tuer la petite à coup sûr ! Mais, à son grand désarroi, Sédrique obtempéra à sa demande. Dieu du ciel, un homme de savoir comme lui ne pouvait permettre une telle chose ! Voulant la rassurer, celui-ci déposa une main ferme sur son épaule :

– Vieille femme, je comprends ton inquiétude, mais Joffrey a raison. Cette fièvre a trop duré et mes boissons médicinales ne peuvent la contrer. Si nous n'agissons pas maintenant, c'est la fièvre qui agira et la tuera. Il nous reste peut-être une chance de la sauver, nous devons la prendre et prier. J'ai souvent été témoin de cette pratique sur les champs de bataille et elle peut accomplir des miracles. Laissons faire Joffrey ! Il connaît très bien les risques que cela comporte.

Indécise, la vieille femme mit quelques secondes avant de réagir. Que Dieu leur vienne en aide, ils auraient grand besoin de sa bénédiction. Descendant les escaliers de pierre à petits pas rapides, elle rejoignit la cuisine, le souffle court. Sur ses ordres, trois servantes s'emparèrent de chaudières pour aller chercher de l'eau au puits, alors qu'une quatrième s'élança vers la chapelle du village afin d'y quérir le vieux moine Adenot.

De petite taille, le moine avait presque l'air d'un saint avec son visage qui irradiait une lumière divine et apaisante. Cet homme d'Église respecté de tous, sauf du seigneur des lieux, était la piété même, ne portant qu'une simple tunique d'un brun couleur sable, délavée par de nombreuses années d'usure. Il ne se nourrissait la plupart du temps que de pain et d'eau et, à l'occasion, d'une chair tendre ou d'un fromage fort et odorant offert charitablement par l'un des bourgeois du village désireux de faire amende honorable et de se faire pardonner un péché. Le vieux moine acceptait humblement le présent, mais n'en demeurait pas moins inflexible. Le pauvre pécheur retournait donc chez lui le cœur gros et l'âme repentante. Le moine Adenot était en méditation lorsque la jeune servante était entrée précipitamment dans l'église, les joues en feu et les cheveux en bataille. À peine avait-elle repris son souffle pour lui exposer l'urgence de la situation que déjà il s'était emparé de sa croix qui reposait sur l'autel et lui ordonnait de retourner au château, lui emboîtant le pas rapidement, parvenant à suivre sa cadence malgré son âge avancé.

De son côté, Sédrique avait mis la main sur l'une des meilleures bouteilles de la cave à vin de son maître. Il savait cette boisson suffisamment forte pour échauffer le sang de n'importe quel guerrier du château, y compris celui de son maître. La pauvre petite éprouverait un choc foudroyant au contact de ce liquide de feu dans son corps juvénile. Ce moment risquait d'être fort désagréable et des plus éprouvants. Refaisant le chemin inverse, il parvint à l'étage peu de temps avant l'arrivée précipitée du moine. En silence, il vint se placer à côté de son maître. D'un signe de tête, Joffrey lui désigna le coffre au pied du lit. D'un geste mesuré, Sédrique y déposa la cruche et une coupe d'argent. En même temps, la vieille Berthe dévêtit la jeune femme de sa chemise de nuit et tenta de lui faire boire quelques gouttes d'eau, mais Anne demeura les lèvres closes, refusant d'avaler quoi que ce soit. D'un mouvement de tête, Joffrey enjoignit à Sédrique de venir l'aider à la transporter vers le baquet. Au contact de l'eau fraîche, Anne gémit faiblement, le corps secoué de frissons de plus en plus forts. De temps en temps, un claquement sourd se faisait entendre lorsque ses dents s'entrechoquaient. Mais bien vite, ses plaintes se changèrent en faibles cris, alors que tout son corps s'arquait sous les secousses violentes qui la terrassaient. De sa main valide, Joffrey la maintenait par l'épaule et alla même jusqu'à l'enfoncer plus profondément encore dans l'eau froide. Anne tenta faiblement de se dégager de son emprise, mais sans succès. Transie jusque dans ses entrailles, elle cria sous l'effet du froid qui l'envahissait. Jugeant le moment venu, Joffrey fit signe à Sédrique d'aller chercher le vin. Avec un bref acquiescement de tête, Sédrique versa alors le liquide dans la coupe, la remplissant jusqu'au bord, puis la passa à son maître. Suivant les ordres de Joffrey, il immobilisa le corps de la jeune femme d'une main et fit basculer sa tête de l'autre. Joffrey lui pinça alors les narines, l'obligeant à ouvrir la bouche pour respirer. Profitant de cette ouverture, il fit glisser le liquide brunâtre dans sa gorge et maintint fermement ses lèvres closes. Anne s'étouffa ! Une toux profonde lui fit monter les larmes aux yeux. Le sang battait violemment à ses tempes. Mais à peine eut-elle le temps de reprendre son souffle que déjà Joffrey lui faisait avaler de force une nouvelle rasade. Pleurant, toussant, Anne tenta à nouveau d'échapper à l'étreinte qui la retenait prisonnière. Le corps engourdi par le liquide qui coulait dans ses veines, elle ne ressentait presque plus la morsure du froid sur son corps. Alarmé par son état, Joffrey l'empoigna sans ménagement par le cou et l'obligea à plonger tête première dans le baquet. Au contact de l'eau glaciale sur son visage en feu, elle sursauta et s'arc-bouta. Parvenant à libérer l'une de ses mains, elle griffa sauvagement le visage qui la dominait. Joffrey tressaillit et passa une main distraite sur la zébrure qui suintait sur sa joue gauche. Un faible sourire étira les lèvres du seigneur : enfin, elle daignait réagir ! Plein d'espoir, il relâcha son emprise. Son sourire s'étira davantage en l'entendant hurler avec l'énergie du désespoir contre ceux qui la retenaient prisonnière dans cette eau glacée. Constatant l'amélioration de son état, il la fit porter sur le lit, mais ordonna toutefois qu'on la laisse nue sous un drap léger, afin que son corps reste frais. Face aux protestations de la vieille femme, Joffrey se rembrunit et la renvoya aussitôt. Demeuré seul, il reporta son attention vers le lit et entreprit d'assécher la chevelure de feu de son épouse. Fort secouée par le traitement qu'elle venait de subir, Anne ne tarda pas à sombrer à nouveau dans le sommeil, l'esprit embrumé par le liquide ambré qui coulait dans ses veines.

Malgré la fatigue qui le submergeait, Joffrey veilla sa jeune épouse jusqu'aux premières lueurs du matin. Incapable de dormir, trop inquiet de ce qui pourrait survenir à la suite du traitement choc qu'il lui avait infligé, son esprit demeurait en alerte. Il eut tout le loisir de réfléchir à son mariage, échafaudant divers plans pour remettre de l'ordre dans cette nouvelle vie qui était la sienne désormais. Ce qui le perturbait, c'était que, pour la première fois, il se trouvait confronté à une situation qui le dépassait. Comble du ridicule, il devait cette situation à une femme… *sa* femme ! Un sourire se dessina sur ses lèvres en songeant à l'attitude d'Anne. Celle-ci n'avait rien à envier au plus puissant de ses chevaliers. C'était une guerrière-née ! Décidément, cette petite était faite pour lui. Il n'aurait jamais cru qu'une telle chose puisse lui arriver. Lui qui tournait en ridicule les propos élogieux des troubadours face à l'amour, il se retrouvait à son tour pris dans ses filets. Un feu ardent rougeoyait maintenant dans l'âtre, propageant dans la chambre une clarté diffuse. S'écartant de la fenêtre, il regagna leur lit et contempla la jeune femme avec tendresse. Doucement, il écarta une mèche de cheveux qui lui collait au front, puis se pencha et y déposa un baiser léger. Elle lui semblait si fragile ainsi, pourtant il la savait plus qu'apte à se défendre. Dans un soupir, il s'arracha à sa contemplation et regagna son fauteuil. Fermant les yeux quelques instants, il se laissa bercer par la respiration redevenue régulière de la jeune femme. Le calme de la nuit profonde enveloppa bientôt la pièce. Depuis plusieurs heures déjà, la vie trépidante du château avait fait place au silence. Malgré cette quiétude apparente, les soldats attentifs montaient la garde sur le chemin de ronde, à l'affût du moindre danger.

À plusieurs lieues de là, dans la forêt dense des terres de Vallière, un homme habillé de noir se faufilait silencieusement parmi les conifères. Arrivé un peu trop tôt pour son rendez-vous, il observa les environs, pour s'assurer de ne pas avoir été suivi. Son attente fut de courte durée, car à peine quelques minutes plus tard, deux cavaliers apparurent au tournant de la route. Demeuré à couvert derrière un buisson, l'homme resta en retrait, préférant s'assurer de l'identité des deux cavaliers avant de se dévoiler. Avec attention, il regarda les deux hommes mettre pied à terre. Au même moment, un rayon de lune traversa l'épaisse couche de nuages qui masquait la nuit étoilée, révélant ainsi le visage de l'un d'eux. En le reconnaissant, il sortit de sa cachette et s'approcha d'une démarche assurée.

– Très heureux que vous ayez pu vous libérer, mon seigneur, lança-t-il en parvenant à sa hauteur.

– Chevalier de Dumain, sachez que je suis fort inquiet pour ma jeune sœur. Surtout depuis qu'elle se trouve entre les mains de cet être ignoble qu'est votre seigneur, répondit avec dédain le jeune Jean de Vallière.

– Seigneur de Vallière, vous m'en voyez ravi, car il en va justement de la vie de votre sœur, la jeune Anne de Vallière, épouse du seigneur que je sers, comme vous l'avez mentionné. Vous devez la libérer des griffes de cet homme sans foi et sans scrupules avant qu'il ne soit trop tard. J'ai vu ce que son défunt père fit de sa jeune épouse et je crains que le même sort horrible n'attende votre sœur.

– Chevalier de Dumain, sachez que j'apprécie cette mise en garde. À la suite de votre lettre pressante, j'ai fait quérir mon seigneur Enricas, qui m'accompagne en ce moment. Il est l'un des plus fidèles légats de Sa Sainteté le pape. Avec l'Église de notre côté et le soutien discret du roi de France, nous serons en mesure d'atteindre le seigneur de Knox. Ce grand seigneur s'est mis définitivement à dos Sa Sainteté le pape en violant sans pudeur ma sœur sur le sol sacré d'une église. Attendez mon signal, chevalier de Dumain. Dès que tous les pions seront placés sur l'échiquier, nous frapperons.

Le chevalier de Dumain tressaillit en apercevant les traits du légat. L'homme ne lui était pas inconnu et, à constater son regard mauvais et la crispation de sa mâchoire, lui aussi l'avait reconnu. Néanmoins, il préféra demeurer discret et sur ses gardes et reporta son attention sur le jeune De Vallière.

– Je reste à votre disposition, mon seigneur.

De Dumain s'inclina une dernière fois et tourna les talons. Il lui restait peu de temps pour rejoindre ses quartiers et ses hommes, cantonnés non loin de là, dans une petite clairière. Nul ne devait savoir qu'il s'était absenté cette nuit. Alors qu'il parcourait le sentier emprunté quelques instants plus tôt, des bruits de sabots et des hennissements lui signalèrent que le seigneur de Vallière et cet homme à l'air dangereux, Enricas, retournaient eux aussi là d'où ils étaient venus. Si seulement le seigneur de Knox savait ce qui l'attendait, il entrerait sans contredit dans une rage démentielle.

Lorsque le jeune Jean de Vallière revint de sa chevauchée nocturne, un messager l'attendait aux portes du château, une missive dans les mains. Quelle ne fut pas sa surprise d'en découvrir le contenu ! Malgré l'heure tardive, il s'empressa de regagner les quartiers de sa mère.

Deux jours plus tard, l'aube pointait à peine à l'horizon lorsque Anne ouvrit enfin les yeux. L'esprit embrumé, elle parcourut la pièce du regard, mais tout lui semblait si flou et si étrange. Et cette douleur qui lui vrillait la tête ! Mais pourquoi ne parvenait-elle pas à voir clairement ? Voulant se relever, elle tenta de prendre appui sur son bras gauche, mais retomba aussitôt sur son lit, le souffle coupé par la douleur. La plainte qui s'échappa de ses lèvres asséchées réveilla Joffrey qui sommeillait dans un fauteuil à ses côtés. Sans tenir compte de ses cris de protestation, il repoussa le drap qui la recouvrait et palpa son corps de ses mains froides et rugueuses. La douce tiédeur de la peau sous ses mains le rassura. Enfin ! La température avait baissé. Soulagé, Joffrey entreprit d'examiner son œil tuméfié sous le cataplasme. Les légères pressions qu'il exerça lui valurent un regard courroucé et un éclat de rage. Nullement impressionné, il poursuivit son examen jusqu'au bras gauche. Ignorant encore les derniers événements et trop faible pour se débattre, Anne endura cet examen des plus gênants, essayant tant bien que mal de recouvrir son corps nu. Amusé par son attitude, Joffrey éclata d'un grand rire sonore, la faisant rougir davantage.

– Ma dame, il ne vous sert à rien de vous débattre de la sorte, vous allez vous épuiser inutilement. Vous savez très bien que vous n'avez plus de secret pour moi, ma jolie!

Trop abasourdie par cette remarque qui faisait aussi impudiquement état de leur intimité, Anne demeura sans voix.

– Alors, je constate que vous revenez enfin parmi nous! C'est un réel plaisir pour moi de vous voir à nouveau si fraîche et si désirable! poursuivit-il d'un ton enjoué et moqueur.

Retrouvant l'usage de la parole, Anne, indignée par des propos aussi déplacés, voulut lui répliquer sèchement, mais quelque chose se brisa soudain en elle. Comme une marée déchaînée par la tempête, le souvenir des événements passés reflua en force dans son esprit, entraînant avec lui des images d'une horreur sans nom. L'esprit retourné par les images de la scène qui l'attendait ce soir-là sur le parquet de la petite chaumière provoqua en elle de violentes nausées. Les sourcils froncés, Joffrey s'approcha d'elle pour la soutenir, mais le regard de dégoût qu'elle posa sur lui l'arrêta dans son élan. Fixant la blessure au bras de son époux, Anne gémit faiblement. Quel homme ignoble pouvait ainsi éventrer un de ses semblables, fût-il brigand ou pirate? Nul être sur terre ne méritait une telle fin. L'homme qui se trouvait en face d'elle était un monstre sanguinaire, un démon venu tout droit de l'enfer. C'est à cet homme sans cœur, et sans foi, qu'elle était mariée. Dieu du ciel, elle brûlerait en enfer, c'est certain, et les enfants qu'elle porterait aussi. Perturbé par la tourmente et le désarroi qu'il lisait sur le visage de son épouse, Joffrey fut tenté de s'éloigner d'elle et d'aller noyer son chagrin dans le vin et les femmes. Il n'avait pas besoin de ça, après les derniers jours passés à son chevet! Mais quelque chose en lui le retint, quelque chose de plus fort encore que tout ce qu'il avait connu jadis dans ses déboires.

– Anne, regardez-moi! Je vous en prie, regardez-moi, insista-t-il devant son attitude rigide. Ce que j'ai fait à la chaumière, tout homme digne de ce nom l'aurait fait…

– Non… c'est faux ! le coupa-t-elle dans un cri de désespoir. Vous n'aviez pas à éventrer cet homme comme une bête. Par toutes les portes de l'enfer ! Vous nous avez damnés ! rugit-elle au bord de l'hystérie.

– Anne, calmez-vous et écoutez-moi ! Tout guerrier digne de ce nom se doit de protéger son épouse et ses biens ! Peut-être qu'à vos yeux cette méthode peut sembler des plus barbares, mais il n'en demeure pas moins qu'aujourd'hui vous êtes vivante et lui, mort. Quel sort pensez-vous que cet homme vous réservait lorsqu'il en aurait eu terminé avec vous ? J'ai été élevé sur un champ de bataille et entouré d'hommes d'armes. Que croyez-vous que les hommes font à la guerre, qu'ils soient chevaliers, seigneurs, simples soldats ou même roi ? Ils tuent pour survivre, c'est le seul choix qu'ils ont : la vie ou la mort ! Et croyez-moi, il n'y a rien d'humain ni de noble dans une bataille, qu'elle soit sur terre ou sur mer ! Tout n'y est que boucherie et barbarie ! Pourquoi croyez-vous qu'il n'y ait aucune femme sur ces mêmes champs de bataille ? Aucune ne pourrait supporter l'horreur qu'on y vit. Anne, les femmes sont des créatures pures et nobles. C'est pourquoi il est si bon de se retrouver entre vos bras après les affres de la guerre. Que vous soyez épouse ou mère, vous êtes notre jardin de paix qu'il nous faut préserver au péril de notre vie. Personne ne doit détruire ce paradis que vous représentez, cet éden qui est si cher à notre cœur et à notre âme. Qu'ils fussent quatre ou vingt ce soir-là, cela n'aurait rien changé pour moi ! Je me serais battu de la même façon et jusqu'à ce que mort s'ensuive, avec pour seul but de vous sauver. Je ne pouvais pas les laisser bafouer cette pureté en vous, cette force de vie, pas une autre fois…, déclara-t-il d'une voix rauque. Lorsque j'ai vu cet homme sur vous, qui tentait de vous prendre de force, je me suis revu moi-même et j'ai été dégoûté. En tuant cet être ignoble, j'ai voulu tuer cette partie de moi aussi…

Sidérée, Anne ne savait que répondre. Pour la première fois, elle ressentait la blessure profonde qui habitait son époux. Un voile venait de se lever, lui laissant entrevoir la souffrance et le désespoir qui le rongeaient. Le seigneur de Knox venait de montrer le vrai visage de l'homme qui se terrait derrière le masque de froideur et de cruauté. Bouleversée, Anne ne fit aucun geste de fuite lorsqu'il frôla sa joue d'une caresse légère. Torturé et confus, Joffrey en éprouva un vif soulagement. Il en rendait grâce au ciel, car il n'était pas en mesure pour le moment d'endurer une nouvelle marque de dédain de sa part. Incapable de la regarder plus longtemps en face, Joffrey se releva et traversa la pièce d'un pas rapide en direction de la porte. Tout en passant nerveusement une main dans ses cheveux ébouriffés, il se retourna vers elle.

– Je vous demande pardon pour tous les préjudices que je vous ai causés, ma dame, et nul doute que je brûlerai en enfer pour l'éternité! Mais soyez sans crainte, et que Dieu m'en soit témoin, je me garderai bien de vous y entraîner avec moi!

Sur ces mots, il sortit de la pièce et referma la porte derrière lui, sans un seul regard vers elle. Anne prit un certain temps à réagir. L'esprit engourdi par ces paroles lourdes de sens, elle demeura immobile, le regard perdu au loin. Que faire? Quelle attitude adopter à son égard maintenant? Se pouvait-il que cette apparence hautaine et sanguinaire ne soit qu'une façade pour cacher quelque chose de plus profond, un cœur noble et une âme pure par exemple? Comment en être certaine? Le nouveau visage perçu brièvement était-il représentatif de la vraie personnalité de son époux? Il pouvait se montrer si tendre et si sincère et, quelques instants plus tard, si cruel et si froid. Comment retrouver ce qu'elle avait entrevu? Toute cette histoire allait la rendre folle, elle n'y arriverait jamais seule. Incapable de contenir plus longtemps son angoisse, elle éclata en sanglots. Sa détresse parvint en écho jusqu'à Joffrey qui était demeuré derrière la porte close, le dos appuyé sur le mur froid du château. Le bruit étouffé des sanglots d'Anne lui fit mal au cœur. Abattu, il baissa la tête en signe d'impuissance. Apercevant la vieille Berthe qui passait par là, il lui fit signe d'aller rejoindre sa jeune épouse.

– Prends soin d'elle, vieille sorcière. Je dois de nouveau m'absenter quelque temps et rejoindre mon bateau qui a accosté ce matin au port. Je repars en expédition par le prochain chargement. J'ai fait quérir Dame Viviane, la mère d'Anne. Jusqu'à son arrivée, tu seras chargée de la veiller pour qu'elle reprenne des forces. Je la veux saine et sauve à mon retour.

– Mais… Joffrey, pourquoi ce départ si soudain ? Votre place est ici, près de votre épouse ! Vous devez lui donner la chance de mieux vous connaître et lui permettre de découvrir l'homme que vous êtes vraiment !

– Mais qui suis-je réellement ? C'est là tout le dilemme qui la déchire et je me refuse à la perturber davantage par ma présence. Je l'ai laissée lire dans mon âme comme personne avant n'a pu le faire, pas même toi, vieille sorcière. Et du même coup, elle a côtoyé cette partie sombre qui l'habite depuis si longtemps. Je veux la laisser choisir seule et selon son cœur. Je ne veux surtout pas commettre la même faute que commit jadis mon père ; cela, je ne pourrais me le pardonner. Plutôt mourir que de la détruire !

– Alors, va en paix, Joffrey de Knox. Que Dieu te protège et te guide par sa lumière ! Ouvre ton cœur et ton âme à la vie et ne te laisse plus tenter par la noirceur du mal. Je prendrai soin de ton épouse et de l'enfant que je sais grandir en elle.

À ces mots, Joffrey s'arrêta dans son élan. L'esprit en déroute, il fit de nouveau face à la vieille Berthe.

– Que me dis-tu là, vieille femme ?

– Ce que mes yeux ont vu, mon seigneur. J'ai baigné souvent votre jeune épouse depuis son arrivée dans ce château et, pour une femme de mon âge, il y a certains signes du corps qui ne trompent pas. J'espère seulement que l'enfant aura été assez vigoureux pour résister à la fièvre qui a terrassé cette pauvre petite. Seuls les jours à venir nous le diront avec certitude.

Secoué par ces propos, Joffrey demeura sans voix. Ému plus qu'il ne le croyait par une telle nouvelle, il regagna la chambre de sa jeune épouse, laissant là sa vieille nounou. Indécis, il resta quelques instants immobile, la main sur la poignée. Que lui dire ? Et comment lui apprendre une telle nouvelle ? Il ouvrit la porte doucement, le corps à l'affût du moindre bruit. Non sans une pointe de tristesse, il constata qu'elle dormait à nouveau d'un sommeil agité, les yeux baignés de larmes. S'avançant vers le lit en silence, il frôla ses cheveux d'une caresse affectueuse. Puis, d'instinct, il déposa une main possessive sur son ventre.

– Anne, pardonne-moi pour les nouveaux tourments qui t'accableront bientôt. Plus que jamais, il me faut partir très loin de toi. Reprends des forces, ma toute belle, car si le petit être qui grandit en toi ressemble un tant soit peu aux Knox, tu en auras grand besoin. Je te laisse entre les mains de la vieille Berthe, elle saura prendre soin de toi jusqu'à l'arrivée de ta mère. Pour ma part, je reviendrai dans trois ou quatre mois, bien avant l'arrivée de notre enfant. D'ici là, tu auras tout le temps nécessaire pour faire le point sur ta vie et faire ton choix. Quelle que soit ta décision, je serai bon joueur et je la respecterai. Au revoir, ma dame, vous êtes maintenant la seule et unique maîtresse de Knox ! Je laisse entre vos mains mon château et mes biens. Ne m'abandonnez pas, très chère, restez-moi fidèle et loyale, termina-t-il dans un murmure.

Dégageant un poignard de sa ceinture, il coupa une mèche de sa chevelure de feu et l'enveloppa soigneusement dans un foulard après s'être imprégné de son arôme. Puis, sans un mot de plus, il s'éloigna et rejoignit son intendant afin de mettre un point final à ses préparatifs. Celui-ci allait assurément le traiter de fou, mais il avait décidé de laisser tout pouvoir à Anne. C'était sa façon à lui de tester sa loyauté à son égard. N'était-il pas joueur, après tout?

Encore frêle sur ses jambes, Anne s'appuya au rebord de la fenêtre et regarda au loin la voile qui disparaissait peu à peu sur les flots de la mer. Elle parvenait difficilement à croire que son époux l'avait abandonnée ainsi, sans un mot, la laissant seule avec la charge de tout le château. Elle était perdue et ne savait par où commencer. Tout se bousculait dans sa tête. Par chance, la vieille Berthe lui avait appris l'arrivée prochaine de sa mère. Le cœur lourd, elle porta de nouveau son attention sur la mer agitée. Qu'avait-il donc fait? Avait-il à ce point foi en elle pour lui laisser la responsabilité de son domaine et de tous ses biens? Pourquoi être parti maintenant, alors qu'ils commençaient à peine à se connaître? Elle aurait eu tant de questions à lui poser après leur dernier entretien. Avec un léger pincement au cœur, elle songea à ce qu'il lui avait dit la veille. Il semblait si sincère, et si seul! Reviendrait-il au moins un jour parmi eux? Et si oui, quand? La vieille Berthe avait parlé de trois ou quatre mois si tout se déroulait comme prévu, ce qui correspondait à la fin de l'été et de la moisson. Si toutefois quelque chose d'inattendu se produisait, il ne pourrait pas revenir à temps, avant les grands froids de l'hiver. Que ferait-elle alors, seule dans cet immense château, avec pour unique compagnie sa mère et la vieille Berthe? Perdue dans ses songes, elle ne remarqua pas l'arrivée de cette dernière à ses côtés et sursauta au son de sa voix.

– Il vous manque déjà, n'est-ce pas? Mais ne vous faites pas de soucis, mon petit, d'ici peu vous serez bien trop occupée pour vous tourmenter. Croyez-moi, vous aurez bien d'autres choses en tête.

– Non… ce n'est pas ce que vous croyez. Je ne suis nullement affectée par son départ soudain.

– Vraiment? Je suis peut-être vieille et sans amoureux, jeune Anne, mais pas totalement ignorante des affres que subit un cœur en détresse, poursuivit-elle d'une voix douce.

Sensible à la chaleur que Berthe lui démontrait, Anne préféra s'abstenir de tout commentaire et lui rendit son sourire. Après une bonne inspiration, elle reporta son regard vers l'horizon. Elle allait devoir reprendre des forces rapidement si elle voulait pouvoir faire face à cette vie qui était maintenant la sienne. Seigneur, elle n'était pas au bout de ses peines!

Les jours se succédaient invariablement. Il y avait tellement de tâches à exécuter en tant que châtelaine, beaucoup plus qu'au château de son père! Il y avait toutes ces fermes à visiter, l'approvisionnement à faire en vue de l'hiver, la cueillette des plantes médicinales et leur entreposage. De plus, il fallait nourrir tous ceux qui vivaient au château et les entretenir. Ce continuel va-et-vient entre les fermes l'obligeait à marcher de longues heures ou à se déplacer à cheval lorsque la distance s'avérait trop grande. Sa vitalité et sa joie de vivre reprenaient peu à peu le pas sur la maladie, qui l'avait gardée trop longtemps alitée. Malgré tout, elle demeurait fragile le matin au lever, ne parvenant pas à se départir des nausées qui l'incommodaient depuis quelque temps déjà et qui la laissaient chancelante pour quelques heures. Un jour, alors qu'elle se réveillait de nouveau avec des hauts-le-cœur, un messager se présenta aux portes du château. Nerveuse, elle constata que la missive qu'il lui tendait provenait de sa mère qui lui annonçait son arrivée pour le lendemain. Le cœur léger, elle fit appeler la vieille Berthe pour lui apprendre la bonne nouvelle.

– Ma petite, je suis si heureuse pour vous ! Cette visite vous fera le plus grand bien. Mais, avant l'arrivée de votre mère, je me dois de vous faire part d'une autre nouvelle fort importante.

Intriguée, Anne interrompit les chambrières qui s'activaient autour d'elle et, devant le regard grave de la vieille femme, préféra les renvoyer.

– Parlez, Berthe ! Est-il arrivé quelque chose à mon époux ?

– Oh non, ma chère enfant ! Il ne s'agit pas d'un malheur, mais d'un heureux événement. N'avez-vous rien remarqué d'étrange au cours des deux derniers mois ?

Anne hésita avant de répondre et regarda attentivement la vieille femme. Qu'essayait-elle de lui faire comprendre ?

– Anne, ma petite ! Ne sentez-vous donc aucun changement en vous ? N'êtes-vous donc point à l'écoute de votre corps ? Pourtant, vous connaissez les mystères de la vie ! Alors fermez les yeux et écoutez votre cœur. Il saura vous dire ce que votre esprit se refuse à vous communiquer.

Instinctivement, Anne posa les mains sur son ventre. Mon Dieu, elle savait trop bien à quoi faisait allusion la vieille femme. Elle avait tenté d'ignorer les signes que lui fournissait son corps, préférant croire en une guérison difficile et longue plutôt qu'à la vérité.

– Oh ! Seigneur ! Que vais-je devenir ? Il ne me laissera plus repartir, maintenant que je porte son enfant. Je serai prisonnière à tout jamais de son emprise et l'enfant que je porte aussi. Si c'est un garçon, il en fera un monstre à son image, et si c'est une fille, il la vendra au plus offrant. Je dois partir d'ici avant qu'il ne revienne et ne découvre la vérité. Vous m'entendez ? Il ne doit pas savoir, pour l'enfant !

– Anne, calmez-vous ! Joffrey ne fera aucun mal à l'enfant, ni à vous d'ailleurs. Vous comptez beaucoup trop à ses yeux. Rien ne sert de fuir, puisqu'il a promis de vous libérer de votre engagement dès son retour si tel était votre souhait. Il est au courant pour le petit. C'est d'ailleurs une des raisons qui ont motivé son départ. Il ne voulait pas vous perturber plus que vous ne l'étiez déjà. Par-dessus tout, il désire que vous choisissiez votre destin selon votre cœur.

– Il connaissait l'existence du bébé avant son départ ? Et il s'est engagé malgré tout dans cette folle aventure, me laissant le champ libre dans sa demeure ?

– Exactement, mon enfant. Joffrey a voulu vérifier votre loyauté à son égard. Oh ! Son intendant l'a traité de tous les noms, mais Joffrey n'a rien voulu entendre. Il vous fait confiance pour le domaine, pour ses richesses et pour le bébé aussi. Quoi qu'il eût pu vous dire ou laisser paraître, ne vous fiez pas aux apparences, car elles sont parfois trompeuses. Je l'ai vu grandir, avec ses espoirs et ses déceptions. Malheureusement, les déceptions furent plutôt nombreuses dans sa vie. Très jeune, il apprit à prendre sans demander, par la force s'il le fallait et au détriment du respect et de l'honneur. Mais au fond de lui brillait une faible lueur de noblesse léguée par sa mère. En le regardant vieillir aux côtés du vieux seigneur de Knox, nous avons vu, le chevalier de Dumain et moi, disparaître cette flamme peu à peu pour mourir et s'éteindre complètement après son retour de la bataille navale de l'Écluse, laissant la place aux ombres de la nuit et à la cruauté. Mais il y a eu votre arrivée des plus étranges et inattendues dans ce vieux château lugubre, et soudain, cette lueur que je croyais disparue à tout jamais est revenue, plus éblouissante que jamais. Vous avez aperçu des choses en lui que personne n'a jamais vues, pas même moi.

Joffrey a besoin de vous, mon enfant ! Sans vous, il sera perdu à jamais et voué aux feux de l'enfer. Sauvez-le et faites-lui redécouvrir le chemin vers la lumière. Il n'y a que vous qu'il suivra, et ce n'est que pour vous qu'il livrera cette lutte acharnée, la plus difficile qu'il ait connue à ce jour : la lutte entre le bien et le mal ! Alors, réfléchissez bien, jeune Anne de Vallière, avant de commettre l'irréparable. Songez à ces quelques moments de bonheur qu'il vous fut donné d'avoir. Ne croyez-vous pas que ce soit là la volonté du Dieu tout-puissant ? Ne pensez-vous pas qu'Il vous a choisie, sachant le miracle que vous pourriez accomplir auprès du seigneur de ces lieux !

– Chère Berthe, je ne sais pas… je ne sais plus ! Il est vrai que j'ai découvert un côté chez Joffrey que je croyais inexistant. Je n'aurais jamais cru cela possible. Cependant, à d'autres moments, il peut devenir d'une telle froideur et d'une telle cruauté ! Il me fait peur alors, et je n'ai à ce moment-là qu'une seule envie, celle de fuir ! Fuir le plus loin possible !

– Ma petite ! On ne peut cueillir une rose sans subir la morsure de ses épines en retour. Si cela était si simple et si facile, croyez-vous vraiment que Joffrey en serait là où il en est maintenant ? Il a perdu son chemin depuis si longtemps qu'il a cessé d'y croire. Mais, depuis votre arrivée parmi nous, il a goûté à la pureté d'une âme en paix et il cherche désespérément le chemin pour retrouver cette plénitude. Mais la route pour y parvenir est si longue et si parsemée d'embûches ! Alors il s'impatiente et perd tout espoir, sombrant dans une détresse plus profonde encore, libérant ainsi à nouveau les démons qui le rongent. Alors, combien de temps croyez-vous qu'il survivra à cette souffrance et à ce déchirement avant de s'abandonner définitivement dans les bras du malin ? Seule vous connaissez la réponse. Seule vous détenez la clef de son bonheur !

Croyant en avoir assez dit pour l'instant, la vieille femme ressortit de la chambre, laissant la jeune femme perdue dans ses pensées. Tout au fond de son cœur, Anne savait que la vieille femme avait raison. Seulement avait-elle vraiment la force de ramener son époux vers la lumière, sans y perdre son âme en retour et celle de son enfant à venir ? Portant une main protectrice sur son ventre, elle baissa les yeux. Avait-elle le choix maintenant ? Dieu n'avait-il pas décidé pour elle en lui envoyant en son sein l'enfant de Joffrey de Knox ? Accablée, elle décida d'aller prier pour son âme et pour celle de son époux. Pourvu qu'elle en ait la force et le courage, car tant de choses dépendaient d'elle maintenant !

Le soleil avait déjà atteint son zénith lorsque Dame Viviane et sa garde personnelle franchirent l'enceinte du château. À la vue de sa mère qui descendait gracieusement de sa monture, Anne s'élança dans l'escalier et se jeta dans ses bras, les yeux inondés de larmes. Quel bonheur de la retrouver enfin ! Elle avait tant attendu ce moment. Se détachant de l'étreinte de sa fille, Dame Viviane la détailla. D'une main tremblante, elle caressa ses cheveux couleur de feu et huma leur odeur boisée. Tant d'heureux souvenirs refluaient dans sa mémoire. Elle revoyait sa fille assise sur le bord de son lit, une brosse à la main, attendant patiemment qu'elle vienne peigner sa chevelure avant la nuit. Jamais, d'aussi loin qu'elle se souvienne, Anne n'avait accepté qu'une chambrière s'en charge. Cette tâche revenait à sa mère, qui chérissait ces moments privilégiés où elle et sa fille pouvaient tout se raconter, même les secrets les plus intimes. Comme tout cela lui avait manqué ! Rien n'était plus pareil depuis son départ, et elle s'était tant languie de la revoir et de la serrer contre son cœur. Plus rien ne la retenait au château de son défunt mari maintenant, puisque son fils avait repris la responsabilité complète du domaine, aidé par sa charmante épouse qui se débrouillait désormais fort bien seule dans son rôle de châtelaine. Et puis, sa fille aînée avait épousé un jeune noble du nom de Bertrand, et habitait dorénavant très loin de la maison, en compagnie de sa belle-famille. Qu'avait-elle à faire maintenant ? Rien, sinon que de passer ses journées à broder près de l'âtre comme une vieille femme et à se morfondre en pensant à sa fille cadette qui se trouvait loin et isolée de tous dans une contrée déchirée entre la France et l'Angleterre. Lorsque la missive du seigneur de Knox lui était parvenue, elle avait saisi l'occasion. Non seulement irait-elle les visiter pour quelque temps, mais elle comptait bien s'y installer pour de bon. Et que ce puissant seigneur tente un jour de la déloger, il aurait une grande surprise, car elle n'avait pas l'intention de lui faciliter la tâche. Son arrivée avait été quelque peu retardée à cause du temps qu'avait pris l'emballage de tous ses effets personnels, mais maintenant qu'elle était parvenue à destination, elle ne regrettait pas son choix, car à voir les cernes sous les yeux d'Anne et ses traits tirés, Dame Viviane n'avait aucun doute quant au bien-fondé de sa présence en ces lieux. Sa fille avait grandement besoin de ses soins et de son amour et il était plus que temps qu'on s'occupe d'elle. La serrant à nouveau dans ses bras, elle lui murmura des mots de réconfort à l'oreille. Riant puis pleurant de joie, Anne se lova dans ses bras, trop heureuse de retrouver enfin un peu de sollicitude et de chaleur humaine. Puis, dans un rire cristallin, elle l'entraîna dans une course folle, vers l'intérieur du château, pour lui en faire découvrir toute la splendeur.

C'est à bout de souffle qu'elles parvinrent finalement aux appartements de sa mère, situés sur le même étage que les siens mais à l'autre extrémité du donjon, là où la fenêtre donnait sur la verte forêt. Sans lui laisser le temps de se rafraîchir, elle l'emmena à nouveau vers une autre pièce. En franchissant le seuil de la porte, Dame Viviane n'eut aucun mal à reconnaître la chambre conjugale. Alors qu'elle promenait un œil critique sur les tapisseries qui recouvraient les murs, son regard s'arrêta soudain sur le petit landau de bois qui trônait près de l'âtre. Au sourire éblouissant de sa fille, ses soupçons se confirmèrent. Du moins semblait-elle heureuse de l'événement.

– Moi qui croyais en avoir terminé pour quelque temps avec la broderie, je constate que je me suis trompée. Il va me falloir préparer tout un trousseau d'enfant maintenant. Mais n'aie crainte ! J'en serai très heureuse ! Il y a si longtemps que je rêve d'être grand-mère. C'est ton frère qui sera surpris. Lui qui croyait être le premier De Vallière à engendrer un descendant.

– Oh ! mère, si vous saviez à quel point votre présence en ce moment m'est précieuse. J'étais si inquiète face à mon rôle de châtelaine et à la venue de cet enfant, et Joffrey le pressentait. C'est probablement pour cette raison qu'il vous a fait venir !

Sa mère cilla en percevant un accent de tendresse dans la voix de sa fille à l'évocation de son époux. Que s'était-il passé entre ces deux-là pour que survienne un tel changement dans son attitude ? Tout en l'observant de plus près, elle constata alors l'éclat nouveau qui brillait dans son regard. Que Dieu lui vienne en aide, sa fille était amoureuse de cet homme ! Quelle magie avait-il utilisée pour la charmer ainsi et la garder sous son joug ?

– Anne, j'avoue ne pas comprendre. Que s'est-il passé avec cet homme ? Tu me parais bien loin de la jeune fille brisée, aigrie et effacée que tu étais lors de ton départ de notre château. Alors que je craignais le pire en arrivant dans ces lieux, je découvre une femme pleine d'entrain et qui me semble comblée de porter un enfant. Néanmoins, malgré cette nouvelle étincelle qui brille en toi, je discerne une certaine nostalgie, comme si un doute profond te rongeait. Que t'arrive-t-il, ma chérie ?

Tripotant nerveusement sa robe, Anne baissa la tête. Elle ne savait que répondre à sa mère, tout semblait si confus encore dans son esprit. Malgré sa décision de rester au château de Knox pour élever son enfant, et son désir d'épauler son époux, un doute la tenaillait quant aux motivations profondes du seigneur des lieux. Comment réussirait-elle à imposer sa volonté à un homme tel que lui, si autoritaire et si arrogant ? La vieille Berthe laissait entendre qu'elle pourrait y parvenir, mais elle était bien loin de partager sa confiance. Il ne restait qu'un mois ou deux, tout au plus, avant le retour de son époux et elle ne savait toujours pas comment s'y prendre. Peut-être que Dieu avait entendu ses appels et avait répondu à ses supplications en lui envoyant sa mère. Si tel était le cas, elle se devait d'être honnête envers celle-ci et tout lui raconter dans les moindres détails, le plus fidèlement possible.

– Mère, vous rappelez-vous comme il était bon de partager nos confidences lorsque vous me brossiez les cheveux, toute petite ?

– Oui, ma chérie ! C'est étrange, car c'était exactement ce à quoi je pensais à mon arrivée.

Notant le regard implorant de sa fille, elle prit sa main et l'invita à s'asseoir sur le bord de son lit. Puis, renouant avec ses vieilles habitudes, elle entreprit de peigner sa longue chevelure. Anne ferma les yeux, l'esprit envahi par un bien-être familier. Il serait si doux de pouvoir de nouveau partager toutes ses craintes et ses espoirs. Oui, si doux de pouvoir enfin se confier à quelqu'un !

La nuit était déjà fort avancée lorsque Anne bâilla de sommeil. À quelques occasions, la vieille Berthe avait interrompu leurs confidences. La première fois, elle était venue leur porter un léger goûter, du fromage, des cerises et du pain. Par la suite, elle était discrètement revenue allumer un bon feu dans la cheminée et quelques chandelles. À présent, on l'avait appelée pour dévêtir sa maîtresse. Aidée de Dame Viviane, elle coucha la jeune femme dans son lit. Puis, d'un pas léger, les deux femmes ressortirent de la pièce en silence. Une fois la porte refermée, Dame Viviane fit signe à Berthe de la suivre dans ses appartements. Elle avait plusieurs questions à lui poser à propos de Joffrey de Knox. Le récit que venait de lui exposer sa fille avait parfois été décousu et elle avait besoin d'éclaircissements pour se faire une meilleure idée de l'homme qui lui tenait lieu de gendre. Sa fille paraissait profondément bouleversée par lui et semblait désireuse de le ramener vers des pensées plus chrétiennes. Dame Viviane avait des doutes sur ses chances de succès, mais voulait néanmoins avoir des informations plus précises sur le sujet avant de porter un jugement définitif. Sa première rencontre avec le seigneur de Knox avait été plutôt houleuse au château de Vallière. Femme intègre, elle se devait cependant d'honorer les siens et de demeurer juste et objective. Mais dans ce cas-ci, comme il s'agissait de sa fille cadette, il devenait plus difficile de mettre de côté ses sentiments protecteurs. Voilà donc pourquoi elle avait besoin de l'avis de la vieille servante. Cette femme semblait avoir envers Joffrey de Knox le même instinct maternel qu'elle-même avait envers sa fille Anne. Elles seraient donc sur le même pied pour cette discussion qui risquait de se terminer à l'aube. La vieille femme avait dû pressentir ce qui l'attendait, car elle avait fait monter dans ses appartements une carafe d'eau fraîche et quelques fruits séchés. Le tout reposait sur un petit coffre près de l'âtre où brûlait un bon feu. Dame Viviane remercia intérieurement la vieille femme et s'assit dans l'un des fauteuils, invitant du même coup sa compagne à en faire autant. Puis, d'un commun accord, elles amorcèrent cette discussion qui leur tenait tant à cœur.

Chapitre VI

La trahison

À Marseille, Joffrey attendait patiemment le départ de son bateau. Les dernières marchandises avaient été livrées et tout s'était passé comme convenu. Il revenait avec un profit fort intéressant et des velours aux couleurs chatoyantes pour sa jeune épouse. L'hiver venu, bien au chaud dans ces tissus doublés de martre et de vison, elle souffrirait moins du vent glacial qui provenait de la haute mer. À la pensée d'Anne, son cœur se serra. Serait-elle encore là à son retour ? Qu'était-il advenu de l'enfant qu'elle portait ? Selon les calculs de la vieille Berthe, elle devait être maintenant près de son cinquième mois de grossesse. Son ventre devait avoir commencé à s'arrondir légèrement et ses seins à s'alourdir quelque peu. À l'évocation de sa peau douce au parfum de rose et de son corps si sensuel, Joffrey tressaillit. Mieux valait se changer les idées, sinon c'était dans un des bordels du port qu'il allait terminer sa nuit et ça, il voulait l'éviter à tout prix, même malgré les trois mois d'abstinence passés en mer. Dans un mois tout au plus, il retrouverait la compagnie charmante de sa jeune épouse. Confiant en l'avenir, Joffrey n'avait qu'une idée en tête : la revoir enfin et lui prouver que, pour elle, il était prêt à changer. Pour elle, il deviendrait un homme respectable, digne de ce nom! Il se doutait bien qu'un tel changement ne serait pas des plus aisés, mais du moins ferait-il tout ce qui serait en son pouvoir pour y parvenir et retrouver cette plénitude et ce sentiment de paix éprouvés à ses côtés dans la petite chaumière. À la pensée de l'incident qui avait mis fin à leur séjour là-bas, il serra les poings. Le chemin qu'il s'apprêtait à emprunter n'allait pas être de tout repos. Nul doute qu'il devrait renoncer une fois pour toutes à cet instinct barbare qui le poussait à détruire tout ce qui entravait sa route. Il en était à cette réflexion amère lorsqu'un gourdin le frappa de plein fouet à la nuque. Sonné par le coup, Joffrey s'effondra sur les planches visqueuses du port. Avant de sombrer dans les limbes de la nuit, il articula faiblement le nom de sa jeune épouse.

L'homme qui se tenait légèrement en retrait frissonna d'appréhension à l'énoncé du nom de la jeune fille. Pourvu qu'il ne soit pas trop tard et qu'elle soit toujours en vie. Malgré son trouble profond, il s'obligea à se calmer. Si quelque chose était arrivé à sa jeune sœur, il l'aurait appris par sa mère qui était à ses côtés en ce moment même. Soulagé, Jean de Vallière lança un regard lourd de haine en direction de son beau-frère, le seigneur de Knox. Il en avait mis du temps, ce grand seigneur, avant d'abaisser sa garde! Mais ils avaient été patients, le traquant sans relâche, dans l'attente de ce moment. Maintenant, ce monstre allait payer pour tous les péchés qu'il avait commis envers ses semblables et envers sa sœur. Justice serait faite! Il devait être puni pour ça! Quelle joie pour sa sœur de se savoir libérée une fois pour toutes du joug de ce tyran! Grâce au chevalier de Dumain et au support secret du roi et du pape par l'entremise de Enricas, ils avaient atteint leur cible. Joffrey de Knox serait pendu haut et court tel un barbare et n'aurait nul droit à une mort honorable. Il allait être exposé au regard de tous avant de mourir. Et alors, après avoir fait face au châtiment des hommes, il aurait à affronter la justice de Dieu. À son signal, les hommes de main embauchés pour ce sale travail empoignèrent Joffrey sous les aisselles et le traînèrent sans ménagement jusqu'à la charrette située à quelques pâtés de là. Avec rudesse, ils le firent basculer à l'arrière du chariot et lui ligotèrent solidement les poignets et les chevilles.

Lorsque Joffrey reprit connaissance quelques heures plus tard, sa tête bouillonnait sous la douleur cuisante. Cherchant à percer les profondeurs de la nuit, il tenta de reconnaître le visage de ses assaillants. Ceux-ci n'avaient même pas pris la peine de camoufler leurs traits. Inquiet, Joffrey essaya de dégager ses poignets.

– Restez tranquille ! Vous serez bien assez rapidement libéré de ces cordes.

Joffrey sursauta au son de cette voix familière, pleine de hargne et de colère mal contenue. Cette situation ne lui disait rien qui vaille.

– De Vallière ! Qu'est-ce que vous faites, jeune idiot ?

– Ce que j'aurais dû faire depuis le début : vous tuer !

Joffrey tiqua. Pourquoi devait-il toujours se retrouver dans de telles situations ? À peine venait-il de se poser cette question que la voix claire d'Anne retentit à ses oreilles comme un coup de glaive : « Vous pouvez être si cruel et barbare à certains moments que je ne sais que penser ! » Oui, elle avait raison, il avait tué, pillé et trahi sans hésitation. Il récoltait maintenant ce qu'il avait semé. Plus d'une fois, il avait fait face à la mort sans crainte d'y rester, indifférent à son sort, mais désormais, c'était différent. Il avait découvert la douceur du bonheur ! Il voulait vivre !

– De Vallière ! Attendez avant de me livrer à je ne sais qui. Rejoignez votre sœur et parlez avec elle. Expliquez-lui vos projets en ce qui me concerne et voyez sa réaction. Vous seriez peut-être surpris par son attitude et ses sentiments à mon égard. Croyez-moi, ils ont changé !

– Taisez-vous ! Vous me dégoûtez, monsieur ! Les propos grotesques que vous tenez n'ont pour seul but que de sauver votre peau. À aucun moment vous n'avez pensé à elle !

– C'était vrai au début, De Vallière, mais la situation a changé depuis. *J'ai* changé ! J'ai du respect pour votre sœur et des sentiments nobles à son endroit. Croyez-vous vraiment que je serais parti si longtemps de mon domaine, la laissant seule maîtresse des lieux et de mes biens, si je n'avais eu la moindre confiance en elle ? Et pourquoi aurais-je fait venir votre mère, si ce n'est pour elle ? Votre sœur porte mon enfant en son sein. Voulez-vous donc être le meurtrier du père de votre propre neveu ?

– Non ! Ce n'est pas possible ! Je ne peux le croire ! Vous êtes le diable en personne et je ne peux écouter plus longtemps ces diffamations au sujet de ma sœur !

– Alors, allez la voir, ou envoyez quelqu'un digne de votre confiance. Vous pourriez demander au chevalier de Dumain de s'y rendre ?

L'homme qui se trouvait au côté de De Vallière et qui était demeuré silencieux et discret depuis le début de leur discussion sursauta. Ainsi, Joffrey avait vu juste dès le départ. Son plus fidèle chevalier l'avait trahi. Force fut de reconnaître pourtant qu'il ne pouvait en vouloir au vieil homme. Ce qu'il avait fait, il l'avait fait pour sauver Anne. Il avait vu les torts que son père avait causés à sa pauvre mère et il soupçonnait même le chevalier d'avoir aimé celle-ci en secret. Comment l'accuser de traîtrise alors que tous les soupçons qu'il nourrissait sur sa personne s'étaient avérés exacts dès le début ? Envoyé en mission depuis lors, il n'avait pu constater le changement qui s'était opéré en lui au contact de la jeune Anne de Vallière. Il avait fait ce qu'il croyait juste, ce que le code des chevaliers lui dictait, c'est-à-dire le livrer aux mains de De Vallière.

– De Dumain, écoutez-moi, vieux fou ! Vous m'avez révélé bien des aspects de mon passé il y a quelque temps de ça, me disant par la suite votre déception face aux espoirs placés en moi et qui vous semblaient perdus. Je vous ai répondu à ce moment-là de ne pas cesser d'y croire, car nul ne savait ce que l'avenir pouvait réserver. Je vous en supplie, en souvenir de ce que fut jadis ma mère pour vous, ne commettez pas cette erreur et allez trouver mon épouse pour l'avertir du sort que me réserve son frère. Si par malheur vous deviez arriver trop tard, alors dites-lui que je lui demande à nouveau pardon pour tout le mal qui lui a été fait et que je lui rends grâce pour les quelques instants de bonheur qu'elle m'a donnés en cadeau. C'est avec ces souvenirs que je mourrai, le cœur plus léger.

De Dumain fut ébranlé par les propos de son seigneur. Cela ne lui ressemblait pas. Jamais Joffrey n'aurait accepté une telle traîtrise de l'un de ses chevaliers sans l'assaillir de propos grossiers et le menacer par la suite d'une mort cruelle. De plus, c'était la première fois qu'il le voyait implorer quelqu'un, encore plus demander qu'on lui laisse la vie sauve. Que s'était-il donc passé au château ces derniers mois ? Jusqu'à quel point ce grand seigneur avait-il pu changer ? Hésitant, il interrogea le seigneur de Vallière du regard. Mais à son grand étonnement, celui-ci semblait tout aussi perplexe que lui. Avant même qu'ils puissent échanger le moindre mot, une troupe de cavaliers parvint à leur hauteur. C'était Enricas et ses hommes de main. À leur vue, Joffrey perdit le peu de sang-froid qu'il lui restait.

– De Vallière, libérez-moi avant qu'il ne soit trop tard ! Dépêchez-vous et coupez mes liens !

Mais, incapable de réfléchir adéquatement, le jeune homme détourna la tête en direction des nouveaux venus et les salua d'un bref signe. Joffrey jura. Il venait de perdre là sa seule chance d'en sortir vivant. Il connaissait trop bien l'homme qui dirigeait la troupe qui venait d'arriver pour ne pas appréhender le sort qui l'attendait. Enricas s'approcha du seigneur de Knox. D'un geste vif, il dégagea son épée du fourreau et appuya la pointe de sa lame sous sa gorge.

– Seigneur de Knox, je vous conseille de surveiller votre langue pendant notre chevauchée jusqu'à Saint-Flour. Je suis un homme de Dieu et je ne tolérerai aucun écart de conduite de votre part, siffla-t-il entre ses dents serrées. Pour vous démontrer le sérieux de mes propos, je vais exiger de votre personne que vous parcouriez le reste du trajet à pied, de façon à expier pour vos péchés.

Puis, s'adressant à ses hommes de main, il leur ordonna de ligoter les poignets de leur prisonnier à la corde qu'il maintenait solidement. Après avoir assuré sa prise, il fit défaire les liens qui retenaient les pieds. Puis, sans autre préambule, il fit avancer son cheval, tirant du même coup sur la corde qui retenait Joffrey captif. Nul doute que le chemin s'avérerait des plus longs. Avec un tel homme comme bourreau, Joffrey ignorait même s'il parviendrait vivant jusqu'à son procès. Remarquant que De Dumain ne les accompagnait pas, il se tourna dans sa direction.

– De Dumain ! Veillez sur Anne et faites en sorte qu'il n'arrive rien de mal au petit. Je laisse leur sort entre vos mains. Protégez-la envers et contre tout ! Protégez l'héritage de mon enfant ! lança-t-il d'une voix puissante.

Avec satisfaction, il remarqua le bref signe de tête du vieux chevalier, et la main qu'il porta au pommeau de son épée ne lui échappa pas. Du moins, Anne et l'enfant seraient sous bonne garde, car lui disparu, il n'avait pas confiance en Enricas qu'il ne connaissait que trop bien. Jadis, ils s'étaient affrontés sur un champ de bataille et il n'avait pas usé de douceur avec cet homme, bafouant ses croyances et son honneur. Enricas prendrait plaisir à lui faire payer cet affront. Ne lui laissant pas le loisir de pousser plus loin ses réflexions,

Enricas activa le pas de son cheval, l'obligeant à courir derrière lui pour ne pas perdre pied. Pourtant, malgré toute son agilité et ses efforts, Joffrey ne tarda pas à trébucher et à se retrouver face contre terre. Satisfait du déroulement des événements, Enricas ralentit à peine le rythme, ne lui donnant aucune chance de pouvoir se relever. Joffrey tenta tant bien que mal de se protéger le visage à l'aide de ses bras, sachant qu'il lui serait impossible de se remettre debout tant qu'Enricas conserverait cette cadence. Serrant les dents, il retint les gémissements de douleur qui ne demandaient qu'à franchir ses lèvres. Le corps ballotté en tous sens, il pouvait sentir chaque caillou lui déchirer la chair.

Après un certain temps, sa chemise et sa culotte furent complètement déchirées. Heureusement, ses bottes lui protégeaient encore les pieds, mais pour combien de temps encore? À ce rythme, il ne serait bientôt que lambeaux de chair et de sang. De Vallière, qui venait de les rejoindre, eut un serrement au cœur en constatant son état. Accélérant le galop de son cheval, il parvint à la hauteur d'Enricas.

– Arrêtez maintenant! Enricas, je vous ordonne d'arrêter sur-le-champ! Qu'avez-vous fait? Il ne vous appartient pas de châtier cet homme même si vous faites partie du Sacré Collège! Nous ne sommes pas des barbares, mais les serviteurs de Dieu! Alors, retrouvez un peu de dignité et agissez comme tel!

Sans un mot de plus, il sauta de son cheval et se dirigea à grands pas vers son beau-frère, qui gisait sur le sol rocailleux. Seigneur! Qu'avait-il fait en le livrant à Enricas? Rongé par le doute, il défit les liens qui retenaient Joffrey. Puis, à l'aide d'un de ses hommes, il le fit basculer en travers de sa propre monture. Enfourchant la bête, il repartit au galop, retenant d'une main le corps de son beau-frère qui ballottait dangereusement en tous sens. Ce n'est que quelques heures plus tard qu'ils parvinrent en vue d'une auberge. Dès son arrivée, il fit quérir un médecin pour soigner les plaies de Joffrey. Celui-ci respirait faiblement et tressaillait à chaque frôlement sur son corps déchiqueté. La nuit à venir n'allait pas être des plus agréables. Il espérait seulement être intervenu à temps auprès d'Enricas pour le sauver. Il aurait dû pourtant se méfier de cet homme. S'il avait suivi son instinct, il ne se serait pas attardé si longtemps avec le chevalier de Dumain avant de les rejoindre. Mais, d'un autre côté, il avait des consignes claires à transmettre au vieux chevalier pour la sauvegarde de sa sœur. Décidément, cette histoire prenait des détours compliqués. S'il s'avérait vrai qu'Anne portait l'enfant de Joffrey, il devrait changer ses plans rapidement et protéger le château et les biens des Knox au lieu de le piller pour le compte du roi de France et de l'Église. Des coups discrets à la porte le tirèrent de ses pensées.

Dès le départ de De Vallière, le chevalier de Dumain avait poussé son cheval au maximum en direction du château de Knox. Il se devait de prévenir la jeune maîtresse du sort qui attendait son époux. De plus, à en croire De Vallière, il leur faudrait mettre les paysans en sécurité et préparer le château pour une attaque. Par chance, la récolte des moissons tirait à sa fin. Ils auraient ainsi de quoi tenir largement durant l'hiver s'ils devaient subir un long siège. Dormant à peine la nuit venue et grignotant quelques morceaux de fromage et de pain à dos de cheval, il fut en vue du château de Knox après une chevauchée endiablée de trois jours.

L'aube pointait à peine à l'horizon lorsqu'il fit une entrée remarquée dans la grande salle. Il avait déjà fait quérir la châtelaine des lieux par la vieille Berthe, lui indiquant seulement que la situation était urgente.

Pressentant un grave danger, Anne ne prit même pas la peine de se changer, couvrit seulement ses épaules d'une lourde couverture de laine, et descendit pieds nus jusqu'à la grande salle. De Dumain baissa les yeux à la vue de la jeune femme en chemise de nuit, les cheveux relâchés en cascade sur son dos.

– Chevalier de Dumain, que se passe-t-il ? Où est mon époux ? Je croyais que vous reviendriez au château en sa compagnie à la fin de son voyage en mer. Alors, pourquoi êtes-vous seul ?

Les accents d'inquiétude qu'il perçut dans la voix de la jeune femme furent autant de coups d'épée dans son vieux cœur. Ainsi, son seigneur n'avait pas menti, un changement s'était bel et bien produit pendant son absence. Levant les yeux, il crut discerner une faible rondeur sous la chemise de nuit d'Anne. Il n'y avait plus aucun doute dans son esprit maintenant, il tiendrait sa promesse et protégerait la châtelaine de ces lieux, ainsi que l'héritier qu'elle portait, et cela, au péril de sa vie. Avalant péniblement, il pesa chacun des mots qu'il s'apprêtait à dire. Croisant les yeux pleins d'angoisse de la jeune femme, il serra les poings. C'était sans aucun doute l'une des choses les plus difficiles qu'il ait eue à faire dans toute sa vie.

– Ma dame, vous me voyez hélas revenir seul. Et les nouvelles dont je suis le messager sont des plus sombres. Votre époux a été fait prisonnier par l'un des légats du pape, il y a quelques jours déjà, pour être amené au château d'Alleuze afin d'y être jugé. Il est clair qu'il y sera pendu.

À cette nouvelle, Anne vacilla et serait tombée sur le sol froid du plancher si sa mère et la vieille Berthe ne l'avaient retenue à temps. Refusant de s'asseoir, elle préféra prendre appui au dossier du siège qu'appréciait tant Joffrey. Son visage livide et ses yeux agrandis par l'effroi faisaient peine à voir.

– Ma dame…, je vous demande pardon, continua-t-il dans un sanglot en tombant à genoux devant elle. Je ne suis hélas pas étranger à cet enlèvement et votre frère non plus. Ni le roi de France, d'ailleurs…

À l'évocation de son fils, Dame Viviane avait porté une main à son cœur. Quelle bêtise avait-il donc commis ? C'était là tout le portrait de son père. Devant le silence soutenu de la jeune femme, le pauvre chevalier ne savait où donner de la tête et supplia du regard la vieille Berthe de lui venir en aide. Celle-ci demeurait de marbre.

– Ayez pitié de nous, ma dame ! Nous ignorions à ce moment-là les nouveaux développements concernant le seigneur des lieux et vous. Notre seule motivation était votre sauvegarde.

Relevant la tête, Anne soutint son regard. En effet, elle ne pouvait leur en tenir rigueur. N'avait-elle pas cherché elle-même à fuir ce seigneur tout-puissant plus d'une fois ? Au fond de son cœur, elle savait qu'ils avaient agi avec des intentions nobles et justes. Mais ce n'était qu'une piètre consolation, puisque Joffrey allait mourir, et par sa faute ! À moins qu'elle n'intervienne à temps en sa faveur.

– Chevalier de Dumain, redressez-vous ! Dites-moi combien de jours il reste avant son procès et son exécution ?

– Tout au plus quelques-uns, ma dame.

– Parfait, alors cela me donne le temps nécessaire pour me rendre à Avignon. Allez aux écuries, De Dumain, et faites en sorte que des chevaux soient sellés et prêts à partir pour midi. Nous allons demander audience à Sa Sainteté le pape Clément VI afin qu'il épargne Joffrey de son courroux. En même temps, faites quérir Sédrique, car il nous accompagnera. Sa présence sera des plus précieuses s'il s'avérait que Joffrey eut subi de graves blessures. Berthe, veuillez vous assurer que des goûters légers soient préparés à temps pour notre chevauchée. Je veux que nous puissions manger à dos de cheval.

Choqué par cette proposition, le chevalier demeura sans voix. Cette petite était folle ! Il était hors de question qu'il l'expose à de tels risques. Jamais Joffrey ne permettrait une telle escapade, et surtout pas dans sa condition actuelle.

– Sauf votre respect, vous n'y pensez pas ? Ce n'est pas la place de la dame de Knox et encore moins celle d'une future mère !

– Ne vous inquiétez pas pour moi, De Dumain. Je crois être en mesure de savoir peser le pour et le contre. Pour ce qui est de l'enfant qui grandit en moi, c'est un Knox, il saura s'accrocher à la vie. Alors, assez perdu de temps, il nous faut partir bientôt. Sachez que ma décision est prise et que ni vous ni personne ne pourra rien y changer, même si je dois m'y rendre seule et à pied !

Lui qui croyait avoir affaire à une pauvre enfant sans défense, voilà qu'il se retrouvait face à une vraie guerrière. Il ne s'étonnait plus des changements survenus chez Joffrey. Avec une telle femme à ses côtés, même lui ne pouvait que s'incliner. Pour la première fois depuis plusieurs jours, un espoir pointait à l'horizon. Peut-être aurait-il la chance, après tout, de voir cette jeune femme surprenante mener le grand seigneur des lieux par le bout du nez.

– Soit, je ne peux que m'incliner devant vous, ma dame. Seulement, sachez qu'il vous faudra préparer du même coup le château pour une attaque éventuelle. Le roi de France, qui convoite le duché de Bretagne par l'entremise du jeune Charles de Blois, pourrait bien profiter de l'occasion pour s'approprier les terres des Knox. Il assurerait dès lors ses positions en Bretagne et pourrait ainsi faire face à l'armée du roi d'Angleterre qui affronte en ce moment même le jeune prince Jean et son armée. Les Knox ont toujours été soupçonnés de porter allégeance au roi d'Angleterre, sans que le roi de France n'ait pu le prouver. L'intervention de l'Église ne lui servira que de prétexte.

Exactement ce qui lui manquait pour s'approprier les terres des Knox et leurs biens en toute légalité.

– Alors, donnez vos ordres aux plus confiants de vos hommes et faites en sorte que le château soit sous bonne garde pendant notre absence. Je chargerai la vieille Berthe de loger tous les habitants à l'intérieur des murs du château. Je ne permettrai à personne de s'approprier l'héritage des Knox, dût-il être roi. Ces terres appartiendront à mon enfant un jour et je refuse qu'il soit dépourvu de tous ses biens et lettres de noblesse avant même sa naissance !

De Dumain ne put qu'applaudir son sang-froid et sa détermination. Décidément, Joffrey n'aurait pu faire meilleur choix. Cette petite était de taille à se défendre contre tout agresseur susceptible de lui nuire ; elle avait une volonté de fer et une vision claire et précise des choses. De plus, elle savait très bien discerner et exploiter les forces de son entourage. S'apprêtant à quitter la pièce, il la regarda se diriger vers sa mère. Intrigué, il demeura encore quelques minutes. Quelle ne fut pas sa surprise alors de l'entendre lui demander de l'accompagner dans sa chevauchée !

Pour sa part, Anne savait très bien ce qu'elle faisait. Malgré son âge avancé, sa mère demeurait une cavalière chevronnée, pourvue d'une très bonne endurance physique. Elle avait besoin de son expérience et de sa connaissance infinie des convenances et des lois. Elle constituerait un atout appréciable pour leur cause. À sa plus grande joie, celle-ci accepta sans aucune hésitation. D'un commun accord, la mère et la fille partirent donc chacune de leur côté pour amorcer les préparatifs en vue du voyage qui les attendait. Dame Viviane était inquiète pour sa fille et pour l'enfant qu'elle portait, cependant elle la connaissait assez bien pour savoir que l'inaction la tuerait plus sûrement encore que les périls auxquels elle s'exposait.

Midi sonnait lorsque la petite troupe s'ébranla. Anne fut la dernière à enfourcher sa monture, ayant passé la dernière heure à prier en compagnie du moine Adenot. Avant de ressortir de la chapelle, elle avait pris soin de cacher le pli qu'elle tenait dans ses mains. Son cœur battait la chamade et ses mains tremblaient à la pensée de ce qui pourrait advenir si leur mission échouait. La vie de son époux tenait à si peu de chose. Il suffisait que l'exécution soit devancée pour qu'ils aient parcouru tout ce chemin en vain. S'obligeant à chasser ces images horribles qui la hantaient et minaient ses forces, Anne se secoua, concentrant ses pensées sur le chemin à parcourir. À son signal, la troupe s'élança.

De son côté, Joffrey peinait de plus en plus. Chaque soubresaut du cheval provoquait en lui une vrille de douleur. Malgré le fait qu'Enricas ait consenti à lui laisser monter un cheval à la demande du jeune De Vallière, le parcours, à cette cadence, n'en demeurait pas moins des plus pénibles. Il se souvenait vaguement de la venue d'un médecin la veille. À son réveil ce matin, il avait pu constater l'ampleur de ses blessures. Mis à part son visage et ses pieds, tout son corps n'était que lambeaux, et malgré la chaleur qui régnait, il préféra poursuivre la route torse nu, avec pour seul vêtement ses bandages. Aussi refusa-t-il avec rudesse la chemise que De Vallière lui tendit. Indifférent à cette saute d'humeur, le jeune homme avait poussé sa chance en se servant de cette même chemise comme garrot pour maintenir immobile le bras droit de son beau-frère qui semblait fracturé à la hauteur de l'épaule. Joffrey murmura à peine un remerciement. Sa tête souffrait de quelques contusions, mais du moins rien de sérieux à ce niveau. Contrairement à ce qu'il aurait cru au départ, la présence du jeune De Vallière lui donnerait peut-être une chance de demeurer en vie suffisamment longtemps pour trouver un moyen de s'évader. Mais, d'un autre côté, il savait qu'Enricas ne le lâcherait pas une seconde du regard. Même blessé, il représentait une menace pour cet homme, et celui-ci ne le savait que trop bien. Viendrait un jour où il lui ferait payer très cher son manque de jugement, et pas même Anne ne pourrait l'en empêcher. Le regard haineux qu'il darda alors sur son ennemi glaça De Vallière. Dieu du ciel, de toute évidence, son beau-frère n'allait pas en rester là! Pour un peu, il aurait plaint cet Enricas pour le sort que lui réserverait Joffrey s'il parvenait à se libérer. Jamais il n'avait lu tant de cruauté et de froideur dans un regard. Se pouvait-il que Joffrey ait tout deviné des plans qu'avaient échafaudés le roi et le pape à propos de ses terres? Dans ce cas, il devait nourrir de noires pensées à leur sujet. Il y avait une telle sauvagerie en cet homme! Est-ce que sa sœur avait vraiment trouvé un cœur humain sous cette carapace d'arrogance et de dédain? Il la connaissait bien et la savait pourvue d'un tempérament de feu digne d'une guerrière. Mais était-ce suffisant pour contrôler un homme tel que Joffrey de Knox? Voulant en savoir plus, il s'approcha de sa monture.

– De Knox, qu'est-il advenu de votre courroux et de votre haine à l'égard de ma jeune sœur?

Surpris par cette question des plus directes, Joffrey se retourna vers son beau-frère. Au souvenir du caractère emporté et de la fierté de sa jeune épouse, un bref sourire étira ses lèvres.

– Votre sœur est tout sauf une femme facile, De Vallière! Elle a une façon bien personnelle de faire entendre son point de vue et ce ne sont pas les conventions qui freinent son tempérament fougueux. Jamais personne ni même un homme n'a osé me tenir tête comme elle l'a fait. Plusieurs ont péri pour moins que ça! Mais malgré cette force qui l'anime, il n'en demeure pas moins quelque chose de tendre et de fragile en elle. Quelque chose qui vous pousse à vous damner rien que pour un sourire! Elle est un havre de paix et de douceur tout en étant le cœur même de mes tourments. Le jour où je l'ai prise pour épouse, j'ignorais que je signais du même coup l'expiation de tous mes péchés. Et, croyez-moi, j'en ai commis plusieurs, plus que je ne pourrais en racheter, même en vivant cent ans. Pourtant, votre sœur ne me laissera pas en paix tant que je ne les aurai pas expiés jusqu'au dernier ! Mais, pour elle, je suis prêt à faire ce don de ma vie en échange de quelques instants de bonheur à ses côtés. Elle est tout ce que j'ai de plus précieux, et jusqu'à mon dernier souffle je me battrai pour les protéger, elle et l'enfant. Alors prenez garde, jeune De Vallière ! Car s'il leur arrivait malheur à la suite d'une mauvaise décision de votre part, je n'hésiterai pas à vous le faire payer de votre vie !

Perturbé par ces propos, De Vallière préféra prendre du recul pour réfléchir à ce qui allait suivre. Décidément, les événements le dépassaient et l'attitude de cet homme le déroutait.

Plus d'une heure s'était écoulée depuis leur discussion et plus personne n'avait dit mot. Ils approchaient du lieu de rendez-vous, dans une petite ville du nom de Saint-Flour. C'est là que Joffrey devait être livré à la justice des évêques de Clermont. Là aussi que leurs chemins devaient se séparer. Le sort de cet homme n'était plus entre ses mains.

Dès leur entrée dans le château d'Alleuze, les évêques enlevèrent les bottes de Joffrey et n'hésitèrent pas à le jeter dans un cachot froid et humide. Une forte odeur d'urine et d'excréments monta à ses narines lorsque la porte de la petite cellule se referma derrière lui. Cherchant à tâtons les murs de pierre, il parvint difficilement à s'orienter dans cette noirceur totale. Frissonnant, il défit la fine chemise qui lui tenait lieu de garrot et l'enfila dans l'espoir de se réchauffer un peu.

Le froid pénétrait son corps par ses pieds nus au contact de la terre battue et rocailleuse. Nul doute que cette pièce devait aussi être infestée de rats. Avec dédain, il imagina ces petits rongeurs à l'assaut de sa chair déjà assez meurtrie. Ces sales bestioles allaient sûrement lui transmettre une maladie quelconque s'il ne prenait pas garde. Mais, impuissant pour l'instant, il s'appuya à l'une des parois rocheuses et médita longtemps, échafaudant divers plans d'évasion. Il devait quitter ces lieux avant qu'il ne soit trop tard ! Il ne pouvait compter que sur lui-même maintenant, car une fois dans ces cachots, les gens avaient tendance à sombrer dans l'oubli.

Un certain temps passa avant qu'on ne lui envoie, par une petite trappe, du pain rassis et quelques gouttes d'eau nauséabonde dans un gobelet. Il mit quelques secondes à retrouver le pain qui avait roulé sur la terre battue. Conscient que ce serait peut-être là son seul repas pour la journée, il s'obligea à tout manger, avalant péniblement chaque bouchée. En deux occasions, il faillit s'étrangler avec la mie, aussi dure que de la roche.

À peine eut-il le temps de terminer son repas de fortune que déjà la porte s'ouvrait avec fracas. Un homme de taille imposante, qui le dépassait d'une bonne tête, se dessinait dans l'encadrement, à la lueur d'une torche. Après avoir déposé celle-ci dans un socle, il s'empara de deux énormes chaînes qu'il lança aux pieds de Joffrey, lui signalant ainsi de passer les fers à ses pieds. Joffrey refusa d'un mouvement de tête catégorique. Il était hors de question qu'il capitule sans combattre. Que cet homme vienne donc lui mettre lui-même ces damnés fers et il verrait ce dont il était capable ! Jaugeant Joffrey d'un regard noir, l'homme décida qu'il l'immobiliserait avant de s'en approcher. D'un geste rapide et inattendu, il s'empara du gourdin appuyé sur le mur près de la porte puis assena un coup vif et direct au prisonnier. L'onde de choc le fit basculer lourdement. Sonné et la tête en feu, Joffrey fut incapable d'opposer la moindre résistance lorsque son bourreau lui passa les fers aux pieds.

Plus tard, quand il se réveilla, Joffrey avait perdu toute notion du temps. Une douleur lancinante lui vrillait la tête. Touchant sa tempe gauche du bout des doigts, il ne fut pas surpris d'y sentir du sang encore poisseux. Voulant se relever pour reprendre ses esprits, il trébucha rudement lorsque ses pieds entravés par les fers s'entremêlèrent dans les chaînes. Jurant sans retenue, il adressa à ses geôliers des propos des plus grossiers. Non loin de là, Enricas sourit en l'entendant les maudire de la sorte. Enfin, il le tenait entre ses mains, ce grand seigneur! Bientôt, il le ferait avouer tous ses crimes, y compris ses complots envers la couronne de France, grâce aux mains expertes du bourreau qu'il avait fait venir spécialement pour lui. D'ailleurs, celui-ci l'attendait pour sa première séance. Sous ses ordres, deux hommes allèrent chercher le prisonnier pour l'amener dans la cave, là où personne ne pourrait entendre ses cris. Lorsque les hommes se présentèrent à lui, Joffrey n'opposa aucune résistance, préférant garder ses forces pour l'épreuve à venir. S'obligeant à maintenir le calme dans son esprit, il fit taire toutes les vieilles craintes qui remontèrent en lui. Du moins espérait-il pouvoir garder un peu de sa dignité malgré tout, mais nul doute que les prochaines heures feraient partie des plus pénibles moments de son existence. Ses appréhensions se concrétisèrent lorsque son bourreau demanda à ce qu'on l'attache à un pilier de potence, sans égard pour sa blessure au bras. Refrénant une grimace de douleur, Joffrey serra les dents. Les poignets solidement attachés par des fers au pilier, il offrait son dos déjà fort meurtri aux morsures du fouet qui ne tarderait pas à se faire sentir. Un sifflement à ses oreilles le fit frémir avant même que la lanière de cuir ne lui morde la chair. Serrant plus fort les mâchoires, il tenta de s'imaginer dans la petite chaumière en compagnie d'Anne, se laissant envelopper par son regard pénétrant. Mais après une dizaine de coups de fouet bien placés, il ne fut plus en mesure de raisonner logiquement. Son dos brûlait sous les coups. Incapable de se retenir plus longtemps, il s'arc-bouta et hurla de douleur. À son cri d'agonie, Enricas jubila. D'un geste de la main, il ordonna au bourreau d'arrêter et se plaça face à Joffrey.

– Vous voilà fort aise maintenant, monsieur. Pendant que vous souffrez mille morts sous le fouet, vos alliés vaquent gaiement à leurs occupations. Pourtant, il suffirait de peu pour que votre sort s'adoucisse. Si vous consentiez à avouer votre allégeance à la couronne d'Angleterre et votre participation à la bataille qui fait rage en Bretagne contre le roi de France, votre mort serait plus rapide et moins douloureuse. Il vous suffirait seulement de signer ces aveux, susurra-t-il à son oreille, d'une voix faussement compatissante.

– Je n'ai rien à vous dire, Enricas ! Vous perdez votre temps. Jamais je n'avouerai quoi que ce soit, cracha Joffrey avec rancœur et dédain, le souffle court.

– C'est ce que nous verrons, monsieur. Mais sachez ceci : même un homme aussi puissant que vous finira bien par avouer sous la douleur. Ce n'est qu'une question de temps. Et pour ma part, je sais me montrer patient, ajouta-t-il d'un ton sournois.

Joffrey se retint tant bien que mal de l'injurier, sachant qu'Enricas justifierait ses actes odieux en accusant son comportement blasphématoire. Mieux valait ne pas lui fournir plus d'armes qu'il en avait. Combien de temps pourrait-il supporter ces supplices avant de s'effondrer et de tout avouer ? Il savait qu'Anne et l'enfant seraient jetés hors du château et dépossédés de tout bien et de tout titre à l'instant même où il signerait ces aveux. Pour leur sauvegarde, il devait garder la tête froide envers et contre tout, aussi insupportable que soit la douleur infligée. Leur avenir reposait entre ses mains, et tant qu'il vivrait et refuserait d'avouer, l'Église et le roi de France ne pourraient rien contre les terres des Knox. Tout reviendrait alors à sa jeune épouse et à leur héritier. Sous l'œil avisé d'Anne, il savait que son domaine prospérerait et que son enfant serait élevé selon les règles strictes de la noblesse et de la chevalerie. Du moins un des descendants des Knox serait respecté pour ses qualités d'homme et non par crainte de représailles ignobles. C'est son père qui se retournerait dans sa tombe. À cette idée, un mince sourire étira ses lèvres, ce qui ne passa pas inaperçu. Hors de lui, Enricas fit alors retourner Joffrey et ordonna cinq coups de fouet supplémentaires sur son torse dont la chair en lambeaux montrait déjà des blessures profondes. Avant la fin des cinq coups, Joffrey avait déjà sombré dans les limbes de la nuit.

Après avoir chevauché quatre jours à une cadence effrénée sous un ciel à peine couvert, Anne aspirait à une bonne nuit de sommeil. Leur quatrième arrêt se fit dans une petite auberge de campagne, très simple mais bien entretenue. Rien de comparable aux trois dernières nuits, passées à la belle étoile. Le chevalier de Dumain, qui était parti en éclaireur, avait déjà fait préparer une chambre pour elle, ainsi qu'un bon repas. Quand Anne et sa mère le rejoignirent, il s'avança vers Dame Viviane et l'aida à descendre. Il en fit de même pour Anne. Celle-ci accepta avec joie son aide et se massa aussitôt le bas du dos, en proie à une vive douleur. La fatigue de la chevauchée, combinée à sa grossesse, commençait à se faire sentir cruellement. Elle songea déjà avec délices à la nuit qui l'attendait dans un bon lit douillet. Ce luxe était bienvenu. Malgré sa fatigue, elle s'obligea à prendre place à l'une des tables en compagnie de sa mère et à déguster le mets spécialement préparé à leur intention. Le repas se fit dans le plus grand des silences, chacun perdu dans ses pensées. De nouveau, Anne se demanda avec angoisse s'ils arriveraient à temps. Par-dessus tout, c'était l'espoir de gagner cette course contre la montre qui lui donnait la force de continuer. Incapable d'avaler quoi que ce soit d'autre, Anne préféra se retirer et monta à sa chambre après avoir adressé un bref signe de tête à sa mère. Tout en se déshabillant, elle songea à Joffrey. Était-il seulement encore en vie ? Quels préjudices endurait-il en ce moment ? Quel sort lui réservait-on ? Plus ces questions se bousculaient dans sa tête, plus son angoisse grandissait. Elle qui avait tant prié quelques mois plus tôt pour être débarrassé définitivement de ce seigneur barbare chevauchait à présent à bride abattue à travers la France pour le sauver d'une mort certaine. Ne pouvant rien faire de plus pour l'instant, elle se dévêtit seule, se refusant de déranger sa mère, qu'elle savait fort épuisée aussi. À peine posa-t-elle la tête sur l'oreiller que déjà elle sombrait dans un sommeil lourd et profond.

Ils étaient repartis très tôt le lendemain matin, après une courte nuit, prenant à peine le temps de déjeuner. Après plusieurs heures intenses de chevauchée, ils parvinrent finalement en vue du palais des Papes à Avignon. Sachant que chaque minute était comptée, Anne avait préféré qu'ils se rendent immédiatement au palais pour y demander une audience d'urgence. Par chance, ses liens avec la royauté et le pli du moine Adenot qu'elle avait apporté avec elle lui donnèrent un accès plus rapide et plus direct à Avignon. Ayant fait dépêcher une missive soulignant l'importance de leur audience, elle savait que Sa Sainteté attendait leur venue, ce qui les exemptait du processus long et pompeux qui entourait habituellement de telles rencontres. Une fois de plus, Anne se félicitait d'avoir sa mère à ses côtés. Elle lui serait d'une aide précieuse lors de l'audience avec le pape

Clément VI. Elle connaissait peu l'homme qu'il avait été avant, mais les quelques informations que lui avait fournies De Dumain à son sujet pourraient lui être très utiles.

Ne sachant à quoi s'attendre, Anne demeura sans voix devant l'aspect majestueux du palais. Perdant un peu de sa hargne, elle se retourna vers sa mère. Elle avait mésestimé la puissance de l'homme qui se trouvait derrière ces murs. Consciente de son trouble, sa mère s'approcha d'elle.

– Anne, mon enfant, aussi somptueux et grandiose que soit ce palais, il n'en demeure pas moins que l'homme qui gouverne ces lieux est un être humain face à Dieu, au même titre que toi ou moi. Tu ne dois pas l'oublier ! Ta cause est juste et noble, aie confiance en toi et va ! Je serai à tes côtés pour te soutenir, ainsi que le chevalier de Dumain.

Après tout, sa mère avait raison. Elle n'avait rien à se reprocher, ni rien à craindre. Aussi imposant que soit ce palais, il ne s'agissait tout de même que de pierres et rien de plus. La supplique qu'elle avait à présenter à Sa Sainteté le pape était au-dessus de tout ça. Pour le bien de Joffrey, elle devait retrouver sa dignité et sa fierté. Après tout, n'était-elle pas de sang royal, donc beaucoup plus près de la noblesse que pouvait l'être l'homme qui détenait le sort de son époux entre ses mains ? Midi approchait à grands pas, ce qui leur donnait quelques heures pour se préparer convenablement. Détournant les yeux du palais, elle dirigea sans hésitation sa monture vers la petite auberge à quelques lieues de là.

Jean de Vallière arpentait nerveusement la terrasse des grands dignitaires dans l'attente de son audience avec le pape. Il était venu directement à Avignon dès qu'Enricas lui avait signalé de prendre congé, à Saint-Flour. Le doute l'avait rongé dès lors et au lieu de regagner son domaine, il s'était dirigé en ces lieux afin d'y soulager sa conscience. Il n'était plus certain de la crédibilité de ses accusations et craignait plus que tout d'avoir mené injustement son beau-frère à la potence. Certes, il savait le seigneur de Knox coupable de plusieurs méfaits, et avait certains doutes quant à une possible trahison envers la couronne de France, mais de là à l'envoyer se faire tuer... S'il voulait être honnête envers lui-même, il devait s'avouer qu'il avait voulu punir ce grand seigneur pour l'affront qu'il lui avait fait subir dans son propre château et pour le déshonneur dont il avait entaché sa jeune sœur. Mais, maintenant qu'il n'était plus certain des sentiments réels de sa sœur envers cet homme, il se demandait si un impair n'avait pas été commis. En communiquant avec le roi et le pape alors, il avait voulu seulement délivrer Anne des griffes de ce monstre, mais les événements lui avaient échappé et avaient pris un autre tournant. Quels préjudices le seigneur de Knox allait-il devoir supporter par sa faute ? Il avait assez côtoyé Enricas pour savoir que cet homme lui ferait subir les plus ignobles tortures, sans égard pour son rang. Il devait mettre un frein à cette mascarade grotesque et rétablir les faits. Pourvu qu'il ne soit pas trop tard pour Joffrey de Knox ! Impatient, il porta un regard indifférent sur le paysage qui se déployait à ses pieds. Debout sur la terrasse qui surmontait l'ensemble des bâtiments du palais, Jean avait une vue imprenable sur Avignon et sur la campagne avoisinante. Mais, trop perturbé par les derniers événements, il avait l'esprit à mille lieues de là. Finalement, après quelques minutes d'attente qui lui parurent une éternité, un prélat vint à sa rencontre pour le diriger vers les appartements de Sa Sainteté. Jean le suivit d'un pas vif.

L'heure de l'audience n'avait pas encore sonné que déjà Anne se trouvait en Place du Palais, prête à faire face à son destin. Avisé de leur visite, un prélat les attendait à la porte. Une douce pénombre les accueillit dans l'enceinte de la cour d'honneur lorsqu'ils eurent franchi le portail du palais. Ils se trouvaient à l'intérieur d'une grande cour encadrée de murs de pierre et, d'un bref signe de tête, le prélat leur fit signe de le suivre en direction d'une immense porte d'arche en bois massif. Le seuil à peine franchi, ils arrivèrent face à un escalier des plus imposants. Avec une inquiétude grandissante, Anne observa le long couloir divisé en une succession de paliers. Emboîtant le pas au prélat, elle jetait, au passage, un bref regard à travers les fenêtres qui donnaient sur la cour d'honneur, où ils se trouvaient quelques instants plus tôt. Pour sa part, le chevalier de Dumain porta instinctivement une main au pommeau de son épée en apercevant les gardes flanqués dans les cavités des murs. Ils parvinrent finalement en haut du grand escalier d'honneur, face à une nouvelle porte en forme d'arche et qui donnait accès à la grande salle d'audience, là où Sa Sainteté devait recevoir leur supplication.

Lorsque la porte s'ouvrit sur une salle immense, Anne retint son souffle. Prise d'une peur irraisonnée, elle inspira profondément, une main sur son ventre. Elle pouvait sentir l'enfant bouger. Ressentait-il lui aussi l'importance de ce moment ? Ayant besoin de réconfort et de soutien, elle chercha la main de sa mère à ses côtés et l'enserra dans la sienne. Puis, portant de nouveau son attention sur la salle qui s'étendait sous elle, elle descendit une à une les marches en forme de demi-cercles. D'un pas assuré et la tête haute, elle se dirigea vers l'est de la salle, là où se trouvait la banquette en forme de roue qui recevait les juges du tribunal de la Rote. Mais, pour l'heure, seul le pape Clément VI siégeait en ces lieux. Parvenus à sa hauteur, Anne, sa mère et le chevalier de

Dumain s'inclinèrent respectueusement. Anne poussa même la piété en baisant la bague traditionnelle qu'il portait au doigt. Devant cette marque de déférence, un faible sourire étira les lèvres de l'homme. C'était donc elle, la jeune épouse, qui avait remué ciel et terre pour obtenir au pied levé une audience en sa compagnie ? En d'autres circonstances, il aurait été offusqué d'une telle marque d'irrespect, mais la jeune femme qui se trouvait devant lui était de sang très noble et de descendance royale, il se devait donc de la recevoir avec dignité et avec toute la considération due à son rang.

– Chère enfant ! Que me vaut l'honneur de cette visite qui, selon vos dires, est d'une telle importance ?

– Votre Sainteté, ma présence en ces lieux concerne mon époux, Joffrey de Knox. J'ai peur qu'un grave malentendu ne le conduise tout droit à la potence, lança-t-elle d'une voix crispée, sans autre préambule.

– Un grave malentendu, dites-vous, mon enfant ? Et en quoi cela est-il ?

Ne sachant que répondre, Anne implora sa mère du regard. Sa franchise et sa spontanéité ne lui étaient d'aucun secours à ce moment et son inexpérience lui nuisait cruellement. Mal à l'aise, elle pressa ses mains moites l'une contre l'autre. Ce tic nerveux n'échappa pas à sa mère. Volant à son secours, elle vint se placer à ses côtés.

– Votre Sainteté, veuillez excuser les manières un peu brusques de ma fille, mais son jeune âge et son inexpérience des règles de la cour la rendent maladroite et ignorante quant à l'attitude à adopter en votre présence. Permettez-moi de parler à sa place.

– Je vous remercie de votre sollicitude, Dame Viviane, elle est tout à votre honneur. Néanmoins, c'est votre fille que j'aimerais écouter aujourd'hui. Je n'ai nul besoin de demi-vérités ou de paroles à double sens, c'est son cœur et son âme que je veux entendre et rien d'autre.

Ne pouvant faire autrement que de s'incliner devant sa volonté, Dame Viviane recula d'un pas, laissant de nouveau la place à sa fille, frôlant au passage son ventre déjà arrondi. Par ce geste, elle lui rappelait toute l'importance de leur mission. Fermant les yeux quelques secondes, Anne tenta de faire le vide dans son esprit. Elle avait une cause à défendre et une vie à sauver. Que Dieu lui vienne en aide, elle aurait grand besoin de sa sagesse.

– Oh, Seigneur! Je ne sais que dire, ni par où commencer! Tout est si confus que je m'y perds moi-même! murmura Anne plus pour elle-même que pour l'homme devant elle.

– Et si vous commenciez par ce simulacre de mariage que fut le vôtre, mon enfant? demanda calmement le pape.

Prise d'un malaise soudain, Anne vacilla légèrement et dut prendre appui sur l'un des six piliers qui séparaient la pièce en deux nefs. Que répondre à cette question? Peu importait la façon dont elle les formulerait, ses paroles incrimineraient Joffrey d'une façon ou d'une autre. Sensible à sa détresse, l'homme lui parla d'une voix chaleureuse:

– Jeune Anne, je connais les préjudices qui vous furent imposés à ce moment-là. Votre frère me fit parvenir à l'époque une missive m'expliquant toutes les circonstances, dans ses moindres détails. Et j'avoue avoir été plus que troublé de lire de tels propos à votre sujet. Je sais quels étaient vos sentiments à l'époque concernant l'homme qui vous tenait lieu d'époux. Vous avez subi des épreuves que peu de femmes auraient pu supporter avec autant de dignité. Connaissant tous les préjudices qui vous furent imposés, donc, je m'explique difficilement votre présence ici aujourd'hui, pour me supplier d'épargner ce même époux que vous aviez juré vouloir tuer de vos propres mains il y a à peine cinq mois?

Prise de court, Anne rougit, mais releva néanmoins la tête et croisa à nouveau son regard empreint de sollicitude, ce qui l'aida à poursuivre:

– Il est vrai que de graves préjudices me furent portés lors de mon mariage avec le seigneur de Knox. Il est vrai aussi que j'ai tenté de fuir plus d'une fois pour échapper à son emprise. Il se dégageait une telle noirceur de lui que j'eus peur de brûler dans les feux de l'enfer si je demeurais à ses côtés. Cependant, j'appris bien malgré moi à connaître la véritable nature de cet homme. Les événements de la vie ont fait de lui ce qu'il est maintenant, mais j'ai découvert autre chose sous ce masque. Un cœur noble et une âme de chevalier existent en lui. Il est sous l'emprise des ténèbres, certes, mais je crois pouvoir l'aider à revenir vers la lumière. L'attitude du seigneur de Knox a changé à mon égard durant les semaines qui suivirent notre mariage. Certaines choses qu'il m'a dites avant son départ m'ont bouleversée et m'incitent à croire qu'il peut réellement changer. Aujourd'hui, je porte son enfant, et je n'ai aucune honte à le dire. Je veux que mon enfant grandisse auprès de son père et qu'il ait la chance d'avoir un jour des frères et des sœurs avec qui partager ses jeux et ses espoirs. Je veux retrouver mon époux et le ramener chez nous, au château de Knox !

– Que vous voilà bien courageuse, mon enfant, de prendre un tel risque ! Je reconnais là la force de caractère des De Vallière. Néanmoins, malgré mon désir d'acquiescer à votre requête, je ne peux hélas donner mon accord. Votre époux est aussi accusé de haute trahison et de complot contre le roi de France. Sur ces points, je ne peux malheureusement rien. Ce serait une grave erreur de ma part de lui rendre sa liberté alors que la Bretagne est déchirée en deux par la France et l'Angleterre.

– Et si je me portais garante de lui, Votre Seigneurie ? En accordant le soutien de nos hommes à l'armée du roi de France ? Mon époux est très riche, comme vous le savez, et ses terres se trouvent en Bretagne. Ne serait-il pas plus judicieux de vous attacher ce seigneur puissant, fort bien nanti et bien armé, au lieu de créer une nouvelle révolte en Bretagne, divisant ainsi les forces du roi de France? ajouta Anne avec conviction, consciente à ce moment-là de jouer ses dernières cartes.

– Et vous vous porteriez garante de cet homme sanguinaire? Vous, une De Vallière de haute lignée? J'avoue que cela pourrait changer bien des choses, en effet. Mais la question est: seriez-vous vraiment prête à mourir pour lui, s'il venait à trahir?

– Sans aucune hésitation! J'ai confiance en lui! S'il est informé des enjeux, il ne mettra pas ma vie en danger et se rangera auprès de notre roi. J'aurai probablement à essuyer son courroux, mais cela ne regarde que moi.

– Dans ce cas, j'accepte ce marché, mon enfant, et j'aurai une pensée pour vous dans mes prières pour que Notre Père tout-puissant vous protège. Ce qui me rappelle qu'un homme est ici aussi pour plaider la cause de votre époux...

À cet énoncé, Anne fronça les sourcils. Mais qui cela pouvait-il bien être? Il ne pouvait s'agir de De Dumain puisqu'il était demeuré à leurs côtés toute la journée. Alors, qui était-ce? À peine venait-elle de se poser cette question qu'un homme s'avança vers eux. Jean! Mais qu'est-ce que son frère faisait en ces lieux? Il était resté en retrait derrière l'un des piliers et elle n'avait pas remarqué sa présence.

– Voici l'homme qui, étrangement, est venu aussi plaider la cause du seigneur de Knox! Votre frère est arrivé ce matin même et il n'a pas tardé à demander audience pour me faire part des agissements plutôt désastreux de l'un de mes légats. Selon ses dires, le sieur Enricas aurait abusé des pouvoirs qui lui ont été confiés et aurait même fait preuve de cruauté à l'égard de votre époux.

À ces mots, Anne se pétrifia. Qu'avait donc fait le sieur Enricas? Son époux était-il encore en vie? Percevant l'inquiétude qui grandissait en elle, l'homme la rassura:

– Jeune Anne, à la suite des propos de votre frère, j'ai envoyé quelqu'un au château d'Alleuze afin de reprendre les choses en main. Dès son arrivée, le sieur Enricas sera relevé de ses fonctions et nous le ferons comparaître devant un jury ecclésiastique afin de vérifier la véracité des dires de votre frère. Si ses accusations s'avéraient exactes, justice envers le sieur Enricas sera alors rendue. Votre époux sera traité, pour sa part, avec tous les égards dus à son rang. Vous pouvez retourner à votre château, ma dame. Dès que votre époux aura repris des forces, il vous sera rendu. Votre frère y veillera personnellement.

– Malgré tout le respect que je vous dois, Votre Sainteté, je refuse d'abandonner mon époux maintenant. Avec votre bénédiction, je repartirai sur-le-champ en direction du château d'Alleuze afin de le ramener sur ses terres. Son médecin personnel m'attend à l'extérieur des murs de votre palais. Il saura prendre soin de lui. Non que je mette en doute votre jugement, mais nous avons été suffisamment séparés. Il est temps que nous reprenions une route commune, les résultats n'en seront que plus profitables pour tous.

– Devant tant d'ardeur et de bonne volonté, je ne peux que m'incliner ! Allez, maintenant, et partez en paix ! Tant que vous et votre époux demeurerez de fidèles sujets à la couronne de France, vous n'aurez rien à craindre, ni de l'Église ni du roi. Je m'en chargerai moi-même. Néanmoins, permettez-moi de vous faire accompagner par deux de mes légats, ils assureront votre protection et celle de votre époux.

Satisfaite, Anne s'inclina puis entraîna son frère et le chevalier de Dumain à sa suite. Contre toute attente, sa mère refusa de l'écouter lorsqu'elle la pria de regagner le château. C'est donc le cœur empli d'espoir qu'elle monta sur sa jument, puis sans autre préparation s'élança au galop en direction du château d'Alleuze.

Enricas fixait, songeur, les flammes dans l'âtre, lorsque le pli en provenance du palais lui parvint. À sa lecture, une rage sourde l'envahit. Cela ne pouvait être. Il touchait presque son but. Entre ses mains, il avait la conviction que le seigneur de Knox avouerait sa traîtrise. Mais, pour ça, il avait encore besoin de temps et de latitude. Alors, pourquoi la soudaine volte-face de Sa Sainteté ? Prétextant un malaise passager, il s'approcha d'une carafe de métal posée sur l'un des coffres de sa chambre et y versa le contenu d'une fiole avec dextérité, sans être vu. Faisant mine de se rappeler la présence des deux gardes qui avaient apporté le message, il leur proposa aimablement de se désaltérer. Assoiffés après une si longue chevauchée, les deux hommes s'empressèrent d'accepter, inconscients du danger qui les menaçait. L'effet ne fut pas long à survenir. À peine le liquide ingurgité, ils s'effondrèrent sur le sol. Enricas les traîna un après l'autre jusqu'au montant du lit et les y attacha solidement. Puis, à l'aide de vieux chiffons, il les bâillonna. Hors de lui, il déchira le pli et en jeta les morceaux dans l'âtre. Non ! Il était hors de question qu'il laisse la vie sauve au seigneur de Knox ! Ce monstre sanguinaire devait payer pour tous les torts qu'il avait causés et ne méritait aucune compassion de l'Église. Il devait mourir, et maintenant ! Après avoir déjoué facilement les deux gardes, il sortit discrètement et rejoignit son prisonnier, un rictus mauvais sur les lèvres. Il en serait fini de ce grand seigneur avant la tombée de la nuit, ce qui lui laissait suffisamment de temps pour s'éclipser avant que les gardes ne reprennent conscience.

Chapitre VII

Un détour du destin

L'arrivée de la petite troupe à Saint-Flour fut des plus précipitées et ne passa pas inaperçue. À peine le chevalier de Dumain eut-il le temps de demander à une aubergiste des informations concernant la route à suivre que déjà Anne repartait au galop sur l'étroit chemin des chèvres qu'empruntaient les paysans du faubourg. Avec fracas, elle traversa le vieux pont qui surplombait les berges de l'Ander et s'élança en direction du château d'Alleuze. À la vue de celui-ci, elle arrêta brusquement sa monture, assaillie par un mauvais présage. Le donjon carré flanqué de quatre tours semblait sinistre sur le fond gris du ciel qui menaçait d'éclater en orage. Isolé de toute vie extérieure et protégé par un épais rempart, le sombre château paraissait inaccessible, juché tout en haut de sa colline. Avec prudence, Anne dirigea sa monture sur la pente escarpée qui menait à l'entrée. Lorsqu'ils arrivèrent aux portes du château d'Alleuze, un lourd silence régnait. Craignant le pire, un des légats descendit de son cheval et fit demander l'évêque responsable du domaine. Trop agitée pour demeurer plus longtemps en selle, Anne avait mis pied à terre et ne cessait de tripoter sa robe. Pourquoi mettait-il tant de temps à revenir? La sachant folle d'inquiétude, Dame Viviane se plaça à ses côtés, tout en faisant signe discrètement à son fils de venir les rejoindre. Elle redoutait qu'un malheur ne soit survenu à son gendre et son instinct la trompait rarement. Un homme au dos voûté par l'âge se présenta à eux quelques instants plus tard. Anne se figea en apercevant son visage grave et bouleversé. Aussitôt, l'angoisse l'étreignit. Il était arrivé quelque chose à Joffrey, cela ne pouvait être que ça. N'y tenant plus, elle s'élança vers lui.

– Mon père, où est mon époux ? Où est-il ? demanda-t-elle d'une voix cassée.

– Mon enfant, je suis désolé ! Mais j'ai peur d'être le messager d'une bien mauvaise nouvelle…

– Non ! Où est-il ? J'exige de le voir immédiatement ! s'écria-t-elle, en proie à la panique.

– Chère enfant ! Vu votre état et ce qu'il reste de votre époux, il serait préférable que vous ne le voyiez pas ! Le spectacle de son corps brisé vous ferait trop horreur.

À ces mots, le cœur d'Anne flancha. Refoulant avec peine les sanglots qui montaient dans sa gorge, elle fit face de nouveau au vieil homme.

– Je n'ai pas peur de la souffrance et de sa laideur, mon père ! Je dois voir mon époux et constater l'étendue de ses blessures. Il nous faut pouvoir le soigner rapidement afin de le ramener au château.

– Je crains que vous m'ayez mal compris, mon enfant. Votre époux n'est plus de ce monde ! Nous venons à peine de constater son décès, d'où mon absence à votre arrivée.

À cette nouvelle, Anne s'effondra. Jean, qui se trouvait à ses côtés, la retint fermement. La douleur qui envahit alors la jeune femme fut si vive que seul un faible gémissement parvint à franchir ses lèvres tremblantes. Non, c'était impossible, cela ne pouvait être. Pas maintenant, alors qu'ils avaient été si près de le sauver. Cet homme mentait, Joffrey ne pouvait être mort. Il fallait qu'elle le voie sinon elle ne parviendrait jamais à y croire. Un homme tel que lui ne pouvait mourir ainsi. S'accrochant au pan de la veste de son frère, elle le secoua énergiquement.

– Jean ! Je dois le voir ! Il faut que je le voie ! cria-t-elle, au bord de l'hystérie.

– Mais… Anne…, tenta-t-il vainement.

– Tais-toi et fais ce que je te dis ! Je te l'ordonne ! Tu m'entends ? Je t'ordonne de me conduire à lui ! répéta-t-elle d'une voix tendue.

Jetant un bref regard à sa mère, Jean chercha son appui. Mais celle-ci semblait aussi dépassée par les événements qu'eux, si bien qu'elle ne lui était d'aucun secours. Reportant à nouveau son attention sur sa sœur, il fut ébranlé par la détermination qu'il lut dans ses yeux. Si Anne avait décidé d'aller constater par elle-même l'état de son époux, il la connaissait assez bien pour savoir que même lui ne pourrait la faire changer d'avis. Mieux valait dans ce cas en finir le plus rapidement possible et retourner au château de Knox.

– Mon père, je voudrais que vous nous conduisiez au chevet du seigneur de Knox.

– Mon seigneur, c'est-à-dire que nous n'avons pas eu le temps encore de le détacher et de le préparer. Nous venons à peine de faire la macabre découverte. Le légat Enricas est parvenu à nous échapper, ne nous laissant aucun indice sur l'endroit où se trouvait le corps du prisonnier. Nous avons dû fouiller tous les sous-sols du château. Le seigneur de Knox était suspendu au plafond d'un cachot, presque nu et le corps totalement brisé. Il était déjà trop tard à notre arrivée.

– Alors, amenez-nous en ces lieux. Mes hommes s'occuperont de sa dépouille.

S'inclinant devant lui, l'évêque lui fit signe de le suivre, non sans avoir lancé un regard de désapprobation vers la jeune femme. Ce jeune seigneur commettait une grave erreur en permettant à une femme dans son état de les accompagner. Si la chevauchée n'avait pas eu raison de l'enfant qu'elle portait, le choc émotionnel qu'elle s'apprêtait à subir lui serait assurément fatal. Décidément, le légat Enricas avait placé son ordre en bien fâcheuse position. Le pape leur demanderait des comptes, et pour cause, puisque cela s'était déroulé sur leur terre. Il leur pardonnerait difficilement d'être demeuré dans l'ignorance de telles pratiques barbares sur un sol sacré et chrétien. Si seulement il avait porté plus attention aux agissements de cet homme, il n'en serait pas là aujourd'hui.

L'odeur répugnante qui provenait des cachots noua l'estomac du seigneur de Vallière. Comment des êtres humains pouvaient-ils survivre en des lieux aussi lugubres et infâmes ? Transie par le froid et l'humidité, Anne serra plus étroitement autour de ses épaules les pans de la couverture que lui avait prêtée l'évêque avant de descendre dans les sous-sols. Les torches qui les éclairaient faisaient danser d'étranges ombres sur les parois rocailleuses. Anne s'était sentie désorientée dès l'instant où ils avaient commencé à déambuler dans les couloirs interminables. Elle commençait à désespérer lorsque enfin le vieil évêque s'arrêta devant une lourde porte de bois. Le grincement des gonds résonna, brisant le silence qui s'était installé depuis le début de leur descente.

– Mon seigneur, je crois qu'il serait vraiment préférable que vous inspectiez les lieux avant de laisser cette jeune femme franchir le seuil de la porte. Vous pourrez juger par vous-même de la justesse de mes propos.

Trouvant plus prudent de suivre les recommandations insistantes du vieil évêque, Jean barra le chemin à sa sœur.

– Anne, je ne te laisserai pas entrer dans ce cachot sans l'avoir inspecté préalablement.

Puis, sans lui permettre de protester, il entra en compagnie du chevalier de Dumain et de Sédrique, laissant Anne avec les hommes de garde. L'évêque referma la porte derrière eux. Jean eut du mal à retenir un haut-le-cœur en constatant l'état pitoyable de son beau-frère. Seigneur Dieu, comment pouvait-on infliger de tels supplices à un être humain ? Il était hors de question qu'Anne voie son époux dans cet état. Avec consternation, il remarqua que De Dumain et Sédrique semblaient tout aussi pétrifiés que lui par la scène. Pendu au plafond par les poignets, le corps de Joffrey de Knox ballottait dans le vide, sans vie. Sa tête, penchée vers l'avant, laissait entrevoir son visage tuméfié. Une marque au fer en zébrait le côté gauche, de la tempe jusqu'au menton. D'ailleurs, une faible odeur de chair carbonisée flottait encore dans l'air. Les quatre membres avaient été suffisamment écartelés pour avoir été déboîtés de leurs cavités. Lorsque Jean porta son regard sur le haut du corps, il détourna la tête quelques secondes pour reprendre ses esprits. La chair de son dos et de son torse était en lambeaux, déchiquetée par la morsure du fouet et rongée par les rats. De plus, une autre zébrure au fer prenait naissance au milieu de son dos pour se terminer derrière son genou droit. Plusieurs ecchymoses à la tête laissaient deviner qu'il avait été aussi battu, et la plante de ses pieds noircie indiquait qu'ils avaient été brûlés par des braises ardentes. L'homme qui l'avait torturé ainsi devait être complètement fou. Découragé, Jean réalisa toute l'ampleur de sa contribution à la capture de son beau-frère. Incapable de supporter plus longtemps ce spectacle macabre, il invita les deux hommes à se joindre à lui pour dégager la dépouille de cette position dégradante, afin de le ramener jusqu'à la cour extérieure du château. Il en était à se demander comment s'y prendre lorsque les gonds de la porte grincèrent à nouveau. Faisant volte-face, il vit avec effarement la silhouette de sa sœur se dessiner dans l'encadrement.

– Non ! lui cria-t-il avec désespoir.

Mais il était déjà trop tard. Anne venait d'entrer à son tour. Ses yeux s'agrandirent d'effroi. Portant une main à sa bouche, elle hurla d'horreur. Malgré que son frère lui ordonnât de détourner la tête, elle ne pouvait détacher son regard de la silhouette qui ballottait dans le vide. Son frère la saisit pour la faire réagir, mais Anne hurla de plus belle. Son cri se répercuta sur les murs du cachot, arrachant un frisson au vieux chevalier et à Sédrique. Décidé à sortir sa sœur de ces lieux maudits, Jean resserra son étreinte mais, hurlant et criant, elle parvint à dégager ses bras, le martelant avec rage à la poitrine. Sous l'assaut de ses coups, Jean demanda l'aide de Sédrique. Sa sœur était en pleine crise d'hystérie et il craignait qu'elle ne bascule dans la folie. Mort d'inquiétude, il tenta une nouvelle fois de la calmer, en vain.

– Anne ! Anne ! Je t'en conjure, calme-toi ! Calme-toi ! cria-t-il à bout de patience.

– Lâche-moi ! Lâche-moi ! Joffrey ! Non ! Joffrey ! Joffrey ! hurla-t-elle à nouveau, indifférente aux paroles de son frère.

Puis, prise d'une rage meurtrière, elle le griffa avec force, laissant une marque profonde sur sa joue droite. Sous la douleur, Jean relâcha son emprise. Libérée, Anne s'élança à travers les dédales du sous-sol. Courant à l'aveuglette, elle se retrouva soudain à l'embranchement d'une fourche et s'engagea vers la gauche sans réfléchir. Elle devait partir. Retrouver l'air pur et la lumière. Il fallait qu'elle sorte de là. Perdue et aveuglée par la douleur, elle se laissa choir dans un encavement et pleura longuement, sans retenue. C'est dans cette position recroquevillée, les épaules secouées par le chagrin, que Jean la retrouva enfin. Son cœur battant la chamade, il dut se faire violence pour ne pas s'effondrer à ses côtés. La profondeur de la douleur d'Anne paraissait si grande qu'il ne savait à quel saint se vouer, ni que faire. Sédrique, qui le suivait de près, s'approcha d'elle.

– Maîtresse, je vous en prie, laissez-moi vous aider. Il faut retourner au château. C'est là qu'est votre place. Vous êtes une De Knox maintenant. Alors, faites honneur au nom de votre époux. Vous êtes une combattante et il admirait cette force en vous. Soyez fidèle à sa mémoire et survivez, pour qu'il ne soit pas mort en vain.

– Sédrique... À quoi bon..., articula-t-elle faiblement.

– Il vous a légué l'héritage des Knox pour que vous le transmettiez un jour à son enfant. J'ai vu, au côté de sa dépouille, sur le sol, un parchemin qui déclarait sa traîtrise à l'égard de la couronne de France. Mais sa signature n'y était pas. Dame de Knox, votre époux est mort en préservant son héritage. Voulez-vous donc rendre vaines toutes ses souffrances ? Seriez-vous faible à ce point ? l'accusa-t-il avec force.

À sa grande satisfaction, Anne réagit à sa provocation en relevant fièrement la tête. Le regard perçant qui le jugea alors le rassura. Aussi jeune fût-elle, c'était une guerrière dangereuse. Il pouvait déjà prédire qu'elle survivrait à cette tragédie et que l'homme qui était l'auteur de ce massacre ignoble paierait pour son geste. Il allait payer de sa vie ! Et il l'aiderait à se venger, s'il le fallait ! Cette femme enfant était bien digne de son seigneur. Son maître avait été sage de la choisir comme épouse, car même advenant sa disparition, il savait que les terres des Knox seraient bien protégées et prospéreraient.

– Sédrique, je veux que les cendres de Joffrey soient ramenées sur les terres des Knox. De plus, je vous ordonne de retrouver le sieur Enricas. Prenez votre temps et ne commettez pas d'imprudence. L'hiver est à nos portes. Pour ma part, je retourne au château dans les plus brefs délais pour m'assurer que si ce dernier se trouve dans les parages, qu'il ne cause aucun tort à ses habitants. Laissez-moi maintenant, je retrouverai mon chemin seule. J'ai une missive à préparer pour Sa Sainteté le pape Clément VI et des points à éclaircir à son intention.

D'un signe de tête, elle lui donna son congé. Abasourdi, Jean l'observa longuement. Voyant qu'il s'apprêtait à la suivre,

Sédrique l'arrêta dans son élan. Il devinait que la nouvelle dame de Knox avait besoin de se retrouver seule avec son chagrin. Ces quelques instants lui appartenaient, car dès qu'elle franchirait la porte extérieure, toute trace d'abattement devrait avoir disparu de son visage. En tant que seule maîtresse de Knox pour les années à venir, elle se devait d'être respectée, voire crainte, par les hommes d'armes à sa solde. Un avenir trouble et difficile s'annonçait, car elle devrait tenir jusqu'à la majorité de l'héritier De Knox. Et ce n'était pas une mince tâche pour une femme si jeune. Toutes les vieilles rancœurs qui emplissaient le cœur des ennemis de Joffrey n'allaient pas tarder à refaire surface. Il lui faudrait alors protéger les terres et les biens de la famille envers et contre tout.

Alors qu'Anne poursuivait son chemin, Jean et Sédrique retournèrent à contrecœur vers le cachot. La tâche qui les attendait était loin d'être agréable, ni facile à exécuter. Lorsqu'ils pénétrèrent à nouveau dans le cachot, ils trouvèrent De Dumain dans la même position d'abattement que plus tôt. Sédrique comprenait son chagrin et ses sentiments. N'était-ce pas lui qui avait livré son seigneur ? Même si ses intentions étaient nobles et justes, il n'en demeurait pas moins que le résultat final était catastrophique. Le seigneur de Knox était mort.

Lorsque Anne refit surface dans la cour extérieure du château, sa mère eut le cœur brisé en l'apercevant. En l'espace de quelques minutes, sa fille chérie avait vieilli de dix ans et perdu toute trace de gaieté dans son visage. Son teint pâle et ses yeux dénués d'expression lui donnaient une apparence fantomatique. Pourtant, malgré la douleur qu'elle vivait, elle n'en demeurait pas moins fière et droite. C'est la tête haute qu'elle les rejoignit. Sans aucun égard pour l'évêque qui l'accompagnait, elle se dirigea droit vers les deux légats, qui étaient eux aussi remontés à la surface. D'une main ferme, elle leur tendit une missive.

– Rapportez ce pli à Avignon et remettez-le en main propre à Sa Sainteté. Il contient la description complète des traitements infligés à mon époux. Le déshonneur que vient de subir la maison des Knox demande une réparation de l'Église. Les détails de ma requête se trouvent dans cette lettre. Ne la perdez pas, termina-t-elle d'un ton déterminé.

Mal à l'aise devant son regard de glace, l'un des légats s'empara de la missive et salua Anne d'un bref mouvement de tête. Sans plus attendre, il enfourcha sa monture et fit signe à son compagnon de route de le suivre. Ils devaient faire leur rapport le plus rapidement possible à Sa Sainteté et décider du sort qui serait réservé au sieur Enricas.

Dès le départ des deux légats, Anne grimpa à son tour sur sa jument et, suivie de sa mère et de leur garde personnelle, regagna le château de Knox. C'est en silence qu'elle quitta le château d'Alleuze, sans aucune marque de respect à l'égard des évêques. Par leur ignorance et leur inaction, ils s'étaient rendus tout aussi coupables que le sieur Enricas du décès de son époux et devraient payer d'une façon ou d'une autre. Les évêques de Clermont venaient de se faire une ennemie redoutable et ils le savaient très bien.

Sédrique posa une main sur l'épaule du vieux chevalier en signe de réconfort. Relevant la tête, celui-ci le regarda fixement, assailli par le remords.

– Mon vieil ami, j'ai tué Joffrey de Knox aussi sûrement que l'être infâme qui l'a torturé à mort. C'est moi qui l'ai livré au jeune De Vallière et au sieur Enricas. À l'époque, je croyais agir pour le mieux, mais aujourd'hui je sais que j'ai commis une erreur indigne de mon rang. Je ne me le pardonnerai jamais !

– Il le faudra pourtant, mon ami ! La dame de Knox aura besoin de tout le soutien possible. Elle est seule désormais, avec en son ventre un héritier puissant. La lignée des Knox doit se poursuivre et vous en serez le gardien. Je sais que c'est ce que Joffrey aurait voulu ! Il vous savait loyal envers sa jeune épouse et c'est ce dont elle a désespérément besoin en ce moment.

– Si tel est mon châtiment, il est bien doux, car j'aime beaucoup cette petite. Elle me rappelle ma chère Élizabeth à certains égards et je donnerais volontiers ma vie pour protéger la sienne. Elle ne pourra avoir plus fidèle protecteur, continua-t-il d'une voix rauque.

– Je n'en doute pas, mon ami ! Mais maintenant, il nous faut accomplir une tâche bien lourde et j'aurai besoin de votre aide, ainsi que de celle du seigneur de Vallière.

À la mention de son nom, Jean s'approcha d'eux. Il savait qu'ils devaient maintenant s'occuper de la dépouille de son beau-frère, et cela ne l'enchantait guère. Pourtant, il ne pouvait échapper à son destin, c'était là un bien faible châtiment à subir pour sa trahison. S'approchant de Joffrey, il s'empara de son poignard afin de couper les liens qui le retenaient suspendu. Au moment où il prenait appui sur un banc pour couper les cordes, un sifflement rauque, à peine perceptible, s'échappa des lèvres entrouvertes du mort. Surpris, Jean en perdit l'équilibre et trébucha tête première sur le sol rocailleux. Se relevant d'un bond, il observa son beau-frère, le visage livide. Croyant être victime de son imagination, il remonta à nouveau sur le banc, non sans une certaine hésitation. Sédrique, à qui la scène n'avait pas échappé, promena une main hésitante sur le corps du mort. De plus en plus intrigué, il appuya légèrement. La peau était froide, certes, mais n'avait pas cette raideur si caractéristique des morts. C'était impossible, cela ne pouvait être ! Pourtant ! S'emparant d'une torche, il dégagea Jean du banc sans explication et y grimpa à son tour. Soulevant les paupières de Joffrey sans difficulté, il passa la torche devant ses yeux. À son immense surprise, les pupilles se dilatèrent. Dieu tout-puissant, le seigneur de Knox était encore en vie !

Ils mirent presque cinq jours à rejoindre le château de Knox. À leur arrivée, la vieille Berthe les reçut avec un copieux festin, mais Anne mangea du bout des lèvres. La nourriture ne l'intéressait pas. Tout ce qu'elle désirait, c'était se plonger dans un bon bain chaud et trouver l'oubli dans le sommeil. Demain serait un jour important, car il lui faudrait reprendre les rênes du domaine et imposer sa volonté à tous. Par chance, la menace d'attaque étant levée, tous et chacun avaient pu regagner leur demeure, laissant le château dans un silence apaisant. La herse avait déjà été refermée et le pont-levis relevé lorsque Anne trouva enfin le sommeil tant recherché.

Au même moment, au château d'Alleuze, une petite troupe quittait les lieux en secret en direction des terres de Knox, pour se diriger non pas vers le château, mais vers une modeste chaumière en bordure de la forêt.

Une semaine s'était écoulée et Anne continuait de s'étourdir en se consacrant à sa tâche de châtelaine et de maîtresse des lieux. Elle s'était longuement entretenue avec l'intendant et commençait seulement à comprendre l'ampleur de l'ouvrage qui l'attendait. Heureusement que la vieille Berthe et sa mère la secondaient nuit et jour. Sans elles, elle n'y serait jamais parvenue. Sa première grande décision fut prise le lendemain de son arrivée lorsqu'elle tomba sur un pli adressé à son défunt époux et qui provenait du chevalier de Coubertin. À la lecture de la missive, les battements de son cœur s'accélérèrent. Brûlant la lettre aussitôt, elle fit venir son homme de main le plus fiable et le chargea personnellement d'aller porter une nouvelle missive au chevalier de Coubertin. Celui-ci se trouvait en plein cœur d'une bataille, guerroyant contre l'armée de France afin de s'emparer du château et de la ville de la Roche-Derrien. Elle avait cru à tort que ses soucis concernant l'alliance des Knox et de Jean de Montfort s'étaient éteints avec la mort de celui-ci au début de l'automne. Mais voilà que le conflit reprenait de nouveau avec sa veuve, Jeanne de Flandre, pour le compte de son fils Jean IV. Anne se devait donc d'agir rapidement, avant que cette information ne vienne aux oreilles du roi de France et du pape à Avignon et ne leur cause des torts irréversibles. C'est donc d'une main tremblante qu'elle rédigea sa missive. Elle la fit brève et sans équivoque, ordonnant à son armée d'abandonner le combat et de revenir séance tenante au château. Quiconque se permettrait de désobéir à cet ordre serait immédiatement pendu haut et court pour trahison, sans aucune forme de procès.

La surprise fut grande pour le chevalier de Coubertin à la lecture de la missive, mais les ordres étaient très clairs. Rappelant ses hommes, ceux-ci abandonnèrent l'armée d'Édouard III sur-le-champ et entreprirent de regagner le château de Knox. Mais que signifiait ce soudain retranchement des troupes ? Ce n'était pas dans les habitudes de leur seigneur d'agir de la sorte. Pourtant, le sceau qui marquait la missive était bien celui des Knox. Alors pourquoi ? Il se promettait bien d'en avoir le cœur net dès leur retour. Le seigneur de Knox ne savait-il donc pas que la présence de leur troupe était vitale à Édouard III ? Décidément, cette histoire était des plus surprenantes. Ils arrivèrent au château après une chevauchée de quelques heures. Quelle ne fut pas la surprise du chevalier de Coubertin lorsqu'il découvrit que le nouveau maître des lieux n'était nul autre qu'une jeune femme, dame Anne de Knox, l'épouse de leur seigneur. Voilà donc ce qui expliquait ce soudain revirement de situation. Du moins passeraient-ils l'hiver au chaud. Ce qui n'était pas pour lui déplaire, puisqu'il préférait de loin le confort du château à la température glaciale de la plaine.

Les jours et les semaines se déroulèrent sans encombre. L'hiver recouvrait maintenant la verte plaine de son manteau blanc. Un vent vif et piquant sifflait entre les vieilles pierres du château. Malgré ses robes de velours à collet de fourrure, Anne ne parvenait pas à réchauffer son corps glacé. Tout lui semblait terne et sans intérêt. Même son corps la trahissait, sous l'effet de la grossesse. Elle en était maintenant à son septième mois et déjà le bébé avait pris des proportions énormes, arrondissant sans contrainte son ventre juvénile. Du moins, elle n'avait plus de nausées depuis plusieurs mois déjà. C'était là son seul réconfort. Sa mère et la vieille Berthe ne cessaient de la harceler pour qu'elle mange un peu plus, et pour le bien être de l'enfant elle se soumettait à contrecœur à leur demande. Prise entre la responsabilité des hommes et du domaine et les besoins du futur héritier des lieux, elle n'avait plus une minute de libre, ce qui était préférable ainsi, car cela l'empêchait de songer à l'absence de son époux. Pourtant, la nuit venue, lorsqu'elle se retrouvait seule dans son grand lit et que le sommeil la fuyait, elle serrait contre son cœur une des chemises ayant appartenu à Joffrey et en humait l'odeur. La nuit était souvent avancée lorsqu'elle parvenait à s'endormir, la plupart du temps épuisée d'avoir trop pleuré. Mais, souvent aussi, des visions cauchemardesques envahissaient ses rêves, la laissant en sueur et pantelante à son réveil. À ce moment-là, sa mère se rendait à son chevet, réveillée par ses cris d'horreur, une tisane calmante à la main. C'était au son mélodieux de sa voix et sous l'effet apaisant de l'infusion qu'elle parvenait à se rendormir, jusqu'aux premières lueurs de l'aube. Dès son réveil, elle devait se recomposer une attitude digne et fière, afin de ne pas éveiller les soupçons de la maisonnée. Personne, mis à part sa mère, ne devait connaître l'étendue de sa douleur, quoiqu'elle soupçonnât la vieille Berthe de tout deviner. Pourtant, il aurait été si doux de se laisser aller à son chagrin, sans crainte d'être trahie. Mais son rang et sa position lui interdisaient un tel étalage de sentiments.

Non loin de là, dans une petite chaumière en bordure de la forêt, deux hommes jouaient silencieusement aux échecs près de l'âtre. À l'extérieur, le vent hurlait, annonçant une nouvelle rafale de neige. Ayant déjà fait leurs provisions en conséquence, ils n'appréhendaient nullement le mauvais temps à venir, qui les obligerait à demeurer cloîtrés dans la chaumière. Rien de comparable avec l'attitude colérique de l'homme qui reposait en haut, dans le lit à baldaquin. Leur patient n'était pas des plus aisés à soigner, ni des plus faciles à supporter. Si la nature de ses blessures n'avait pas été si grave, ils l'auraient volontiers abandonné à son sort, songea Sédrique avec une certaine amertume. Mais Joffrey avait énormément souffert, dans son âme et dans sa chair. On ne pouvait revenir d'aussi loin sans en subir les contrecoups. Peu auraient survécu à de telles souffrances, mais Joffrey de Knox n'était pas n'importe quel homme. Il avait une force de caractère digne d'un grand guerrier. Pourtant, il avait frôlé la mort de si près. Si ça n'avait été que d'eux, les évêques de Clermont l'auraient déjà brûlé vif, croyant avoir affaire à un cadavre. Il est vrai qu'il semblait bien mort, ayant déjà commencé à sombrer vers les profondeurs de la nuit éternelle. Ne voulant prendre aucun risque,

Sédrique et De Dumain avaient renvoyé le seigneur de Vallière à son château. Ils lui avaient donné comme mandat de faire parvenir une missive à Anne afin de l'informer qu'ils allaient tous demeurer quelque temps au château de Vallière, souhaitant ainsi justifier leur absence prolongée. Mais, contrairement à ce que disait la missive, seul Jean de Vallière regagnait son domaine, car le chevalier de Dumain et lui-même devaient se diriger en secret vers la petite chaumière en compagnie de Joffrey pour tenter de le sauver. Par chance, il avait en sa possession plusieurs remèdes qui allaient lui permettre de soigner le seigneur de Knox. Ignorant l'issue de ce combat, ils avaient préféré taire la nouvelle à la jeune épouse. Il aurait été trop cruel de lui donner de faux espoirs. Mais, même maintenant, alors que sa guérison était presque totale, Joffrey se refusait à en avertir Anne. Il avait besoin de temps pour réfléchir et effacer les images qui l'envahissaient la nuit venue. Les trois mois qu'il venait de passer avaient été des plus incertains. Mis à part une démarche encore mal assurée et les nombreuses cicatrices qui recouvraient son corps meurtri, il reprenait courage et confiance en lui. Certes, sa force n'était pas encore la même qu'avant, puisqu'il parvenait difficilement à manier l'épée avec autant d'adresse. Mais, renonçant à accepter cette faiblesse, il passait quelque temps à l'extérieur chaque jour à combattre avec le vieux chevalier, sous l'air vif de l'hiver. Il savait que ses forces et son agilité lui reviendraient grâce aux bons soins de Sédrique, mais il savait en contrepartie que les cicatrices qui le recouvraient tout entier demeureraient à jamais. Il n'y avait rien de gracieux dans ses balafres, ni de beau, ce qui l'incitait à retarder le moment d'apparaître devant sa jeune épouse. Il avait su, par le vieux chevalier et Sédrique, le choc qu'avait subi Anne en découvrant son corps brisé dans le cachot. Il maudissait le jeune De Vallière de n'avoir su imposer sa volonté à sa sœur. Comment lui faire face alors, sans éveiller en elle l'écho de ces souvenirs ? Lui-même était terrassé par de telles visions d'horreur ! Qu'adviendrait-il alors de sa jeune épouse ? Pourtant, il lui faudrait affronter un jour ou l'autre son destin et retrouver la vie qui était la sienne. Il n'était pas homme à se défiler.

Par une froide matinée de mars, Anne était sortie des murs du château avec l'intention de fuir quelque temps la lourdeur des tâches qui l'accablaient. Sa grossesse fort avancée et qui approchait de son terme, ne lui permettrait plus longtemps de déambuler ainsi, dans la neige froide et humide. Comprenant ses inquiétudes face à l'accouchement à venir, sa mère l'avait laissée aller, sachant bien que sa fille finirait dans la petite chapelle du village, afin d'y apaiser son âme des tourments qui la rongeaient. Elle-même allait rendre visite à l'occasion au vieux moine afin de prier pour sa fille et pour l'enfant à venir. Elle n'en soufflait mot à Anne, mais l'accouchement l'inquiétait. Elle était si frêle et l'enfant si imposant déjà, alors comment ne pas craindre une délivrance difficile ? Tant de choses pouvaient se passer à ce moment-là. Et Sédrique qui ne revenait toujours pas ! Inquiète de la tournure que pourrait prendre l'événement, Dame de Vallière regagna sa chambre et écrivit de nouveau une missive à l'intention de son fils pour qu'il fasse revenir Sédrique au château de Knox le plus rapidement possible, afin qu'il soit présent le moment venu. Mais qu'est-ce qui le retenait si longtemps ? C'était pourtant la troisième missive qu'elle faisait parvenir depuis un mois.

Le regard sombre, Enricas observait attentivement la dame de Knox qui déambulait librement dans les rues du village.

Cela faisait plusieurs jours qu'il la surveillait, sans parvenir à l'approcher. Mais, aujourd'hui, c'était son jour de chance, car elle se trouvait seule et hors des murs protecteurs du château. La suivant de près, il hésita pourtant quelques secondes avant de franchir à son tour le seuil de la petite chapelle. Un combat se livrait en lui. Comment fouler le sol saint d'une église, alors que ceux qui la gouvernaient l'avaient répudié et le traquaient maintenant sans relâche? Ce qu'il avait fait pourtant, il l'avait fait pour Dieu! Dans sa folie, il ne réalisait pas toute l'ampleur du sacrilège qu'il avait commis alors sur la personne de Joffrey de Knox. Comment la femme de cet être impur pouvait-elle pénétrer impunément dans le sanctuaire de Dieu, avec ce monstre en son sein, alors que lui-même n'en avait plus le droit? Préférant attendre, Enricas se cacha derrière une petite bâtisse et resta là jusqu'à ce qu'Anne ressorte de la chapelle, pour l'intercepter.

Au même moment, deux cavaliers traversaient le village au galop, manquant de renverser des villageois au passage. À peine les murs du château franchis, ils sautèrent en bas de leur monture et grimpèrent les marches de pierre qui les conduisirent directement dans la grande salle. Avec soulagement, ils aperçurent Dame Viviane en compagnie d'un messager. Quelle ne fut pas la surprise de celle-ci en apercevant les deux hommes! Seigneur Dieu, ils avaient enfin daigné répondre à ses missives.

– Chevalier de Dumain, sieur Sédrique, comme je suis soulagée de vous savoir enfin de retour parmi nous! Mais pourquoi avoir attendu si longtemps avant de revenir? J'étais folle d'inquiétude pour ma fille!

– Mille excuses, ma dame, mais il nous était impossible de faire autrement, répondit le chevalier de Dumain en s'inclinant.

– Vous êtes tout excusé, mon ami ! Vous êtes là tous les deux et c'est tout ce qui m'importe pour le moment.

– Ma dame, hélas, de nouveaux soucis se pointent à l'horizon ! Notre présence ici découle d'une certaine urgence. Un message en provenance d'Avignon nous est parvenu il y a peu. Il semblerait que le sieur Enricas ait échappé à la surveillance de l'Église. Cet homme est dangereux, ma dame, et je crains qu'il ne veuille s'en prendre maintenant à la dame de Knox et à l'enfant qu'elle porte.

Sous l'assaut d'une telle nouvelle, Dame Viviane s'effondra sur l'un des fauteuils. Ce calvaire ne finirait donc jamais ! Puis, se rappelant soudain l'escapade de sa fille, elle blêmit.

– Dieu du ciel ! Partez vite la rejoindre à la petite chapelle du village ! Elle est seule et sans défense. Je vous en prie, allez la chercher, j'ai peur que cet homme ne la trouve et ne lui fasse du mal !

Appréhendant le pire, le vieux chevalier s'élança vers sa monture, suivi de plusieurs soldats. Pourvu que cet Enricas ne soit pas déjà parvenu à la chapelle. S'il mettait la main sur Anne, qui sait ce qui en découlerait. Sûrement rien de bon, à voir dans quel état il avait laissé Joffrey. Enfourchant sa monture, il nota avec soulagement que Sédrique était déjà en route pour prévenir Joffrey de la situation. Étant donné que celui-ci se trouvait présentement dans une petite auberge en bordure du village, il ne mettrait pas de temps à intervenir. Il aurait voulu préparer la jeune femme au retour de son époux, mais vu l'urgence de la situation, il ne pouvait se permettre la moindre erreur. Enricas se trouvait peut-être ici, cherchant probablement à s'en prendre à la dame de Knox. Si c'était le cas, Joffrey devrait être présent pour la protéger. Peu importait le choc qu'elle subirait à sa vue, c'était sa sauvegarde et celle du petit qui comptait maintenant.

Un faible soleil perçait à travers les nuages lorsque Anne se décida enfin à regagner le château. Sa discussion avec le vieux moine lui avait fait du bien, allégeant ses épaules d'un lourd fardeau. Alors qu'elle descendait les vieilles marches de pierre, un léger tressaillement la fit sourire. Passant une main légère sur son ventre, elle sentit l'enfant qui bougeait. Très bientôt, elle serait en mesure de le tenir contre son cœur. Pourvu qu'il ressemble à Joffrey, songea-t-elle avec tristesse. À la pensée de son époux, son cœur se serra à nouveau. Il aurait été si doux et si rassurant de l'avoir à ses côtés en ce moment. Avec nostalgie, elle se revit, blottie dans le creux de ses bras, près des flammes bienfaisantes de l'âtre dans la petite chaumière. Il s'était alors montré si tendre et si prévenant à son égard. Rien à voir avec l'homme froid et cruel qu'il avait pu être à d'autres moments. Il l'avait aimé à sa façon, c'est certain, sinon il n'aurait pas subi toutes ces horreurs dans le cachot pour les préserver, elle et l'enfant. Avec du recul, elle comprenait mieux maintenant tout ce qui était arrivé et prenait réellement conscience du combat qui s'était livré en lui. Au souvenir de son corps brisé, une rage meurtrière l'envahit. Désormais, elle n'allait plus vivre dans l'ombre mélancolique du passé, mais dans la vengeance à venir. Elle s'apitoyait sur son sort depuis trop longtemps déjà; il lui fallait maintenant se secouer et partir à la recherche du meurtrier de son époux. Elle devait bien cela à la mémoire de Joffrey. Un tel crime ne pouvait demeurer impuni. Elle en était à cette réflexion lorsqu'un homme vint par-derrière et l'entoura dans un étau de fer. Surprise par cet assaut, Anne sursauta. Instinctivement, elle porta une main à son ventre pour protéger son enfant. Voulant échapper à l'emprise de l'inconnu, elle se débattit, mais la lame froide et tranchante d'une épée vint se poser sur sa gorge.

– Anne de Vallière, ou devrais-je plutôt dire Dame de Knox, je vous conseille la prudence si vous ne voulez pas perdre votre jolie petite tête, murmura avec froideur l'homme à son oreille.

Sous cette menace à peine voilée, Anne s'immobilisa, le cœur battant la chamade. L'homme qui la tenait ainsi à sa merci n'était pas un simple bandit de grand chemin. Son langage dénotait une certaine éducation, et le fait qu'il savait très bien qui elle était inquiétait Anne. Frissonnant d'appréhension, elle chercha dans sa mémoire le souvenir de cette voix, mais peine perdue, l'homme lui était inconnu. À moins que…

Tremblante maintenant plus de rage que de peur, Anne inspira profondément.

– Sieur Enricas, quelle imprudence de votre part que de vous présenter sur mes terres une épée à la main ! se risqua-t-elle.

– Votre finesse est tout à votre honneur, dame de Knox, à moins qu'il ne s'agisse de pouvoirs qui vous viennent des ténèbres, dit-il d'une voix faussement calme.

– Le monstre des ténèbres ici, c'est vous, monsieur ! Vous avez torturé mon époux jusqu'à ce que mort s'ensuive ! Même Sa Sainteté le pape Clément VI a condamné vos actes. N'avez-vous donc rien compris ? Vous êtes damné, monsieur ! Et vous brûlerez en enfer ! cracha-t-elle avec dédain.

– Vous m'y suivrez, dame de Knox, ainsi que l'enfant que vous portez. Je n'aurai de repos avant ce jour !

Puis, joignant le geste à la parole, il appuya plus fermement la lame sur son cou, faisant perler de fines gouttes de sang sur le col de sa fourrure. Anne eut un instant de panique, mais retrouva ses esprits lorsque ses doigts rencontrèrent la lame froide de la dague qu'elle gardait cachée dans les replis de sa robe. Depuis la mort de Joffrey, elle la conservait près d'elle nuit et jour pour protéger son enfant et sa vie. S'obligeant à demeurer calme, elle détendit les muscles de son corps, prête à bondir s'il le fallait. Elle avait déjà tué un homme, et n'hésiterait pas à le refaire si c'était nécessaire. Il lui fallait créer une diversion afin d'échapper à l'emprise d'Enricas. Comme une réponse à ses prières, une troupe de soldats arriva sur les lieux, conduite par le vieux chevalier de Dumain. L'air menaçant des hommes qui descendirent de leur monture ébranla Enricas. La situation devenait critique ! Comment se sortir de cette impasse ? Accentuant son emprise sur la gorge d'Anne, il tourna sur lui-même. Qu'un seul d'entre eux s'approche et il la tuerait sur-le-champ ! Conscient du danger qu'encourait la jeune femme, le vieux chevalier se contenta d'ordonner aux hommes de l'encercler et d'attendre ses instructions. Il lui fallait gagner du temps.

– Enricas ! Lâchez cette petite ! Elle ne vous a rien fait ! C'est une innocente !

– Elle s'est condamnée en épousant cet homme et porte aujourd'hui le fruit de sa décadence dans ses entrailles. Elle doit payer sa luxure et mourir avec l'enfant !

– Elle lui a été mariée de force, alors comment pouvait-elle faire autrement ? Ne savez-vous donc pas qu'elle avait tenté de lui échapper plus d'une fois ? La dernière tentative a même failli lui coûter la vie. Alors comment pouvez-vous la condamner ainsi ?

Ébranlé par ces propos, Enricas relâcha quelque peu son emprise. Même si elle était innocente, il n'en demeurait pas moins qu'elle portait la descendance de Joffrey de Knox. Il pouvait toujours tuer l'enfant et épargner la mère, mais dans ce cas il courait le risque d'échouer. Il hésita longuement avant de se décider à agir. Profitant de cette faiblesse passagère, Anne se dégagea vivement et le visa de sa dague avec force. Plus rapide qu'elle, il esquiva le coup qui aurait pu être mortel, mais fut néanmoins blessé gravement à l'épaule. Fou de rage d'avoir été ainsi berné, il la rattrapa de justesse par un bras et l'immobilisa à nouveau. Ainsi, la garce s'était laissée corrompre par ce monstre ! Eh bien soit, elle allait payer cher cette dépravation ! Une peur sourde envahit Anne lorsque la lame de l'épée vint à nouveau se poser sur sa gorge. Non, elle ne devait pas mourir, il fallait que l'enfant de Joffrey survive. Fermant les yeux, elle pria avec ferveur pour que son petit soit épargné. Perdue dans ses prières, elle ne porta pas attention au bruit de sabots qui s'approchait d'eux à une cadence endiablée. Enricas figea en reconnaissant l'homme qui se tenait fièrement sur sa monture. D'un bond souple, celui-ci se laissa glisser au sol et s'avança dans sa direction, l'épée à la main. Son regard de glace le transperça au plus profond de son être. Non, c'était impossible! Joffrey de Knox était mort sous ses yeux, et de ses propres mains de surcroît! À son cri d'horreur, Anne ouvrit les yeux. Frappée de stupeur, elle ne put détacher son regard du visage de l'homme qui lui faisait face. Elle perdait la raison! Cet homme ne pouvait être réel! Pétrifiée par cette vision, elle ne réagit même pas lorsque Enricas la relâcha sous l'effet de la surprise. Profitant de l'ouverture qui s'offrait à lui, Joffrey empoigna Anne par le bras et la projeta avec force vers le chevalier de Dumain.

– Ramène-la au château afin qu'elle y soit en sécurité! Nul besoin pour elle d'assister à cette scène. Je vous rejoindrai plus tard! Sédrique, accompagne-les, je crains que ma jeune épouse n'ait besoin de ton aide pour se calmer, poursuivit-il sans lâcher Enricas des yeux.

Celui-ci s'était suffisamment ressaisi pour reconnaître que son heure avait sonné. Le seigneur de Knox le surpassait en puissance et en agilité. Il ne tiendrait que quelques secondes sous sa fureur, surtout avec une épaule blessée. Mais, par quel sortilège du diable avait-il survécu? Car nul doute qu'il se trouvait bien en face de Joffrey de Knox; la balafre qui zébrait son visage le lui confirmait. Avec un certain détachement, il vit le vieux chevalier s'emparer de la jeune femme, qui semblait hypnotisée par la présence de son époux. Aussitôt en selle, De Dumain et Sédrique s'élancèrent vers le château.

Le mutisme soutenu d'Anne et son regard effaré inquiétaient le vieux chevalier. Allait-elle perdre la raison ? En quelques minutes, ils regagnèrent le château, où ils durent la porter jusqu'à l'intérieur de la grande salle. Sédrique déposa son précieux fardeau sur l'un des fauteuils près de l'âtre. Constatant que des tremblements nerveux la parcouraient, il donna des ordres pour que le feu fût alimenté à nouveau. Au grand désarroi de tous, Anne fut prise subitement d'un rire incontrôlable. Apeurée par son attitude, Dame Viviane porta une main à ses lèvres.

– Seigneur Dieu, que lui arrive-t-il ? demanda-t-elle d'une voix cassée par l'émotion.

– Je l'ai vu, mère ! Je l'ai vu ! Je perds la raison ! Ce n'est pas possible ! C'est impossible ! hoqueta Anne entre le rire et les larmes.

– Sédrique ! Faites quelque chose ! Elle perd la raison ! Anne, mon enfant ! Je vous en conjure, cessez de rire ainsi, vous me faites peur ! Reprenez vos esprits !

Le regard qu'Anne porta sur sa mère était trop brillant pour ne pas l'inquiéter. Du même coup, la jeune fille aperçut la silhouette qui se découpait dans l'encadrement de la porte. Avec horreur, elle remarqua la manche droite déchirée et le sang recouvrant le devant de sa chemise. Elle perdait vraiment la raison ! Se relevant vivement, elle s'empara du tisonnier et s'élança comme une furie sur la silhouette demeurée immobile et silencieuse. Joffrey n'eut aucun mal à arrêter son geste. Lui enserrant violemment le poignet, il la força à lâcher l'objet. Les cris d'effroi de Dame Viviane et de la vieille Berthe résonnèrent en écho aux hurlements de détresse d'Anne. De ses poings, elle frappa le torse de son époux avec énergie et rage. Le chagrin qui l'envahissait était trop immense pour qu'elle réfléchisse.

– Non... C'est impossible ! Ce n'est pas possible ! Vous êtes mort ! J'ai vu votre corps sans vie ! Allez-vous-en ! Allez-vous-en ! cria-t-elle de toutes ses forces.

Joffrey cilla devant une telle souffrance. Elle semblait si fragile et si perdue face à ce nouveau tour du destin. Que lui avait-il fait ?

– Anne ! Anne ! Calmez-vous ! Calmez-vous, nom de Dieu ! cria-t-il en l'immobilisant dans ses bras.

– Pourquoi ? Mais enfin, pourquoi ? articula-t-elle faiblement tout contre lui.

Avec désespoir, Joffrey resserra son étreinte. Il percevait le chagrin qui la submergeait dans chacune des fibres de son corps. D'une main ferme, il l'obligea à le regarder. Dieu qu'il était bon de se perdre à nouveau dans son regard limpide !

– Anne ! J'ignorais si j'allais survivre ! Je n'avais pas le droit de vous donner de faux espoirs ! Je ne le pouvais pas en mon âme et conscience ! dit-il d'une voix rauque.

– Quelque chose est mort en moi lorsque je vous ai vu là-bas, suspendu dans ce cachot, le corps… commença-t-elle, la voix brisée.

– Je sais, Anne ! Je sais ! Mais c'est terminé maintenant ! Je suis revenu, ma dame, et avec la ferme intention de rester à vos côtés !

Incapable de supporter plus longtemps le poids du chagrin qui l'oppressait depuis tant de mois, elle laissa libre cours à ses émotions. Que Dieu lui pardonne, mais elle aimait cet homme plus que tout au monde ! Elle ignorait comment et quand, mais la haine qu'elle lui vouait avait fait place à l'amour. Comment cela était-il possible ? Quelle serait leur vie maintenant ? Ils étaient comme deux étrangers tout en étant unis par un lien puissant. Comment réparer ce qui avait été détruit, sans y perdre son âme ? Tant de coins sombres et de souffrance demeuraient entre eux encore. Quelle serait sa place désormais dans le cœur de cet homme, après ce qu'il avait subi ? Tout se bousculait si vite dans sa tête. Pour sa part, Joffrey était bouleversé de la sentir si perdue entre ses bras. Accueillant ses larmes avec respect, il la serra plus étroitement contre son torse. Il ne pouvait voir son visage enfoui tout contre lui, mais ressentait sa douleur avec tout son être. Il craignait que les derniers événements ne lui aient causé un tort irréparable. Une dernière fois dans sa vie, Enricas avait frappé juste en s'attaquant à elle, obligeant du même coup Joffrey à se dévoiler sans la préparer au préalable. Mais cet homme ne ferait plus de mal à quiconque maintenant, puisqu'il l'avait tué, lui tranchant la tête sans hésitation. Justice avait été rendue et le sieur Enricas avait payé de sa vie sa dette de sang à la famille De Knox, ainsi que l'avait exigé Anne dans sa missive envoyée au pape à Avignon.

La nuit avait enveloppé le château de son voile étoilé. Anne dormait paisiblement dans leur chambre, épuisée par les derniers événements. Pour sa part, Joffrey ne pouvait trouver le sommeil et avait préféré rejoindre la vieille Berthe dans la grande salle. Celle-ci ne fut pas surprise de le voir apparaître, même à cette heure tardive de la nuit. Elle le connaissait assez bien pour deviner qu'il voudrait tout savoir sur ce qui s'était déroulé au château ces derniers mois, y compris les émotions vécues par son épouse durant cette période éprouvante. Allongeant ses jambes, il observa attentivement la vieille femme, prêt à l'écouter. Son récit dura une bonne partie de la nuit, jusqu'à ce que Berthe tombe de sommeil. Laissé seul, et avec les propos de sa vieille nounou en tête, Joffrey appréhendait les jours à venir. Maintenant que tout danger était écarté, il leur faudrait se reconstruire une vie ensemble. Certes, la tâche ne serait pas aisée, car il devrait regagner la confiance de sa jeune épouse. Anne avait erré pendant plusieurs mois, seule, pleurant sa disparition, s'enveloppant peu à peu d'un mur d'indifférence et de froideur. Elle ne se laisserait pas approcher si facilement, de crainte de souffrir encore. Il comprenait ses sentiments et ferait en sorte de détruire une à une les pierres de son rempart, afin de la ramener à lui. Il userait de douceur et de patience à son égard, ne lui laissant aucun moment de répit. Et un jour, elle se donnerait de nouveau à lui avec force et amour ! C'était là une bataille qu'il se promit de gagner et il tenait toujours ses promesses, surtout celles qu'il se faisait à lui-même. Ce furent là ses dernières pensées avant de sombrer dans le sommeil.

L'aube venait à peine de poindre à l'horizon lorsqu'un cri strident ébranla la maisonnée. Réveillé en sursaut, Joffrey constata qu'il s'était endormi dans le fauteuil. Une chaude couverture de laine le recouvrait, une attention particulière de la vieille Berthe. Mais à peine sortait-il des limbes du sommeil, qu'un nouveau hurlement déchira le silence du château. D'un bond vif, il se releva et monta les marches de pierre deux par deux. En pénétrant dans la chambre conjugale, il constata avec effroi que sa jeune épouse était sur le point d'accoucher. Fou d'inquiétude, il s'élança vers elle. À sa vue, Anne hurla de plus belle, mais se calma aussitôt en se rappelant peu à peu les événements de la veille. Elle n'avait donc pas rêvé, son époux était bel et bien en vie. Envahie par une douce chaleur réconfortante, elle ferma les yeux quelques instants et un faible sourire étira ses lèvres tandis qu'elle murmurait son nom. Mais toute plénitude s'effaça lorsqu'une nouvelle douleur la tenailla. Elle se remit alors à hurler. Ces contractions n'en finiraient donc jamais ! Il y avait si longtemps que l'enfant poussait, sans se décider à sortir ! Elle avait perdu toute notion du temps, mais se rappelait que les premières douleurs de l'enfantement l'avaient réveillée lorsqu'il faisait encore nuit noire. Alors pourquoi continuait-elle à souffrir alors que l'aurore s'était déjà levée ? Joffrey l'observa, le regard inquiet. Il avait suffisamment mis de poulains au monde pour comprendre que l'enfant était plus gros que l'ouverture du col de sa jeune épouse. Si Sédrique ne parvenait pas à la dilater suffisamment, l'enfant resterait coincé en elle. Croisant le regard tourmenté de Joffrey, la vieille Berthe comprit qu'il avait tout deviné de l'enjeu qui se déroulait en cet instant.

– Joffrey, il vaudrait mieux sortir maintenant. Votre présence ne ferait que nuire à nos soins.

– Non, il est hors de question que je la laisse traverser seule cette épreuve.

– Joffrey, je comprends vos craintes. Mais Anne est plus déterminée et plus robuste que ne l'était votre mère. Elle aura une chance de survivre à l'enfantement, mais seulement si vous sortez. En votre présence, elle essaiera de contrôler sa douleur et de taire certaines paroles qui pourraient vous blesser, et il ne le faut pas. Elle doit penser à elle et à elle seule uniquement. Alors sortez ! Sortez pour son bien ! Nous veillerons sur elle.

– Vieille sorcière, si vous deviez choisir entre les deux, je vous ordonne de la sauver elle ! Ne sacrifiez pas la mère pour l'enfant ! dit-il d'une voix rauque.

– N'ayez crainte, Joffrey de Knox ! Nous les sauverons tous les deux !

Lorsque la porte se referma derrière lui, Joffrey se sentit impuissant pour la première fois de sa vie. Furieux de ne pouvoir rien faire, il arpenta le corridor nerveusement. Le chevalier de Dumain, qui se trouvait légèrement en retrait, s'avança dans sa direction avec une coupe bien remplie d'un vin fort. Joffrey prit la coupe machinalement et la vida d'un trait, puis la lui remit pour qu'il la remplisse. Ce n'est qu'après quatre verres qu'il parvint à se calmer. À la bonne heure, car à ce rythme-là, De Dumain craignait de le voir s'effondrer sous l'effet de la boisson. Joffrey se sentait mieux pour l'instant. Sa frustration endormie par le vin lui permettrait d'attendre plus facilement la suite des événements. De Dumain comprenait son désarroi. N'avait-il pas ressenti la même chose plusieurs années plus tôt ? Il espérait seulement que le dénouement serait plus heureux pour Anne qu'il ne l'avait été pour Élisabeth, la mère de Joffrey. Au cri qui s'éleva à nouveau, ils sursautèrent. Se prenant la tête à deux mains, Joffrey souffrait en silence. Il fallait qu'elle vive ! Il le fallait ! Il en était à cette supplication lorsqu'un nouveau cri retentit.

– Non... ! Joffrey ! Joffrey..., hurla la jeune femme sous le coup d'une douleur plus intense encore.

Touché au plus profond de lui-même, Joffrey voulut se relever pour la rejoindre, mais De Dumain posa une main ferme sur son épaule. Sans doute serait-il demeuré ainsi si Anne ne l'avait pas appelé de nouveau. Incapable de rester plus longtemps loin d'elle, il se dégagea d'un coup d'épaule de la poigne de De Dumain, se releva d'un bond et ouvrit la porte avec force. Il frémit en voyant la scène. Le corps en sueur et le visage livide, Anne soufflait péniblement, sa tête ballottant en tous sens sous l'effort fourni. Devant le regard réprobateur de la vieille Berthe, Joffrey répondit avec hargne :

– Il est hors de question que je l'abandonne de nouveau ! Je vais demeurer à ses côtés, que cela vous plaise ou non !

Prenant la main tremblante d'Anne dans la sienne, il dégagea son front des mèches qui y collaient. Elle semblait si frêle ainsi et si perdue qu'il eut peur qu'elle ne disparaisse. Le cœur tourmenté par mille craintes, il déposa un léger baiser sur ses lèvres entrouvertes.

– Anne ! Ma douce ! N'abandonnez pas ! Je vous en conjure, restez avec moi ! Si j'ai survécu à toutes les souffrances infligées par Enricas, vous survivrez aussi à cette épreuve ! murmura-t-il à son oreille.

Anne acquiesça de la tête et recommença à pousser de toutes ses forces. Sous ce nouvel effort, l'enfant présenta la tête, arrachant un frisson à sa mère. Au moment où les épaules du bébé se présentèrent à leur tour, elle hurla de plus belle.

– Je vous déteste, Joffrey de Knox ! Je vous déteste ! Plus jamais je ne vous permettrai de me prendre ! Plus jamais ! cria-t-elle dans un sanglot.

Joffrey accusa le coup rudement. Puis, se rappelant les paroles de la veille Berthe, il se tut. Elle était en droit de lui reprocher sa souffrance et, vu la situation actuelle, lui non plus n'était pas certain de vouloir retenter l'expérience. Un seul héritier lui suffirait. Dans un dernier sursaut, l'enfant sortit entièrement du ventre de sa mère, la déchirant. Anne s'évanouit sous la douleur lancinante. Il serait si bon maintenant de se laisser aller. Alors que le nouvel héritier des lieux hurlait sa venue au monde, Anne se laissait porter vers des rivages lointains. Constatant son état, la vieille Berthe fut prise de panique.

– Joffrey ! Interdisez-lui de partir ! Retenez-la ! Elle ne doit pas se laisser aller ainsi ! Seigneur Dieu, nous la perdons !

Sentant le danger, Joffrey prit sa jeune épouse par les épaules.

– Anne ! Reviens ! Je t'en conjure, reviens ! Ne me quitte pas ! Ne me quitte pas ! Mon amour, je t'aime ! lui chuchota-t-il à l'oreille, désespéré.

La serrant contre lui, il couvrit son visage de baisers pressants. Perdue sur des rivages lointains, Anne perçut peu à peu l'écho de son appel pressant. Au son des intonations chaudes et vibrantes, elle tressaillit. Joffrey ! Joffrey était revenu et il la cherchait. Il y avait une telle souffrance dans sa voix qu'elle leva la main pour lui frôler le visage. Croyant rêver, elle s'obligea à soulever ses paupières lourdes et croisa alors ses yeux apeurés. L'amour qu'elle y lut l'inonda de joie, faisant fondre les dernières brumes glaciales qui l'engourdissaient.

– Joffrey..., parvint-elle à articuler.

Sous le coup de l'émotion, Joffrey enfouit son visage dans sa chevelure, alors que quelques larmes glissaient sur ses joues. Jamais il n'aurait cru possible un tel bonheur. Percevant le trouble profond qui le secouait, Anne frôla à nouveau ses joues.

– Joffrey, mon amour! Je suis là..., souffla-t-elle avant de sombrer dans un sommeil réparateur.

– Joffrey, il faut la laisser dormir maintenant! N'ayez crainte, elle est hors de danger! Allez vous rafraîchir un peu, vous en avez grand besoin. Vous reviendrez la veiller plus tard.

Il se laissa guider par la vieille femme. Parvenue au seuil de la porte, celle-ci le remit entre les mains du vieux chevalier, qui n'en menait pas plus large que lui. Puis, elle retourna auprès de la jeune femme, dont le souffle régulier la rassura. Elle avait bien failli y rester!

Lorsque Joffrey revint un peu plus tard, frais et dispos, il constata avec soulagement qu'Anne dormait paisiblement dans des draps propres au subtil parfum de lavande. Se glissant près d'elle, il la serra dans ses bras avec tendresse. Instinctivement, Anne se lova contre lui, l'esprit en paix. Frôlant sa chevelure de feu, il caressa ses mèches d'un geste tendre. Dieu qu'il était bon de la sentir ainsi! Il avait été si près de la perdre. Percevant alors de faibles vagissements sur sa droite, il leva les yeux et examina ce petit être qui se débattait dans ses langes. Comme il était beau, ce fils qu'elle lui avait donné avec tant de courage! À voir son corps déjà bien enrobé, il comprit pourquoi il avait été si difficile pour Anne de le mettre au monde. Eh bien, ce petit garnement promettait d'être aussi robuste que lui. Avec émotion, il songea à toutes ces choses qu'il pourrait lui faire découvrir, rien de comparable avec sa propre enfance. Et ce cadeau merveilleux, il le devait à sa charmante épouse. Mais aussi formidable que soit ce présent, il ne pourrait jamais se résoudre à mettre en danger de nouveau la vie de sa bien-aimée. L'enjeu était trop élevé. Dut-il se résoudre à l'abstinence, il ne s'y risquerait plus. Anne avait déjà assez souffert par sa faute. Elle méritait maintenant une vie paisible, et il s'évertuerait à la lui donner.

Chapitre VIII

Amour ou trahison

Deux mois s'étaient écoulés depuis la venue au monde du petit Charles-Édouard. Ce soir-là, Anne décida qu'elle avait suffisamment retrouvé ses forces pour quitter sa chambre et rejoindre ses hôtes pour le goûter dans la grande salle. Son frère avait fait un détour par le château afin de venir rendre hommage au seigneur des lieux, ainsi qu'à son fils nouvellement né, son neveu. Décidée à porter autre chose que ses épaisses chemises de nuit amples, elle avait opté pour une simple robe de velours qui avantageait sa silhouette, soulignant bien les rondeurs de ses hanches et de sa poitrine.

La bonne odeur qui se dégageait du rôti de caille et de la soupe qui trônaient au centre de la table lui fit monter l'eau à la bouche. Il y avait si longtemps qu'elle n'avait mangé un si copieux repas. Alors qu'elle descendait gracieusement les marches du grand escalier, ses yeux rencontrèrent ceux, brillants, de son époux. La lueur d'admiration et de convoitise qu'elle y lut la fit trembler d'appréhension. Il la désirait donc encore. Pourtant, cette dernière semaine, elle aurait pu penser l'inverse; elle avait l'impression qu'il la fuyait la plupart du temps. Passant derrière lui, elle lui frôla la nuque, puis alla même jusqu'à pousser l'audace en l'embrassant tendrement dans le cou. Sous cette caresse non dépourvue de sensualité, Joffrey fut parcouru d'un frisson de plaisir et s'étrangla en avalant son vin. Comment allait-il tenir sa promesse, si elle l'approchait ainsi et le faisait frémir au moindre contact ? Incapable de se concentrer sur les mets succulents qui lui étaient présentés, il n'avait d'yeux que pour sa charmante épouse qui riait aux éclats en écoutant les plaisanteries du vieux chevalier. Son rire cristallin l'emplissait tout entier, éveillant des échos d'un plaisir partagé. Comment vivre à ses côtés sans la toucher ? C'était insoutenable ! Il y avait si longtemps qu'il n'avait pas goûté à la douceur d'une femme. Tentant de refouler la vague de désir qui le submergeait, il inspira profondément. Le regard que lui lança alors Anne lui laissa croire qu'elle avait tout deviné de ses pensées. Son corps le trahissait. Mal à l'aise, il prit congé de ses hôtes et regagna ses appartements, qui lui tenaient lieu de bureau et de chambre à coucher depuis la naissance de son fils. Avec fierté, il songea à ce petit être robuste. Même si l'idée de se séparer de lui et d'Anne lui pesait, il devait songer à partir pour quelque temps. S'éloigner de son épouse serait plus sage ; cela lui éviterait de succomber à la tentation de son corps voluptueux. Rien de tel qu'une bonne guerre pour lui remettre les idées en place. Il avait longuement parlé avec De Coubertin la veille, et s'il en croyait ses dires, le retrait de leur troupe avait quelque peu affaibli la position d'Édouard III en Bretagne. Ils devaient maintenant remédier à la situation s'ils ne voulaient pas que la Bretagne tombe définitivement entre les mains du roi de France. Certes, il aurait très bien pu laisser De Coubertin mener seul son armée, mais il avait besoin d'action.

Anne, qui était demeurée avec ses hôtes, prétexta un léger malaise pour rejoindre son époux. Elle le sentait tendu et prêt à exploser. D'un pas léger, elle le retrouva donc dans ses appartements.

– Joffrey, j'ai à vous parler !

Surpris, Joffrey fit volte-face et, en constatant sa présence, se passa nerveusement une main dans les cheveux. Comme dans un songe, il la vit s'avancer vers lui, d'un pas gracieux, un sourire enjôleur sur les lèvres. Parvenue à sa hauteur, elle le détailla, les yeux brillants. Puis, du bout des doigts, elle caressa la cicatrice de son visage, descendant jusqu'à sa nuque. Se dressant sur la pointe des pieds, elle effleura son cou de baisers légers. Joffrey frémit et dut se faire violence pour ne pas la serrer dans ses bras. Consciente de son trouble, Anne défit le lacet de sa chemise et poursuivit son exploration avec ses lèvres jusqu'à la peau moite de son torse. Dégageant sa chemise de sa culotte, elle glissa ses mains sous le tissu de lin, promenant librement ses doigts sur la peau balafrée de son dos. Avait-il donc peur de se montrer nu devant elle ? Craignait-il de l'effaroucher par la laideur de ses blessures ? Ne savait-il donc pas que chaque cicatrice témoignait de son amour pour elle ? Il était plus que temps qu'il regagne leur lit conjugal. Elle avait si froid la nuit, seule dans ce grand lit. Elle voulait à nouveau se blottir contre lui et poser sa tête sur son torse si puissant. Elle voulait se sentir femme et se perdre dans ses bras. Enhardie par son souffle rauque, elle dirigea, non sans gêne, une de ses mains vers ses cuisses. Sentant qu'il ne pourrait supporter plus longtemps ces caresses sans succomber, Joffrey emprisonna ses poignets dans un étau de fer. Surprise par ce geste brusque, Anne l'observa entre ses cils. Joffrey jura en y lisant une déception profonde. Si seulement il pouvait lui dire à quel point il la désirait. Mais c'était impossible pour l'instant, il n'avait pas confiance en ses sens et craignait de flancher s'il abordait le sujet. Mieux valait attendre son retour du champ de bataille. Là, il aurait l'esprit plus clair !

– Anne, il me faut vous demander de me laisser ! Le chevalier de Coubertin doit me rejoindre sous peu. Nous devons préparer certaines choses avant notre départ de demain, parvint-il à dire d'une voix rauque.

– Votre départ ? Mais, pour aller où ? demanda-t-elle, anxieuse.

– Je dois retourner soutenir Édouard III. Je lui avais donné ma parole, expliqua-t-il.

Anne blêmit à l'énoncé de cette nouvelle. Non ! Ce n'était pas possible ! Il n'avait pas le droit d'agir de la sorte. Écarquillant les yeux, elle pressa ses mains l'une contre l'autre. En proie à une panique intense, elle s'agrippa à lui avec désespoir.

– Joffrey, renoncez à cette lutte ! Je vous en conjure, oubliez Édouard III et prêtez allégeance à Philippe VI de Valois ! Faites-le pour moi ! le supplia-t-elle.

Devant son visage livide et ses yeux hagards, Joffrey secoua la tête. Tout en la dévisageant, il la saisit doucement aux épaules.

– Anne, aussi fort que soit mon amour pour vous, je ne peux me dérober à mes devoirs ! Vous savez très bien que la famille De Knox a toujours soutenu le roi d'Angleterre, insista-t-il.

– Alors, c'est mon arrêt de mort que vous signez, souffla-t-elle d'une voix cassée.

– Pourquoi votre arrêt de mort ? Qu'avez-vous fait, Anne ? demanda-t-il en la voyant se détourner de lui.

Faisant volte-face, Anne plongea son regard dans le sien, les yeux emplis de désespoir. Pouvait-il donc être à ce point aveugle ?

– J'ai fait ce que toute femme aurait fait à ma place, j'ai sauvé votre vie et vos biens ! Pourquoi croyez-vous donc que le pape et le roi de France vous laissent en paix ? répondit-elle, la voix tremblante.

– Que leur avez-vous promis en échange ?

– Rien du tout…

– Alors quoi ? cria-t-il, de plus en plus inquiet.

– Je me suis tout simplement portée garante de votre fidélité à la couronne de France ! lâcha-t-elle sans oser le regarder.

– Vous êtes folle ? Ne saviez-vous donc pas que mon allégeance allait au roi d'Angleterre ? Je n'ai que faire de cet idiot de Philippe VI de Valois. Il n'a pas sa place ! Il est hors de question que j'honore ce marché ! Je ne peux trahir Édouard III sans me trahir moi-même ! s'emporta-t-il.

– Alors je mourrai, Joffrey de Knox, la tête tranchée en place du Palais, murmura-t-elle, résignée.

– Il n'en est pas question ! Vous demeurerez au château et mes hommes vous protégeront pendant mon absence. Je ferai tout pour assurer votre sauvegarde, mais jamais je ne trahirai la couronne d'Angleterre.

– Et que deviendra notre fils, Joffrey ? En ferez-vous un paria à son tour ? cria-t-elle, affolée.

– Il est un Knox et sera élevé comme tel ! répondit-il d'un ton catégorique.

– Non !

Emportée par la fureur et le désespoir, elle le frappa de ses poings avec rage. Non sans rudesse, Joffrey lui saisit les bras et parvint à l'immobiliser. Anne avait le souffle court et ses yeux lançaient des éclairs. Nul besoin de paroles pour exprimer la souffrance qu'il lui infligeait à nouveau. Torturé entre son honneur et son amour, il enfouit son visage dans ses cheveux.

– Je suis désolé, Anne…

Anne hoqueta et tenta de se dégager de son étreinte. Tout en étant consciente de son désarroi, elle ne pouvait souffrir sa présence plus longtemps. Avec surprise, elle crut percevoir quelques larmes sur la peau nue de son cou. Reprenant espoir, elle posa ses mains sur ses épaules et le supplia à nouveau :

– Joffrey… Seigneur, je vous en conjure, abandonnez ce projet…

– Jamais…

Incapable de supporter sa traîtrise une seconde de plus, Anne se débattit avec rage. Parvenant à se dégager de l'emprise de son époux, elle ressortit de la pièce, la tête en feu et le cœur brisé. Joffrey ne fit rien pour l'arrêter et demeura immobile. Pour sa part, Anne suffoquait sous le poids du chagrin. Comment avait-elle pu croire un seul instant qu'il renoncerait à ce projet pour elle ? Non seulement son fils deviendrait un paria, mais sa tête serait mise à prix. Blessée au plus profond de son âme, elle alla trouver refuge dans sa chambre.

De son côté, Joffrey faisait les cent pas dans son bureau, complètement dépassé par les événements. Comment en étaient-ils arrivés là ? Leur vie venait de basculer en un instant. Étouffant un juron, il déglutit péniblement. Cette femme allait finir par le rendre fou ! Sous l'emprise de la colère, il donna un violent coup de poing contre le mur de pierre puis réprima un cri de douleur en serrant les dents. La colère encore à son comble, il se laissa choir sur l'un des fauteuils et se prit la tête entre les mains. Repensant aux propos d'Anne, il eut froid dans le dos. Comment allaient-ils s'en sortir maintenant ? Perdu dans ses pensées, il demeura ainsi jusqu'à l'arrivé du chevalier de Coubertin.

Lorsque Jean aperçut sa sœur Anne qui s'élançait vers l'escalier en colimaçon, le visage blême et les yeux hagards, il l'intercepta au passage.

– Anne ! Que t'arrive-t-il ? demanda-t-il, inquiet.

Encore sous le choc, Anne hésita quelques secondes avant de répondre. Ses épaules affaissées en disaient long sur le désespoir qui l'habitait. Tout son corps tremblait et c'est avec un sanglot dans la voix qu'elle parvint à formuler :

– Joffrey organise une expédition pour retourner soutenir Édouard III.

– Anne ! Non ! Il n'a pas le droit ! Sait-il au moins qu'en agissant de la sorte il signera ta perte ? explosa son frère.

– Il le sait ! Je lui ai tout expliqué. Mais il ne veut rien entendre, son allégeance va à Édouard III. Je ne suis rien en comparaison et je n'ai pas assez d'importance à ses yeux pour qu'il renonce, répondit-elle d'une voix éteinte.

– Il est hors de question que je le laisse faire. Je vais lui parler tout de suite et s'il ne veut rien entendre, j'irai moi-même voir le roi ! s'enflamma-t-il, la rage au cœur.

– Non, Jean ! Tu es le seigneur de Vallière, tu ne peux te compromettre davantage dans ce complot envers la couronne de France. Va, retourne au château de notre père et emmène mère avec toi. Pour ma part, je me rends de ce pas à Avignon avec le chevalier de Dumain afin de demander grâce au pape. Peut-être sera-t-il clément à mon égard ? Je ferai en sorte que la vieille Berthe et deux chevaliers de ma garde personnelle partent dès ce soir trouver refuge ailleurs avec le petit Charles-Édouard. Je ne veux pas que mon fils soit un paria à son tour. J'ai cru pouvoir changer le père, mais je me suis trompée. C'était un combat perdu d'avance ! Joffrey n'est qu'un traître à la couronne de France et tout ce que j'ai pu faire pour l'en dissuader n'aura servi à rien. J'ai perdu, et je dois maintenant en payer le prix ! conclut-elle, plus déterminée que jamais.

– Non… Anne, ne fais pas ça ! Sauve-toi avec ton enfant. Nous trouverons bien un moyen d'arranger les choses ! Mais, je t'en conjure, ne te livre pas toi-même au bourreau ! supplia-t-il.

– Je suis désolée, Jean, souffla-t-elle. Je n'ai pas le choix ! Si je me rends de mon plein gré à Avignon, mon fils aura une chance d'être épargné. Pour ta part, tu dois protéger le domaine et garder intact l'héritage des De Vallière. Tu ne peux risquer de t'attirer le courroux du roi et de l'Église. Plus tard, peut-être, pourras-tu prendre mon fils comme écuyer. Par chance, la dette contractée par notre père auprès des Knox est payée. Joffrey ne pourra plus rien contre vous. Allez, partez! Quittez ce château dès ce soir! Il vous faudra être très loin avant le lever du jour, avant qu'il ne constate ma disparition et celle de notre enfant. Si Dieu le veut, nous nous retrouverons.

Alors que Jean serrait tendrement sa sœur dans ses bras, une ombre bougea derrière eux. Mais ni l'un ni l'autre ne l'aperçurent.

La nuit était déjà fort avancée lorsque Anne parvint à se calmer et à réfléchir plus clairement. Sa chevauchée silencieuse avec le chevalier de Dumain s'avérait un succès pour l'instant. Ayant soutenu une cadence effrénée depuis leur départ, Anne accepta avec soulagement leur nouveau rythme moins essoufflant. Nostalgique, elle repensa aux derniers événements. Sa vie avait pris un tel détour! Pourquoi le destin s'acharnait-il sur elle aussi cruellement? Essuyant les larmes qui perlaient encore à ses cils, elle songea à son fils avec appréhension. La séparation avait été atrocement douloureuse. Bien qu'elle le sache en de bonnes mains, sa souffrance était grande. Le reverrait-elle seulement un jour? Elle se rappelait son odeur lorsqu'elle l'avait serré contre elle une dernière fois. À ce souvenir, son cœur se serra à nouveau. Son fils lui manquait déjà tellement! Toute à sa peine, elle ne réagit pas immédiatement aux bruits de sabots qui se rapprochaient. Ce n'est que lorsque De Dumain s'arrêta soudain, la désarçonnant presque, qu'une nouvelle angoisse l'étreignit. La silhouette d'un homme d'une stature imposante grimpé sur sa monture se profila dans la faible lumière de la lune. Anne ne put réprimer un cri d'effroi à la vue de son époux. Un sourire cruel se dessina sur les lèvres de celui-ci. Tel un fauve, il descendit de son cheval d'un bond et fonça droit sur elle. D'une main puissante, il la fit basculer de sa jument, sans ménagement. À peine De Dumain esquissa-t-il un geste dans sa direction que déjà trois hommes de la garde personnelle de Joffrey entouraient le vieux chevalier. Sur un geste de leur seigneur, ils le bâillonnèrent et l'emmenèrent à l'écart du couple. Portant de nouveau son attention sur sa jeune épouse, Joffrey serra les dents, tout en raffermissant sa poigne sur son bras. Anne tenta de reculer. Le regard incendiaire de Joffrey la traversait jusqu'au plus profond de son être. Jamais elle n'avait vu pareille colère chez lui. La rage irradiait de sa personne avec une telle force qu'Anne sentit la panique l'envahir. Joffrey dut ressentir sa peur, car il desserra son étreinte avant d'inspirer profondément.

– Vous vouliez donc me quitter, ma dame? N'est-ce pas étrange comme l'histoire se répète? parvint-il à dire d'une voix sourde.

– Allez-vous-en! Nous n'avons plus rien à faire ensemble.

– Vraiment? Et qu'en est-il du petit Charles-Édouard, notre fils? L'auriez-vous donc oublié? la questionna-t-il durement.

– Charles-Édouard est maintenant hors de votre portée. Je refuse qu'il devienne un traître à votre image. Il sera fidèle à la France et à l'Église! lança-t-elle avec conviction.

– Charles-Édouard est mon fils très cher et il sera élevé comme un Knox. D'ailleurs, à l'heure actuelle, il est de retour au château, précisa-t-il d'un ton froid en la transperçant de son regard de glace.

Anne pâlit. Ainsi, ils avaient échoué. Le seigneur de Knox avait eu raison d'eux. Accablée, elle cacha son visage défait dans ses mains. Elle n'avait pas le droit de le laisser triompher ainsi ! Retrouvant un peu de courage, elle se lança sur lui, toutes griffes dehors. Surpris par cet assaut soudain, Joffrey ne put parer le coup et sentit les ongles d'Anne s'enfoncer dans la chair de son visage et de son cou. Ne lui laissant pas le temps de reprendre ses esprits, elle s'élança précipitamment à travers bois. Joffrey eut vite fait de la rattraper. Après plusieurs tentatives, il parvint enfin à l'immobiliser.

– Votre allégeance au roi de France est-elle si importante, au point de me trahir ? lâcha-t-il. Vous voulez vraiment me fuir et vous livrer au bourreau ? Votre vie a-t-elle si peu d'importance ? ajouta-t-il, essoufflé.

– Ma vie n'est rien, si elle peut permettre à mon fils de grandir libre et la tête haute.

– Mais c'est ce que je lui offre ! Loin de moi l'idée de le condamner, s'emporta-t-il en passant une main dans ses boucles.

– C'est faux ! La vie que vous tracez pour lui est vide et dénuée de sens et de noblesse. Il ne sera pourvu que d'un titre et rien de plus. Vous avez passé une partie de votre vie à tuer et à piller, sans vous soucier des autres. Je veux plus pour lui ! Je veux qu'il puisse marcher le cœur léger et l'âme en paix, lança-t-elle, déterminée.

– Et que devrais-je faire à votre avis ?

– Vous le savez très bien, murmura-t-elle, les larmes aux yeux.

– Porter allégeance à votre roi et me soumettre à l'Église ? Ce sont là tous les choix que vous m'offrez ? C'est bien peu en comparaison de ce que me donne Édouard III ! explosa-t-il, tremblant.

– C'est là que vous vous trompez, Joffrey de Knox. Édouard III n'est qu'un usurpateur et vous ne lui portez allégeance que dans le but de vous enrichir et d'agrandir votre pouvoir aux dépens de la France. Mais la gloire et l'honorabilité ne s'achètent pas, monsieur. Ce sont les vertus qui définissent un noble. Vous n'avez rien de commun avec eux, vous n'avez rien d'un homme digne de ce nom! J'ai été élevée selon les principes de l'Église. J'ai foi en un Dieu divin. Et si mon allégeance va au roi de France, c'est qu'il a lui-même été désigné par l'Église. Il représente tout ce que je suis, tout ce en quoi je crois. Vous êtes d'une telle arrogance et d'une telle suffisance que vous en oubliez l'essentiel, mon seigneur: l'honneur! éclata-t-elle, au comble de l'exaspération.

– N'en dites pas plus, Anne! Si vous étiez un homme, je vous aurais déjà tranché la gorge, siffla-t-il entre ses dents, le regard mauvais.

– Je n'en doute pas, mon seigneur! Il est si facile de faire taire une personne en lui tranchant la gorge. Mais le problème, c'est que je suis une femme, votre épouse de surcroît et la mère de votre fils, héritier De Knox. Car si je n'étais pas tout cela à la fois, je ne serais pas en route en ce moment pour me faire couper cette même tête que vous prendriez tant plaisir à trancher de vos propres mains. Si j'en suis là aujourd'hui, c'est par amour pour mon fils et pour l'homme juste que j'ai cru un instant voir en vous! Comment ai-je pu être si aveugle et croire qu'un être pourvu d'une âme aussi noire puisse un jour aimer autre chose que le pouvoir et la guerre? Alors, qu'attendez-vous, mon seigneur? Je suis toute disposée à mourir entre vos mains à l'instant même! Vous êtes à l'image de votre père, un être cruel et sanguinaire. Ainsi, cet acte ne devrait pas vous poser le moindre problème. Qu'attendez-vous, seigneur de Knox? Ne vous faites donc pas prier inutilement. Vous m'éviterez ainsi le cachot, l'humiliation d'un procès et l'horreur du bourreau, le nargua-t-elle à bout de résistance.

Fou de rage, Joffrey la gifla. Son audace et ses propos pleins de hargne étaient plus qu'il ne pouvait en supporter. Bon sang, elle connaissait exactement l'endroit où viser pour l'atteindre. Sonnée, Anne s'effondra sur le sol humide. Portant une main à sa joue, elle demeura immobile, le souffle court et la tête en feu. La douleur cuisante qui s'ensuivit lui arracha des larmes.

– Alors, quel plaisir ressentez-vous à frapper une femme de la sorte, mon seigneur ? Vous me répugnez ! Et la bassesse de votre comportement n'a d'égale que celle de votre père, qui fit de votre mère une putain et la plus simple de ses servantes.

Insulté, Joffrey la releva sans ménagement et la gifla de nouveau avec plus de force encore. Reculant sous l'assaut, Anne trébucha et alla se heurter contre le tronc rugueux d'un arbre, ce qui lui arracha un cri de douleur. À demi-inconsciente, elle resta figée quelques instants. Quel préjudice allait-il lui faire subir à nouveau ? Au point où il en était, elle pouvait s'attendre à tout. Retrouvant ses vieilles craintes, elle couvrit ses jambes dénudées de sa main tremblante. Pourvu qu'il ne la prenne pas avec la même sauvagerie dont il avait fait preuve au tout début de leur mariage. Cette fois, elle ne pourrait pas le supporter ! Plutôt mourir ! Incapable de se relever, elle se traîna lourdement, cherchant à trouver refuge derrière l'arbre. Elle devait se cacher et fuir ce monstre sanguinaire. Ne parvenant pas à réfléchir clairement, elle continua à se traîner, déchirant sa robe au passage et gémissant faiblement, tel un animal piégé. Elle offrait un tel spectacle de désolation que Joffrey se figea dans son élan. Retrouvant alors sa lucidité, il prit conscience avec rage de ce qu'il venait de faire. Empli de dégoût envers lui-même, il se détourna et regagna sa monture d'un pas rapide, laissant la jeune femme à elle-même. Au bord de la crise de nerfs, Anne ne bougea pas, craignant de nouveaux supplices. Mais aucun ne vint. Contre toute attente, ce fut le chevalier de Dumain qui se présenta devant elle. Avec douceur, il l'aida à se relever et la ramena vers sa jument en silence. Joffrey n'y était plus !

Très lentement, le chevalier l'aida à monter et s'empara de sa bride pour faire avancer la bête. Puis, se ravisant, il lui fit face à nouveau.

– Ma dame, j'ignore ce qui se passe présentement dans la tête du seigneur de Knox. Tout ce qu'il a bien voulu me dire, c'était qu'il vous suppliait de l'attendre à la petite chaumière en bordure de la forêt. Il vous demande d'avoir l'obligeance de lui laisser quatre jours de sursis avant de vous rendre à Avignon. Si, une fois ce délai expiré, vous n'aviez pas changé d'idée, il signerait une missive à l'intention du pape y stipulant qu'il vous dégage de votre titre d'épouse et de vos engagements à son égard, vous laissant alors libre de repartir en compagnie du petit Charles-Édouard, sans crainte de représailles de sa part. Je vous avoue ne plus savoir que penser. Ce nouvel éclat de colère à votre endroit est impardonnable, mais d'un autre côté, je ne l'avais jamais vu si désemparé. Je crois que pour la première fois dans sa vie d'homme, Joffrey souffre dans son âme et dans son cœur, termina-t-il d'une voix éraillée.

Devant le mutisme de la jeune femme, il soupira et secoua la tête, les épaules voûtées par le désespoir. De son côté, Anne demeurait de glace. Tout se bousculait dans sa tête. Malheureusement, De Dumain semblait aussi perdu qu'elle-même et ne lui était d'aucune aide. Inspirant profondément, elle fixa le vieux chevalier.

– Très bien, j'accorderai ces quatre jours à Joffrey. Au point où j'en suis, cela n'a plus guère d'importance maintenant. Autant aller jusqu'au bout et connaître ses intentions.

Surpris, le chevalier de Dumain la dévisagea. Sans émettre de commentaire, il acquiesça solennellement d'un signe de tête et l'invita à le suivre vers la petite chaumière. Pas une seule parole ne fut échangée durant la chevauchée. Rien ne laissait deviner l'émoi intérieur qui agitait Anne, mis à part peut-être cette lueur d'incertitude qui dansait dans son regard humide. Au cours de la chevauchée, elle repensa aux événements cauchemardesques survenus dans la chaumière quelques mois plus tôt et dut puiser loin en elle pour ne pas rebrousser chemin. Lorsqu'ils parvinrent finalement en vue de la maisonnette, l'aurore venait à peine de poindre à l'horizon. Non sans appréhension, Anne entrouvrit la porte. À sa grande surprise, elle constata qu'il ne restait plus de trace de la bataille macabre qui y avait fait rage lors de son dernier passage ici. Il est vrai que Joffrey y avait séjourné en compagnie de Sédrique et du vieux chevalier lors de sa convalescence. Trop agitée pour penser à dormir, elle fit le tour des lieux. Rien n'avait changé, si ce n'était elle-même. À son premier passage, elle n'était qu'une enfant sans expérience, ne connaissant rien de la vie. Alors qu'aujourd'hui elle était une femme à part entière et mère d'un merveilleux petit garçon. Une femme dont le destin tragique allait bientôt prendre fin. Quelle ironie ! Elle avait trouvé en ces lieux bonheur et plénitude, et maintenant elle n'y trouvait que malheur et trahison. Qu'il vienne donc, ce grand seigneur des lieux ! Elle était prête à affronter son courroux ! Mais la journée passa sans qu'elle reçoive aucune nouvelle de lui. Pas plus que la journée d'après. Le troisième jour, elle trouva quelques œufs frais à sa porte, mais aucune trace du chevalier. Celui-ci semblait avoir vieilli considérablement et demeurait discret à son égard, préférant dormir à l'écurie et manger seul près du ruisseau. Elle le voyait peu, à son grand désarroi, mais savait qu'il se trouvait toujours dans les parages. Elle passa donc ses journées seule à se promener à travers les bois, réfléchissant longuement, sans pouvoir échanger avec quiconque, l'esprit confus et le cœur en déroute. Mais à quel jeu Joffrey jouait-il donc ? Trois jours s'étaient écoulés déjà et il ne s'était toujours pas présenté. Que cherchait-il donc à faire ? Le matin du quatrième jour, Anne fut réveillée par des bruits légers au premier étage. Retrouvant ses vieilles craintes, elle s'empara de sa dague qui était demeurée cachée sous son oreiller et descendit les marches à pas feutrés. Tenant fermement le manche de son arme, elle risqua un regard discret dans la pièce. Un homme reposait sur le fauteuil près de l'âtre, ses jambes débarrassées de ses bottes, allongées sur un tabouret de fortune. Il semblait sommeiller. Cette scène lui sembla des plus familières. S'approchant de son époux, Anne fronça les sourcils. Elle ne serait pas dupe cette fois-ci.

– Je sais que vous ne dormez pas, monsieur. Pensez-vous que j'aurais déjà oublié la leçon ? lança-t-elle d'un ton froid et cinglant.

Soulevant lentement les paupières, Joffrey l'observa. Elle formait un portrait des plus charmants, nue sous sa chemise de nuit, parée de sa chevelure de feu qui retombait en cascade sur sa poitrine, une dague à la main. Un sourire prédateur étira ses lèvres, alors que ses yeux brillaient dangereusement. Percevant le danger, Anne recula de quelques pas et pointa la dague dans sa direction. Contre toute attente, Joffrey éclata de rire. Croyait-elle le menacer sérieusement avec ceci ? S'il le voulait, il ne ferait qu'une bouchée d'elle. Mais sa détermination et sa bravoure lui valurent son respect. Décidément, rien ne l'effrayait ! Au souvenir de leur dernier affront, il soupira. Elle ne l'avait pas épargné à ce moment-là. Chaque parole l'avait profondément blessé, mais il savait très bien au fond de lui-même qu'il avait mérité chacun de ces propos. Il avait été fou de croire que son allégeance au roi d'Angleterre pouvait prévaloir sur la force, la volonté et la fidélité de son épouse. Cette femme était toute sa vie, et il ne le comprenait que trop bien maintenant.

– Anne, vous pouvez abaisser votre garde et prendre place à mes côtés. J'ai à vous parler, dit-il.

– Je préfère demeurer sur mes positions, mon seigneur. Je n'ai nulle confiance en vous, lui répondit-elle, une pointe d'ironie dans la voix.

Joffrey tressaillit sous ces paroles dénuées de toute douceur et pleines d'une rancœur mal contenue. Il l'avait bien cherché et ne pouvait s'en prendre qu'à lui-même. C'est à croire qu'en sa compagnie il ne faisait qu'accumuler les erreurs et les bévues. Portant à nouveau son regard sur son visage, son cœur se serra quand il remarqua les ecchymoses sur ses joues. Dieu du ciel, il n'y était pas allé de main morte! Quelle brute il avait été de la frapper ainsi! Là encore, il pouvait bien se traiter de tous les noms. Mais la fuite d'Anne et son arrogance à le défier, et surtout sa trahison, l'avaient mis dans une telle rage!

Si ce n'avait été du chevalier de Coubertin, il n'aurait jamais rien su de ses plans. Dès leur départ, De Coubertin était venu lui apporter les propos entendus entre le frère et la sœur. Fou de rage et blessé par leur trahison, Joffrey était parti à leur poursuite. Comment une femme pouvait-elle mettre ainsi sa vie en jeu pour l'honneur et la loyauté? Ce geste de sa part l'avait bouleversé. En la voyant dans les bois, faisant face à son courroux la tête haute, sans jamais se trahir, il n'avait pu que ressentir de l'admiration pour sa force et son courage. Elle l'avait bravé comme aucun homme n'aurait osé le faire. Elle avait supporté ses coups, sans implorer son pardon, allant même jusqu'à le défier de la tuer. Elle avait mis sa propre vie en gage de sa loyauté, sachant bien vers qui penchait son allégeance, dans le seul but de le sauver! Personne n'avait été jusqu'à vouloir donner sa vie en échange de la sienne, pas même le plus fidèle de ses chevaliers. Touché plus qu'il ne le voulait par son attitude et ses propos, il était reparti la tête bouillonnante. Il avait su dès lors qu'une seule chose comptait réellement dans sa vie, et qu'il était plus que temps qu'il le réalise. Il devait mettre de côté sa soif insatiable de pouvoir et préserver ce qu'il avait, du moins ce qu'il en restait. Peut-être était-il déjà trop tard, mais il se devait d'aller jusqu'au bout, ne serait-ce que par reconnaissance pour le courage et la détermination d'Anne. Il avait alors chevauché nuit et jour, à bride abattue, jusqu'à Paris.

– Anne, je reviens de Paris. Là-bas, j'ai rencontré le roi de France et je lui ai porté allégeance, lui annonça-t-il sans détour.

Anne perdit toute contenance face à cette nouvelle inattendue. Que venait-il de dire ? Elle l'avait certainement mal compris ! Elle doutait de sa sincérité et, n'eût été du pli qu'il lui tendit, elle ne l'aurait probablement jamais cru. Pourtant, elle dut se rendre à l'évidence, la missive portait le sceau royal et confirmait les propos de son époux : il était maintenant vassal du roi de France à titre de marquis de Knox. Parvenant encore difficilement à y croire, elle ne savait que dire.

– Mais… Comment ? réussit-elle enfin à demander après un long silence.

– J'avais une armée imposante à la disposition du roi en Bretagne, et c'est ce dont il avait le plus désespérément besoin à ce moment. Il m'a donc restitué mon titre de noblesse, confisqué sous le règne de son père. En plus du titre de comte de Knox, il a ajouté celui de marquis. J'ai donc à ma charge depuis deux jours le commandement militaire de notre région. Je pourrai de cette façon mobiliser des hommes rapidement afin de lever un contingent armé en cas d'invasion anglaise sur les côtes de Bretagne, et défendre ainsi les intérêts du roi de France, termina-t-il d'une voix grave.

– Mais… et votre soutien au roi d'Angleterre ? Et votre quête du pouvoir ? questionna-t-elle, ébahie.

– Cela ne représente rien si je suis seul. Il n'y a que votre présence et votre fidélité qui comptent pour moi. C'est d'ailleurs ce que j'ai répondu au roi lorsqu'il m'a posé la question.

– Vous avez tenu ces mêmes propos au roi de France ?

– C'est exact ! Et, croyez-moi, ma dame, selon ses dires, il n'a plus aucune crainte à mon égard. Il sait qu'avec vous à mes côtés, il ne pourra jamais avoir plus fidèle vassal que moi ! Et il a raison, car tant que vous serez là, je n'aurai d'autre souci que de faire de vous la plus heureuse des femmes.

– Je ne sais que penser ! Je ne croyais plus que vous puissiez changer d'allégeance ainsi… J'ignore même si je peux vous faire confiance à nouveau… J'avoue m'y perdre…, avoua-t-elle.

– Il n'y a rien de surprenant à cela, Anne. Disons que je n'inspire pas vraiment confiance au premier abord. Je dirais même que c'est tout le contraire ! ajouta-t-il avec une pointe d'humour.

Anne secoua la tête en signe d'incompréhension. Tout se bousculait dans son esprit. C'était trop soudain et trop inattendu. De plus, les mauvais souvenirs la tiraillaient encore.

– J'ai du mal à vous suivre ! Vous dites ne vouloir que mon bonheur et ne désirer que ma présence à vos côtés. Pourtant, vous n'avez pas hésité à me frapper, à me violer et à me menacer de mort plus d'une fois. Alors, que dois-je croire, seigneur de Knox ? Quel homme êtes-vous réellement ? Vous me demandez de vous faire confiance, alors que j'ai justement perdu toute confiance en vous il y a à peine quelques jours de cela ? l'attaqua-t-elle.

– Il est vrai que je vous ai bafouée plus d'une fois, Anne, et je n'en suis pas fier, croyez-moi. Mais j'ose espérer que vous m'accorderez encore une chance. Ayez confiance en moi à nouveau, Anne, et vous ne serez pas déçue ! Certes que je ne suis pas des plus tendres, ni des plus patients, mais je ne demande qu'à apprendre. Vous devez savoir que j'ai été élevé parmi des guerriers qui n'avaient aucune considération pour autrui. Je suis loin d'être un saint, pourtant je sais qu'en votre compagnie je parviendrai à échapper à tous mes démons. Mais j'ai besoin de votre aide pour cela ! Ne m'abandonnez pas ! implora-t-il.

– Vous me demandez beaucoup, monsieur, murmura-t-elle en se mordant les lèvres.

– J'en suis conscient. Et je sais à quel point cette décision vous pèse. Mais je connais votre détermination et votre courage et je n'ai aucun doute quant au résultat de ce combat. Vous êtes de loin l'adversaire le plus redoutable qu'il me fut donné de rencontrer, et ce n'est pas peu dire ! affirma-t-il en se raclant la gorge.

– Est-ce vraiment là ce que vous désirez, Joffrey de Knox ? Êtes-vous prêt à tout sacrifier pour y parvenir ? demanda-t-elle, sceptique.

– Ne vous l'ai-je pas déjà prouvé à maintes reprises ?

Parcourant à nouveau la missive, Anne prit quelques minutes pour réfléchir. Il est vrai que Joffrey avait fait preuve de loyauté à son égard dans des circonstances bien particulières. Ne l'avait-il pas protégée des griffes du loup, ne l'avait-il pas aussi sauvée, au péril de sa propre vie, de l'attaque des brigands dans cette même demeure ? N'avait-il pas supporté les pires souffrances dans ce cachot infâme du château d'Alleuze afin de la préserver ? Et ne venait-il pas de se trahir lui-même, pour elle, en devenant vassal du roi de France ? Ce qu'il avait fait et enduré, peu d'hommes y seraient parvenus, et encore moins pour une femme. Il avait certes une façon particulière d'exprimer sa colère, mais cela faisait partie de lui. Il n'en tenait qu'à elle d'adoucir son tempérament emporté. C'était un guerrier plein de vie, d'arrogance, de sauvagerie, mais c'était son époux. Et si elle était honnête, elle devait s'avouer qu'elle l'aimait. Le feu qui brûlait en lui allait bien avec son propre tempérament fougueux. Leur vie ne serait pas des plus aisées, et la douleur qu'elle ressentait encore sur ses joues le lui prouvait bien. Mais il avait su aussi se montrer tendre, passionné, joyeux et prévenant à d'autres moments. Avec une certaine fierté, elle observa les marques laissées par ses ongles sur la joue et le cou de son mari et s'imaginait l'embarras de celui-ci face au roi de France. Ces jolies égratignures encore fraîches contrastaient avec les autres blessures cicatrisées de son visage et n'avaient pas dû passer inaperçues aux yeux observateurs du roi de France. L'orgueil de Joffrey avait dû en souffrir. À cette pensée, un sourire se dessina sur les lèvres d'Anne et ses yeux brillèrent de malice. Intrigué, Joffrey se releva et s'approcha d'elle.

– Dites-moi, ma dame, qu'est-ce qui vous fait sourire ainsi ? demanda-t-il.

– Vous, mon seigneur ! Je m'imaginais votre embarras face au roi de France ! souligna-t-elle avec délices.

– Mon embarras ? questionna-t-il, stupéfait.

– Oui ! Je devine que le roi a dû se faire un plaisir de relever les jolies marques que vous affichez à la joue droite et dans le cou ! continua-t-elle malicieusement.

– En effet ! Il ne s'en est pas privé. Il a même poussé l'affront jusqu'à me demander dans quelles circonstances vous me les aviez infligées ! J'avoue avoir eu à ce moment-là une envie irrésistible de lui tordre le cou ! Surtout lorsqu'il m'a adressé un sourire ironique, poursuivit-il d'une voix calme, tout en se rapprochant d'elle.

– Pas si vite ! Restez où vous êtes, mon seigneur ! poursuivit-elle en le menaçant de la pointe de sa dague. Il me reste un point à éclaircir avec vous avant de prendre ma décision. S'il est vrai que vous tenez à moi à ce point, pourquoi m'avoir volontairement ignorée au cours des deux derniers mois ? Je sais reconnaître vos regards de convoitise, pourtant vous m'avez fuie ?

– Il est vrai que j'ai eu la faiblesse d'éviter votre compagnie, ma dame. Mais si je l'ai fait, c'était pour votre sauvegarde, répondit-il, le regard soudain voilé.

Se méprenant sur le sens de ses propos, Anne relâcha sa prise sur la dague et s'approcha de lui.

– Il n'y a aucune crainte à avoir, Joffrey. Mon corps peut à nouveau vous recevoir sans danger. Vous n'avez plus à me fuir.

– Anne…, murmura-t-il, je me suis juré, lors de la naissance de notre fils, de ne plus vous toucher. Je ne supporterais pas que vous souffriez à nouveau de la sorte. J'ai failli vous perdre cette nuit-là ! Malheureusement, en votre présence, cette promesse me semble des plus difficiles à tenir. J'ai une telle faim de vous, ma belle, mais je me refuse à vous faire un autre enfant. D'ailleurs, n'était-ce pas là aussi votre vœu le plus cher ?

– Oh, Joffrey ! Comment avez-vous pu croire un seul instant à ces propos ? Il est vrai que j'ai énormément souffert et que ma vie ce matin-là n'a tenu qu'à un fil. Pourtant, j'ai survécu, grâce à vous, car vous étiez là et refusiez de me laisser partir. L'enfantement n'est pas une délivrance facile, il est même des plus pénibles, mais c'est une douleur qui n'appartient qu'aux femmes. Un jour, vous m'avez dit qu'aucune femme ne pourrait survivre sur un champ de bataille. C'est probablement vrai, mais aucun homme ne pourrait supporter les douleurs de l'accouchement. N'êtes-vous pas les instigateurs de ce calvaire ? Alors, il est tout naturel que notre rancœur se tourne vers vous à ce moment-là ! Pourtant, regardez autour de vous. Il y a, et il y aura toujours, des femmes qui mettront au monde des guerriers tels que vous. C'est notre lot et je l'accepte. J'aime notre fils, Joffrey, et je veux qu'il puisse connaître la joie d'avoir des frères et des sœurs.

Joffrey frémit à ces propos. Ciel, il ne méritait pas une telle femme ! Il savait au fond de lui qu'il regretterait et garderait en mémoire pour toujours chaque larme qu'elle aurait versée à cause de lui et chaque cri de douleur qui aurait franchi ses lèvres par sa faute. Attendri, il secoua la tête. À la pensée de tout ce qu'elle représentait, son cœur se gonfla d'une fierté démesurée. Cette femme merveilleuse était exactement le genre d'épouse qu'un guerrier comme lui désirait pour compagne. Avec elle, il pourrait rire et partager un plaisir intense, tout en vivant des affrontements de temps à autre… Anne le fixa longuement, ne sachant si elle devait à nouveau lui accorder sa confiance, trop méfiante encore pour se laisser guider par les élans de son cœur. Dans ses yeux, Joffrey pouvait lire de la colère, du désespoir et de la douleur, mais aussi un besoin de croire en lui et un soupçon de compréhension. Anne frémissait et ne savait que penser. Jamais elle n'avait éprouvé un sentiment aussi vif et aussi incertain. Le regard dont il l'enveloppa en disait long sur les sentiments qui l'habitaient et laissait tout deviner de son désarroi. Il était sincère quand il disait vouloir s'amender. Restait à savoir comment il y parviendrait ! Voulant chasser le voile de tristesse qui obscurcissait son regard, Anne s'approcha de lui en laissant échapper un soupir de résignation. Ce fut là le signal qu'attendait Joffrey pour la rejoindre et la prendre dans ses bras.

Épilogue

Anne goûtait avec plaisir leur retour au château de Knox. Cela faisait deux semaines déjà qu'ils étaient revenus. Portant un regard heureux sur le landau, elle contempla le petit Charles-Édouard. Son fils était une source de bonheur et d'émerveillement et elle ne cessait de s'attendrir en le voyant. Même Joffrey ne pouvait cacher la joie que lui procurait la présence de leur fils à ses côtés. Déjà il l'abreuvait de conseils sur la façon de traiter les dames et sur le respect qu'il leur devait. C'était plutôt inusité de la part d'un chevalier au passé aussi trouble et aussi dévastateur. Mais Joffrey avait décidé de s'amender auprès de sa tendre épouse et il n'épargnerait rien pour parvenir à ses fins. Il était plus que conscient du mal qu'il lui avait fait et s'appliquait à se racheter auprès d'elle à chaque jour que Dieu lui donnait. La vie au château de Knox n'avait jamais été aussi paisible et agréable. Pourtant, Anne savait très bien qu'un jour ou l'autre la guerre et la douleur les rattraperaient ; ainsi allait la vie.

Pour l'instant, elle profitait au maximum de chaque moment de paix et de plénitude qu'ils pouvaient partager ensemble. En songeant à la catastrophe que les habitants du château avaient failli connaître, elle frémit. Étant devenu vassal du roi de France, Joffrey avait évité de justesse une attaque de la part des soldats du roi et de l'Église. De par ce choix pourtant, elle ne doutait pas qu'un jour ou l'autre ils devraient affronter le courroux du roi d'Angleterre. Joffrey avait rompu sa promesse à son égard et Anne craignait qu'à cause de cette décision ils ne se soient attiré les foudres d'un ennemi puissant. Quelle serait alors la réaction de Joffrey? Serait-il tenté par ses anciens démons ou parviendrait-il à y résister? Seul l'avenir leur dirait.

Pour l'instant, elle devait savourer sa présence le plus possible, car elle savait le temps compté. Sous peu, Joffrey devrait se rendre à Saint-Pol-de-Léon avec son contingent. Une troupe anglaise sous le commandement de sir Thomas Dagworth semblait vouloir s'y installer et conquérir l'endroit pour le revendiquer au nom d'Édouard III. Joffrey avait combattu aux côtés de cet homme par le passé et savait qu'il aurait à faire face à une résistance importante. Cet homme était un soldat aguerri, qui servait le roi depuis très longtemps déjà et en qui Édouard III avait une confiance absolue. Dès qu'il avait appris son identité, Joffrey avait fait demander des renforts au roi de France. Philippe VI avait alors ordonné qu'il soit secondé par Jean Ier de Coëtmen, vicomte de Langarzeau, et par son père, Rolland II de Coëtmen, vicomte de Tonquédec. Hommes fidèles à Charles de Blois, les deux vicomtes n'avaient pas hésité à accepter de défendre une fois de plus les terres de la Bretagne.

Anne connaissait quelque peu les deux hommes puisqu'elle avait été invitée avec sa famille, six ans plus tôt, au mariage de Jean Ier de Coëtmen et de Marie de Dinan au château de Tonquédec. Le banquet qui avait suivi la célébration l'avait éblouie. Elle se rappelait très bien que sur les tables à tréteaux s'étaient trouvées une multitude de viandes bouillies et rôties, accompagnées de sauces chaudes et froides fortement épicées. Le cidre et le vin avaient aussi coulé à flots, rendant l'assemblée de fort bonne humeur. Au rythme de la musique des ménestrels et des troubadours au chant mélodieux, elle avait dansé jusqu'à épuisement. De la mariée, elle avait gardé un souvenir agréable et la vision d'une femme parée telle une reine. Elle se souvenait très bien aussi du château de Tonquédec, qui lui avait fait grande impression. C'était une forteresse de pierre, très imposante avec ses onze tours et une immense enceinte close. Ce merveilleux château était situé dans un cadre enchanteur sur un promontoire dominant la vallée du Léguer. Elle savait, pour l'avoir appris de son frère, que dame Marie de Dinan demeurerait quelque temps au château de Tonquédec avec ses enfants, afin de tenir compagnie à sa belle-mère, dame Jeanne de Quintin. Comme les terres de Knox rejoignaient presque celles de Tonquédec, Anne songea avec plaisir qu'elle pourrait rendre visite, à l'occasion, aux deux vicomtesses. Tout comme elle, dame Marie de Dinan se retrouverait bientôt seule dans le château de ses beaux-parents en l'absence de son époux. Qui sait, peut-être pourraient-elles s'entraider? Pour avoir croisé Jean Ier de Coëtmen et son père Rolland II de Coëtmen en de brèves occasions par la suite au château de son frère, elle savait son époux en bonne compagnie.

De plus, des rumeurs inquiétantes à propos de la peste leur parvenaient des grandes villes au sud de l'Europe. Ce mal étrange et ravageur l'effrayait, au point de l'inciter parfois à faire d'affreux cauchemars la nuit venue. Elle espérait de tout cœur que les habitants du château seraient épargnés, ainsi que sa famille. D'ailleurs, pour plus de précaution, son frère avait pris la décision de renvoyer leur mère sur les terres de Knox, qui se trouvaient plus éloignées du centre de Paris. Secouant la tête, elle tenta de chasser de son esprit ces sombres pensées. Pour l'instant, elle préférait ne pas y songer. Chaque chose en son temps, comme le répétait si souvent la vieille Berthe.

Plongée dans ses réflexions peu joyeuses, elle sursauta et laissa échapper un petit cri lorsque deux bras puissants se refermèrent sur sa taille et lui firent faire volte-face. Mais ses craintes s'apaisèrent lorsqu'elle rencontra le regard tranquille et brûlant de son époux. Joffrey l'observait depuis un certain temps déjà et souffrait de la voir si perturbée. Il connaissait ses inquiétudes et les partageait aussi, mais il n'était pas homme à s'apitoyer sur des malheurs possibles dans un avenir éloigné. Il préférait se concentrer sur l'instant présent. Embrasé par sa présence toute proche, il la caressa de son regard empreint de passion. Sensible au feu qui l'envahissait peu à peu, elle le gratifia d'un sourire taquin et noua ses bras autour de son cou tout en frôlant ses lèvres d'un baiser délicat. Parcouru d'un agréable frisson de désir, Joffrey la serra étroitement contre lui, enfouissant son visage dans sa chevelure. Il désirait son corps plus que tout, mais craignait en même temps de lui faire à nouveau un enfant. Anne sourit face à son inquiétude. Ce grand seigneur hésitait encore à la faire sienne et ne pouvait s'empêcher depuis deux semaines de la prendre avec une certaine réserve. Se dégageant de son étreinte, elle lui tendit la main, l'invitant ainsi à l'accompagner jusque dans leur lit.

Elle était à nouveau sereine, en paix avec son cœur, son âme et son esprit. Elle avait fait un choix, celui de demeurer auprès de son époux. Elle savait que leur vie ne serait pas une mer calme et paisible, mais c'était sa décision et elle ferait en sorte de ne jamais la regretter. Après tout, n'était-elle pas tout aussi entêtée que ce grand seigneur…

FIN

Table

AUTRES TITRES PARUS
DANS LA MÊME COLLECTION

Barcelo, François, *J'enterre mon lapin*
Barcelo, François, *Tant pis*
Barthe, Pierre, *Îlu. L'homme venu de nulle part*
Borgognon, Alain, *Dérapages*
Borgognon, Alain, *L'explosion*
Bouchard, Roxanne, *Whisky et paraboles* (Prix Robert-Cliche 2005)
Boulanger, René, *Les feux de Yamachiche*
Boulanger, René, *Trois p'tits chats*
Breault, Nathalie, *Opus erotica*
Caron, Pierre, *Thérèse. La naissance d'une nation. T. I*
Caron, Pierre, *Marie. La naissance d'une nation. T. II*
Caron, Pierre, *Émilienne. La naissance d'une nation. T. III*
Cliff, Fabienne, *Kiki*
Cliff, Fabienne, *Le nid du Faucon*
Cliff, Fabienne, *Le royaume de mon père. T. I : Mademoiselle Marianne*
Cliff, Fabienne, *Le royaume de mon père. T. II : Miss Mary Ann Windsor*
Cliff, Fabienne, *Le royaume de mon père. T. III : Lady Belvédère*
Collectif, *Histoires d'écoles et de passions*
Côté, Jacques, *Les montagnes russes*
Côté, Reine-Aimée, *Les bruits* (Prix Robert-Cliche 2004)
Désautels, Michel, *La semaine prochaine, je veux mourir*
Désautels, Michel, *Smiley* (Prix Robert-Cliche 1998)
Dufresne, Lucie, *L'homme-ouragan*
Dupuis, Gilbert, *Les cendres de Correlieu*
Dupuis, Gilbert, *La chambre morte*

Dupuis, Gilbert, *L'étoile noire*
Dussault, Danielle, *Camille ou la fibre de l'amiante*
Fahmy, Jean Mohsen, *Frères ennemis*
Fauteux, Nicolas, *Comment trouver l'emploi idéal*
Fauteux, Nicolas, *Trente-six petits cigares*
Fortin, Arlette, *C'est la faute au bonheur*
(Prix Robert-Cliche 2001)
Fortin, Arlette, *La vie est une virgule*
Fournier, Roger, *Les miroirs de mes nuits*
Fournier, Roger, *Le stomboat*
Gagné, Suzanne, *Léna et la société des petits hommes*
Gagnon, Madeleine, *Lueur*
Gagnon, Madeleine, *Le vent majeur*
Gagnon, Marie, *Des étoiles jumelles*
Gagnon, Marie, *Emma des rues*
Gagnon, Marie, *Les héroïnes de Montréal*
Gagnon, Marie, *Lettres de prison*
Gélinas, Marc F., *Chien vivant*
Gevrey, Chantal, *Immobile au centre de la danse*
(Prix Robert-Cliche 2000)
Gilbert-Dumas, Mylène, *1704*
Gilbert-Dumas, Mylène, *Les dames de Beauchêne. T. I*
(Prix Robert-Cliche 2002)
Gilbert-Dumas, Mylène, *Les dames de Beauchêne. T. II*
Gilbert-Dumas, Mylène, *Les dames de Beauchêne. T. III*
Gilbert-Dumas, Mylène, *Lili Klondike. T. I*
Gilbert-Dumas, Mylène, *Lili Klondike. T. II*
Gill, Pauline, *La cordonnière*
Gill, Pauline, *Et pourtant elle chantait*
Gill, Pauline, *Les fils de la cordonnière*
Gill, Pauline, *La jeunesse de la cordonnière*
Gill, Pauline, *Le testament de la cordonnière*
Girard, André, *Chemin de traverse*
Girard, André, *Zone portuaire*
Grelet, Nadine, *Entre toutes les femmes*
Grelet, Nadine, *La belle Angélique*
Grelet, Nadine, *Les chuchotements de l'espoir*

Grelet, Nadine, *La fille du Cardinal. T. I*
Grelet, Nadine, *La fille du Cardinal. T. II*
Grelet, Nadine, *La fille du Cardinal. T. III*
Grelet, Nadine, *Entre toutes les femmes*
Gulliver, Lili, *Confidences d'une entremetteuse*
Gulliver, Lili, *L'univers Gulliver 1. Paris*
Gulliver, Lili, *L'univers Gulliver 2. La Grèce*
Gulliver, Lili, *L'univers Gulliver 3. Bangkok, chaud et humide*
Gulliver, Lili, *L'univers Gulliver 4. L'Australie sans dessous dessus*
Hébert, Jacques, *La comtesse de Merlin*
Hétu, Richard, *Rendez-vous à l'Étoile*
Hétu, Richard, *La route de l'Ouest*
Jasmin, Claude, *Chinoiseries*
Jasmin, Claude, *Des branches de jasmin*
Jobin, François, *Une vie de toutes pièces*
Lacombe, Diane, *La châtelaine de Mallaig*
Lacombe, Diane, *Gunni le Gauche*
Lacombe, Diane, *L'Hermine de Mallaig*
Lacombe, Diane, *Moïrane*
Lacombe, Diane, *Nouvelles de Mallaig*
Lacombe, Diane, *Sorcha de Mallaig*
Laferrière, Dany, *Cette grenade dans la main du jeune Nègre est-elle une arme ou un fruit?*
Laferrière, Dany, *Le goût des jeunes filles*
Lalancette, Guy, *Il ne faudra pas tuer Madeleine encore une fois*
Lalancette, Guy, *Les yeux du père*
Lamothe, Raymonde, *L'ange tatoué* (Prix Robert-Cliche 1997)
Lamoureux, Henri, *L'infirmière de nuit*
Lamoureux, Henri, *Journées d'hiver*
Lamoureux, Henri, *Le passé intérieur*
Lamoureux, Henri, *Squeegee*
Landry, Pierre, *Prescriptions*
Lapointe, Dominic, *Les ruses du poursuivant*
Lavigne, Nicole, *Les noces rouges*
Lazure, Jacques, *Vargöld. Le temps des loups*
Massé, Carole, *Secrets et pardons*
Maxime, Lili, *Éther et musc*

Messier, Claude, *Confessions d'un paquet d'os*
Moreau, Guy, *L'Amour Mallarmé* (Prix Robert-Cliche 1999)
Nicol, Patrick, *Paul Martin est un homme mort*
Ouellette, Sylvie, *Maria Monk*
Racine, Marcelle, *Éva Bouchard. La légende de Maria Chapdelaine*
Renaud, Jean, *Le camée et le bustier*
Robitaille, Marc, *Des histoires d'hiver, avec des rues, des écoles et du hockey*
Roy, Danielle, *Un cœur farouche* (Prix Robert-Cliche 1996)
Saint-Cyr, Romain, *Belle comme un naufrage*
Saint-Cyr, Romain, *L'impératrice d'Irlande*
Sicotte, Anne-Marie, *Les accoucheuses. T. I : La fierté*
Sicotte, Anne-Marie, *Les accoucheuses. T. II : La révolte*
Sicotte, Anne-Marie, *Les accoucheuses. T. III : La déroute*
St-Amour, Geneviève, *Passions tropicales*
Thibault, Yvon, *Le château de Beauharnois*
Tremblay, Allan, *Casino*
Tremblay, Françoise, *L'office des ténèbres*
Trussart, Danielle, *Le train pour Samarcande* (Prix Robert-Cliche 2008)
Turchet, Philippe, *Les êtres rares*
Vaillancourt, Isabel, *Les mauvaises fréquentations*
Vignes, François, *Les compagnons du Verre à Soif*
Villeneuve, Marie-Paule, *Les demoiselles aux allumettes*
Villeneuve, Marie-Paule, *L'enfant cigarier*
Yaccarini, Antoine, *Meurtre au* Soleil

Cet ouvrage composé en Garamond corps 13 a été achevé d'imprimer au Québec
le vingt-trois juillet deux mille neuf sur papier Enviro 100 % recyclé
sur les presses de Imprimerie Lebonfon Inc. pour le compte de VLB éditeur.